삼국지 2

삼국지 2

초판 인쇄 2024년 7월 07일
초판 발행 2024년 7월 15일

지은이 나관중
펴낸이 진수진
펴낸곳 책에 반하다

주소 경기도 고양시 일산서구 대산로 53
출판등록 2013년 5월 30일 제2013-000078호
전화 031-911-3416
팩스 031-911-3417
전자우편 meko7@paran.com

삼국지

2

나관중 지음

책에 반하다

책을 열며

영웅호걸들의 삶을 통해 바라보는 우리의 인생

『삼국지』는 영웅호걸들의 지략과 용맹이 담긴 중국의 대표적 역사 소설로 평가받는다. 그 배경은 기원전 206년부터 서기 220년까지 중국 대륙을 지배했던 한나라가 멸망하고 위(魏)·촉(蜀)·오(吳) 세 나라가 경쟁하다가 다시 진(晉)으로 통일되는 시기이다. 그 기간 동안 숱한 위인들이 중국 역사에 등장하는데, 『삼국지』는 실존 인물을 중심으로 가상의 인물을 더해 극적 구성의 완성도를 높였다.

독자들은 『삼국지』를 통해 무려 400여 명의 인물을 접하게 된다. 물론 이 책은 원문의 내용을 압축해 전달하느라 주요 인물 중심으로 서술되었지만, 그럼에도 다양한 인간군상의 면면을 느끼기에는 부족함이 없다. 『삼국지』의 인물 묘사는 오늘날까지도 역사 소설의 모범으로 손꼽힌다. 이 책을 읽으면서 그들의 꿈과 용기, 분노와 좌절, 해학과 집념을 접하다 보면 영웅들의 삶이 우리의 삶과 크게 다르지 않은 것을 깨달을 수 있다.

이 책의 원제는 『삼국지연의(三國志演義)』인데, 흔히 『삼국지』라고 부른다. 왜냐하면 진수(陳壽)의 정사(正史)인 『삼국지(三國志)』에 서술된 위·촉·오 삼국의 역사를 바탕으로 민간에 전승되어온 이야기와 허구를 가미해 나관중(羅貫中)이 재구성한 작품이기 때문이다. 일반적으로 소설『삼국지』는 약 70퍼센트의 사실에 30퍼센트의 허구를 섞어 창작한 것으로 알려져 있다.

사실 나관중이『삼국지』를 발표하기 전부터 위·촉·오 삼국의 역사는 중국인들이 큰 호기심을 갖는 소재였다. 천하의 패권을 둘러싸고 삼국이 벌이는 힘과 지혜의 다툼이 워낙 치열하게 펼쳐졌기에 일찍부터 대중의 관심을 끌었던 것이다. 그에 따라 오늘날에도『삼국지』는 중국을 넘어 세계적인 인기를 구가하는 역사 소설로 평가받는다.『삼국지』가『수호지(水湖志)』,『서유기(西遊記)』,『금병매(金瓶梅)』와 함께 중국 4대 기서(奇書)로 인정받는 것도 같은 이유이다. 하지만 오늘날『삼국지』의 원본은 전해지지 않으며, 명(明) 시대인 1522년에 간행된 '가정본(嘉靖本)'이 가장 오래된 판본이다.

자, 그럼 이제부터 동양 최고의 대하 역사 소설인『삼국지』의 세계로 들어가 보자. 독자 여러분은 후한(後漢) 말부터 위·촉·삼국 시대를 거쳐 진이 천하를 통일하기까지의 중국 역사를 유비(劉備), 관우(關羽), 장비(張飛) 세 인물의 무용담과 제갈공명(諸葛孔明)의 지략을 중심으로 즐기게 될 것이다. 그러다 보면 누구나 인간의 희로애락을 이해하며 자신의 삶을 되돌아보는 기회를 얻는다.

동양고전연구회

Contents

삼국지 2

손권을 설득한 제갈공명

관우와 제갈량, 유기의 연합 공격에 밀려 후퇴한 조조는 일단 무주공산이나 다름없는 강릉을 점령했다. 그리고 유비를 제거하는 일이 쉽지 않다는 것을 절감하며 모사들과 대책을 논의했다. 조조의 낯빛이 어두웠다.

"지금 유비가 강하에 가 있다고 한다. 그가 손권과 손을 잡을까봐 걱정이구나."

"우리가 먼저 손권에게 사신을 보내는 것이 좋겠습니다. 함께 유비를 친 다음에 형주 땅을 나눠 갖자고 하면 그도 관심을 보일 것입니다."

순유가 고민에 빠진 조조에게 권유했다. 그 말을 받아들인 조조는 곧 서찰을 써서 강동으로 사자를 보냈다. 하지만 정작 강동에서는 다른 이야기가 오가고 있었다. 조조가 강릉까지 점령했다는 소식이 전해지자, 손권이 회의를 소집했다.

"이러다가 형주마저 조조의 수중에 들어갈까 걱정이구나. 그 다음엔 그가 우리 땅을 탐낼 것이 틀림없다."

손권의 염려에 노숙이 말문을 열었다.

"주공, 제가 강하로 가서 우리와 연합해 조조를 치자고 유비를 설득해보겠습니다. 형주는 지형이 천혜의 요새 같고 논밭도 기름져 누구나 욕심을 내는 땅입니다. 주공께서 조조에 앞서 그곳을 차지하면 천하를 제패하시는 데 밑거름이 될 것입니다."

그 말에 귀가 솔깃해진 손권은 곧장 노숙을 강하로 보냈다.

그런데 그 무렵 유비도 제갈량과 이야기를 나누고 있었다. 그들의 대화 주제 역시 손권과 관계된 일이었다.

"조조는 지금 장강과 한강 사이에 진을 치고 있습니다. 장수도 많고 병사의 수도 일백 만에 이르지요. 당분간은 주공께서 손권과 연합해야 그에게 맞설 수 있습니다."

"공명의 말씀이 맞긴 한데, 손권이 우리의 제안을 받아들이겠습니까?"

"그것은 염려하지 않으셔도 됩니다. 강동에서도 우리와 같은 고민을 하고 있을 테니까요."

제갈량의 말은 곧 사실로 입증되었다. 얼마 지나지 않아 노숙이 강하에 도착했던 것이다.

유비는 강동과 연합하는 일에 대한 전권을 제갈량에게 일임했다. 노숙과 제갈량의 대화는 일사천리로 진행되었다. 둘 다 뛰어난 책사라 굳이 몇 마디 주고받지 않아도 상대의 수를 훤히 꿰뚫고 이해했다. 자기가 의도했던 대로 일이 풀리는 듯하자 기분이 좋아진 노숙이 제갈량을 강동으로 초대했다.

"공명 선생, 강동에 가서 나의 주공을 한번 만나보십시오. 그러면 유공과 연합하는 일에 신뢰가 더욱 돈독해질 것입니다."

노숙의 초청을 흔쾌히 받아들인 제갈량은 짐을 꾸려 함께 강동으로 향했다. 그런데 그곳에 도착할 무렵 노숙이 진지한 얼굴로 당부했다.

"행여 주공께 조조의 군사가 강하다는 이야기는 하지 말아 주십시오. 덜컥 겁을 먹어 유공과 연합하는 대신 조조에게 손을 내밀까 걱정되어 드리는 말씀입니다."

"알겠습니다. 제게도 생각이 있으니 믿고 지켜봐주시지요."

제갈량은 부드럽게 미소 지어 손권을 안심시켰다.

그런데 두 사람이 손권의 거처에 들기 직전에 조조가 보낸 서찰이 도착했다. 손권이 부하 장수들과 한창 그 문제에 대해 논의하고 있었다. 부하 장수들은 모두 조조가 내민 손을 잡아야 한다고 말했다. 그때 노숙이 제갈량과 함께 손권 앞에 나타나 공손히 인사한 뒤 단호하게 말했다.

"주공, 제가 방금 전에 듣자 하니 조조의 서찰이 도착했다고요? 절대로 그의 제안을 받아들이시면 안 됩니다. 조조와 연합하면 나중에 대업을 이룬다 해도 주공께서 기껏 제후가 되실 뿐입니다."

그 말에 고개를 끄덕이던 손권이 제갈량을 바라보며 물었다.

"자네의 명성은 나도 잘 알고 있네. 공은 조조의 세력을 어떻게 보는가?"

손권은 조조에 대한 제갈량의 평가가 궁금했다. 제갈량은 그 질문을 예상했다는 듯 막힘없이 대답했다.

"조조의 군사는 한마디로 굉장히 규모가 큽니다, 기병과 보병, 수군을 모두 더하면 일백만 명에 이르지요. 더불어 모사만 해도 수십 명이며, 뛰어난 무예 솜씨를 지닌 장수는 대략 이천에 달할 정도입니다. 누구든 섣불리 조조의 심기를 건드렸다가는 목숨을 부지하기 어려울 것입니다."

자신의 부탁을 들어주기는커녕 조조의 군사력을 과장까지 하는 제갈량을 바라보며 노숙의 두 눈이 동그래졌다. 그렇다고 그 자리에서 제갈량을 제지할 수는 없는 노릇이었다. 손권의 질문이 이어졌다.

"그럼 조조에게 맞서는 것이 어리석은 짓이란 말인가?" "그렇습니다, 장군. 그래도 조조와 한번 겨뤄보실 생각이라면 그 서찰을 당장 찢어버리시고, 그것이 아니라면 여러 장수들의 의견대로 조조가 내민 손을 잡으십시오. 그러면 일신의 안녕과 부귀영화가 보장될 것입니다."

그러자 손권이 고개를 갸웃했다. 어떻게 보면 자신의 질문에 대한 현실적인 처방이었고, 달리 생각하면 자신을 조롱하는 것으로 느껴지기도 했기 때문이다.

"그렇다면 자네가 모시는 유비는 왜 조조에게 머리를 숙이지 않는가? 엄청난 권세와 금은보화가 보장될 텐데 말일세."

"저의 주공인 유황숙께서는 황실의 후손입니다. 워낙 학식이 깊은데다 인품이 훌륭해 많은 사람들의 존경을 받고 계시지요. 그분은 비록 채마밭을 일구며 살지언정 조조 같은 인물에게 몸을 굽히시지 않을 것입니다."

그 말에 손권의 낯빛이 벌겋게 달아올랐다. 만약 자신이 조조의 손을 잡으면 유비와 달리 함부로 자존심을 굽히는 형편없는 사람이라는 의미였기 때문이다. 그제야 노숙은 제갈량의 속마음을 헤아리며 근심을 덜었다.

그때 장소가 큰 소리로 제갈량에게 따져 물었다.

"당신은 조조의 군사가 일백만에 달한다고 말했소. 우리가 그런 조조를 외면하고 기껏해야 수만의 군사뿐인 유비 편에 선다면 어떤 참혹한 결말을 맞을지 불을 보듯 뻔하오. 그러니 이상한 언술로 주공의 판단을 흐리지 말고 썩 물러나시오!"

장소의 호통을 들은 제갈량은 표정에 아무런 변화가 없었다. 그는 장소가 아니라 손권을 응시하며 말을 이었다.

"군사의 위력은 단지 그 수로 판가름 나는 것이 아닙니다. 지휘관의 전술과 사기, 군량 등이 큰 영향을 미치지요. 그런 면에서 조조 군은 높게 평가할 수 없습니다. 수전(水戰)에 약하기도 하고, 요즘은 자주 먼 거리를 이동하며 전투를 벌이느라 몹시 지쳐 있기도 합니다. 그에 비해 유황숙의 군사 수는 많지 않아도 모두 정예병이나 다름없지요. 관운장과 장비, 조운 장군 등은 조조마저 탐을 내며 두려워하는 용장입니다. 그러니 손권 장군께서 유황숙과 힘을 합치신다면 조조의 대군도 결코 만만히 보지 못할 것입니다."

제갈량의 이 말은 이리저리 흔들리던 손권의 마음에 쐐기를 박았다. 조조 대신 유비 쪽으로 완전히 마음이 기울게 된 것이다.

"공의 말을 들으니 십년 묵은 체증이 확 뚫리는 것 같네. 유공에게 돌아가면 나와 연합하여 조조를 치자고 전하게."

"잘 생각하셨습니다, 장군. 앞으로 천하는 유황숙과 손 장군, 그리고 조조가 삼등분하게 될 것입니다. 그리고 머지않아 조조가 쇠락하면 강동의 세력이 지금보다 훨씬 더 커질 것이 틀림없습니다."

천하삼분책(天下三分策)은 평소 제갈량의 예언 중 하나였다. 그는 그 이야기를 전하며 짐짓 손권의 비중을 강조해 다시 생각을 바꿀 여지를 없앴다. 그 뒤에도 많은 장수들이 유비가 아니라 조조와 연합해야 한다며 손권을 설득했지만 소용없는 일이었다. 급기야 손권은 허리춤에서 칼을 뽑아 들어 앞에 놓인 탁자를 반으로 쪼개며 소리쳤다.

"앞으로 조조와 연합해야 한다고 주장하는 자는 이 꼴이 될 것이다. 두 번 다시 나의 결정에 반발하지 마라!"

그제야 손권의 부하 장수들이 고개를 숙이며 입을 꾹 다물었다. 다만 한 사람, 그때까지 잠자코 상황을 지켜보던 주유의 눈이 홀로 반짝였다. 그는 아까부터 제갈량을 유심히 바라보며 경계를 늦추지 않고 있었다. 세 치 혀로 손권의 마음을 좌지우지하는 재능에 탄복하면서도, 언젠가 제갈량을 죽이지 않으면 자신들에게 화가 될 것이라고 판단했던 것이다.

손권은 탁자를 반으로 쪼갠 칼을 다시 허리춤에 차지 않고 주유에게 건넸다. 그는 주유를 대도독(大都督)에 임명한다고 말하며 정보를 부도독 자리에 앉혔다. 그리고 노숙에게 찬군교위(贊軍校尉)의 벼슬을 내려 주유를 보좌하도록 했다.

그로부터 며칠 후, 손권의 서찰을 갖고 강동의 사자가 강하로 왔다. 그 편지를 펼쳐본 유비의 얼굴이 환해졌다.

"이제 한시름 놓았구나. 한데 왜 공명이 돌아오지 않는 것인가?"

유비는 이런저런 생각을 떨치며 며칠 더 기다려봤지만 제갈량이 돌아온다는 소식은 여전히 들려오지 않았다. 혹시 그의 신상에 문제라도 생기지 않았을까 걱정된 유비는 미축을 강동으로 보내 주유를 만나게 했다. 하지만 웬 일인지 주유는 미축이 제갈량을 만나지 못하게 했다. 그러면서 몇 가지 의논할 문제도 있고 하니, 유비가 직접 와서 제갈량을 데려가라고 말했다. 미축으로부터 그 이야기를 전해들은 유비는 선뜻 강동으로 가겠다고 나섰다. 관우가 손사래를 치며 유비를 말렸다.

"안 됩니다, 형님. 주유가 대도독이라고는 하나 격이 맞지 않습니다. 형님을 만나 의논할 문제가 있으면 그쪽에서도 손권 장군이 직접 나서야 합니다. 아무래도 주유에게 다른 꿍꿍이가 있는 듯합니다."

"나도 그런 사정을 모르지 않는다. 하지만 공명이 어떤 어려움에 처해 있는지 나라도 가서 살펴봐야 하지 않겠느냐?"

"좋습니다. 그럼 저도 형님을 따라 강동으로 가겠습니다."

관우는 곧 날랜 부하 20명을 뽑아 배를 타고 강동으로 가는 유비를 호위했다.

얼마 후 유비가 도착하자, 주유는 술자리의 상석을 내주며 극진히 대접했다. 그러나 그것은 겉모습이었을 뿐 주유는 거사를 준비하고 있었다. 이번에 유비를 죽이고 제갈량까지 제거할 생각이었던 것이다. 즉 유비와 연합하는 것이 아니라 유비의 세력을 집어삼키려는 속셈이었다.

주유는 유비가 도착하기 전부터 곳곳에 군사를 매복시켜두었다. 그가 술상에 갑자기 잔을 내던지는 것을 신호로 병사들이 달려 나와 유비의 목을 치기로 했던 것이다. 그러나 주유는 그 계획을 실행하지 못했다. 관우가 유비 옆에 딱 붙어 서서 눈을 부라리고 있었기 때문이다. 설불리 유비를 공격했다가는 되로 주고 말로 받을 상황이었다.

"이제 공명을 만나게 해주시오, 대도독."

이런저런 이야기를 나누며 어느 정도 술기운이 오를 무렵 유비가 본론을 꺼냈다. 그러자 주유는 제갈량이 다른 지역으로 유람을 떠났다며, 당분간 자신과 할 일이 있으니 나중에 보내주겠다고 둘러댔다. 유비는 그것이 거짓인 줄 직감했지만 순순히 자리에서 물러났다. 실은 심상찮은 낌새를 알아차린 관우가 이만 자리를 피하자며 주유 몰래 유비의 옷소매를 끌어당겼던 것이다.

관우는 곧장 말을 몰아 배를 정박해둔 나루터로 향했다. 그런데 강기슭에서 그토록 걱정하던 제갈량이 모습을 드러냈다.

"주공, 그간 무탈하셨습니까?"

"정말 보고 싶었소, 공명. 이렇게 무사하니 다행입니다."

두 사람은 서로를 끌어안고 잠시 회포를 나누었다. 제갈량이 유비를 바라보며 뜻밖의 이야기를 꺼냈다.

"오늘 관운장이 함께 오지 않았더라면, 주공께서는 살아 돌아가지 못하셨을 것입니다."

그러자 관우는 자신의 예감이 맞았다며 당장이라도 주유에게 달려가려고 했다. 유비가 아우를 말리며 제갈량에게 말했다.

"주유가 그런 자라면 공명도 무사하지 못할 것입니다. 우리와 함께 떠납시다."

"아닙니다. 저는 아직 할 일이 남았으니, 주공께서는 빨리 돌아가셔서 군사를 잘 정비해두십시오. 그리고 동남풍이 부는 십일월 이십일에 조운 장군이 배 한 척을 몰고 와 강의 남쪽 기슭에서 저를 기다리게 해주십시오. 그 날을 절대 잊으시면 안 됩니다."

"동남풍이 부는 날 돌아오시겠다는 겁니까?"

"네, 그렇습니다. 저는 지금 호랑이 입 속에 있는 형국이지만 오히려 안전하니 걱정 마십시오. 자, 남의 눈에 띄기 전에어서 떠나셔야 합니다."

그렇게 유비는 제갈량을 남겨두고 배에 올랐다. 함께 떠나지 못해 아쉬웠지만 책사의 결정을 믿기로 했던 것이다. 제갈량은 유비를 배웅한 뒤 아무 일 없었던 것처럼 자신의 숙소로 돌아왔다.

한편, 손권이 유비와 힘을 합치기로 했다는 소식이 조조에게 전해졌다. 자기가 먼저 서찰을 보내 연합을 제의했는데도 거절하더니 오히려 유비와 손을 잡아 조조는 심사가 뒤틀렸다. 도무지 화를 가라앉히지 못한 조조는 결국 채모와 장윤(張允)에게 명해 수군을 출병시켰다. 그때 채모는 개인적인 아픔을 뒤로 하고 조조에게 충성을 맹세한 상태였다.

"먼저 주유를 해치우고 손권의 목까지 베어 와라!"

조조의 명을 받은 병사들은 함성을 내지르며 일제히 강동을 향해 남하했다. 하지만 그들은 주유의 수군과 맞닥뜨리자 영 힘을 쓰지 못했다. 조조 군이 수전에 약하다는 제갈량의 평가가 맞아떨어지는 순간이었다. 결국 채모와 장윤은 참패를 당하고 조조에게 돌아와 매섭게 질책을 당했다.

"너희는 상대보다 많은 수의 군사로도 처참히 패배하고 말았다. 그 책임을 물어 마땅하나 한 번 더 기회를 줄 테니 수군을 재건하도록 하라."

"감사합니다, 승상. 반드시 강한 수군을 만들어 은혜에 보답하겠습니다."

사실 조조 군에는 수전에 능한 장수가 별로 없었다. 그나마 채모와 장윤이 수전에 대한 전법을 익힌 인물이어서 그와 같은 임무를 맡겼던 것이다. 주유도 그런 점을 잘 알아 채모와 장윤을 하루빨리 없애야 한다고 생각했다. 비록 한 차례 전투에서 승리하기는 했지만 조조의 군사력이 워낙 강력해 수전에서도 언제 실력을 발휘할지 몰랐기 때문이다.

그러던 어느 날, 조조가 주유의 오랜 친구인 장간(蔣幹)을 소개받아 몰래 강동으로 보냈다. 그에게 주유를 회유하라는 비밀 지령을 내렸던 것이다. 하지만 장간의 평소 행실을 잘 알아 그런 계략을 꿰뚫어본 주유가 모르는 척 역공을 펼쳤다. 친구를 반갑게 맞이하여 술잔을 주고받다가 채모와 장윤이 자신과 내통한다는 거짓 정보를 흘린 것이다. 장간은 주유를 회유할 엄두는 내지도 못한 채 서둘러 조조에게 그 사실을 알렸다.

"아뿔싸, 내가 고양이에게 생선을 맡겼구나!"

장간의 말을 추호도 의심하지 않은 조조는 냅다 채모와 장윤의 목을 베어 버렸다. 그로써 주유의 골칫거리 하나가 해결된 셈이었다.

그와 같이 기막힌 역공에 대해 아는 이는 주유 자신과 노숙뿐이었다. 무엇보다 비밀 유지가 중요해 일부러 주위에는 알리지 않았던 것이다. 그런데 채모와 장윤이 죽었다는 소식이 전해지자, 제갈량이 주유를 찾아와 축하의 말을 건넸다.

"경하드립니다, 대도독. 그처럼 대단한 책략이 있으시니 조조를 물리치는 것도 어렵지 않을 것입니다."

그 말을 들은 주유는 깜짝 놀랐다. 자신의 머릿속을 훤히 들여다보는 듯한 제갈량의 통찰력에 두려움을 느끼기까지 했다.

'음, 저 자를 살려두면 분명 화를 당하게 될 것이야……'

주유는 제갈량의 인사에 웃음으로 답했지만 마음속으로는 칼을 갈았다.

그로부터 며칠 후, 주유가 자신의 진중으로 제갈량을 초대했다.

"내가 공에게 청이 하나 있어 불렀소."

"그게 무엇입니까?"

주유의 표정에 심상치 않은 기운이 어렸으나 제갈량은 태연했다.

"모름지기 수전에는 활과 화살이 많이 필요한 법이오. 한데 우리에게는 그 무기가 턱없이 부족하니, 공이 감독을 맡아 빠른 시일 안에 십만 개의 화살을 만들어주시오. 그것이 곧 강동과 유황숙을 위한 일 아니겠소? 화살을 만들 사람과 재료는 얼마든지 대드리겠소."

"십만 개의 화살을 얼마 만에 만들면 되겠습니까?"

"열흘이면 되지 않겠소?"

누가 들어도 열흘 안에 화살 10만 개를 만들라는 것은 무리한 요구였다. 주유가 억지를 부려 제갈량에게 괜한 꼬투리를 잡으려는 것이 분명해 보였다. 그런데 제갈량의 반응이 놀라웠다.

"언제 전투가 다시 벌어질지 모르는데 그렇게 여유를 부릴 수는 없지요. 사흘 안에 만들어내겠습니다."

제갈량의 말에 주유는 뒤통수를 얻어맞은 듯 멍한 기분이 들었다. 하지만 애써 침착함을 잃지 않으며 제갈량을 다그쳤다.

"정말 사흘 만에 화살 십만 개를 만들 수 있겠소? 전시에 농담을 할 리는 없을 테고, 만약 그 약속을 지키지 못하면 그대의 목을 내놔야 할 것이오."

"알겠습니다, 대도독. 기꺼이 그리 하지요."

전혀 망설임 없는 제갈량의 대답에 주유는 속으로 쾌재를 불렀다. 이번에는 제갈량이 스스로 무덤을 판 꼴이라고 생각했던 것이다. 제갈량을 죽이는 데 그만한 명분이 없었다.

이튿날, 제갈량은 주유에게 각각 다섯 명씩 병사들을 태운 스무 척의 배를 빌려달라고 했다. 모든 배에는 짚단을 가득 싣고 푸른 천으로 덮어달라는 말도 덧붙였다. 주유는 의아했지만 사흘 동안만은 어떤 요구라도 들어주기로 결정했다.

그런데 제갈량의 행동이 아무래도 이상했다. 첫째 날과 둘째 날에 그가 한 일이라고는 한가롭게 책을 읽거나 주변을 산책한 것뿐이었다. 셋째 날이 되어서야 비로소 제갈량이 노숙에게 말했다.

"저와 함께 화살을 가지러 가시겠습니까?"

노숙은 도무지 이해할 수 없는 제갈량의 행동에 고개를 갸웃거리면서 길을 따라 나섰다. 제갈량은 스무 척의 군선(軍船)을 정박시켜둔 강가로 가서 배에 올라타더니 큰 소리로 명령을 내렸다.

"모두 북쪽으로 진군하라!"

북쪽이라면 조조 군이 진을 치고 있는 지역을 의미했다. 그날따라 안개가 자욱해 조금만 거리가 있어도 형태를 분간하기 어려울 지경이었다. 얼마 뒤 조조의 수군이 보이는 곳에 다다르자 제갈량은 스무 척의 배를 일렬로 늘어서게 했다. 그리고 병사들에게 함성을 내지르며 요란하게 북을 울리라고 명했다.

"둥! 둥! 둥……!"

그것을 주유 군의 공격으로 알아차린 조조는 당장 우금과 모개(毛介)를 출전시켜 대응하도록 했다. 그들은 안개가 자욱한 것을 고려해 무모한 백병전보다는 멀리서 화살로 공격하는 편이 낫다고 판단했다. 마침 제갈량이 이끄는 군선도 더는 전진하지 않아 화살 공격이 적절한 전술로 보였다. 곧 조조 군의 궁수들이 소나기처럼 화살을 쏘아댔다. 그런데 제갈량은 별 다른 공격 명령을 내리지 않고 계속 북을 치며 함성을 지르게 했다.

얼마쯤 시간이 흘렀을까? 서서히 안개가 걷히며 햇살이 비치기 시작했다. 그제야 조조의 궁수들은 활을 거두었다. 제갈량이 선수(船首)에 서서 양 옆을 휘둘러보니, 대충 헤아려도 10만 개는 너끈히 될 만한 화살이 스무 척의 배에 빼곡히 꽂혀 있었다. 멀리서 보면 배 한 척 한 척이 마치 고슴도치 같은 모습이었다.

"자, 됐다. 이제 뱃머리를 돌려라!"

강동으로 돌아오는 배 안에서 노숙은 경탄스런 눈빛으로 제갈량을 바라보았다.

"공의 지략이 정말 놀랍습니다. 지금껏 뛰어난 책사들을 여럿 봐왔지만, 공처럼 천문(天文)에도 밝은 위인은 처음입니다."

노숙은 안개가 끼는 날까지 고려한 제갈량의 선견지명에 더 이상 할 말을 잃었다. 제갈량은 우쭐하는 기색도 없이 얼굴에 잔잔히 미소를 지을 뿐이었다.

잠시 후, 주유는 진중 밖까지 나와 제갈량을 맞이했다. 겉으로는 애써 평정심을 내보이며 제갈량의 기발한 책략에 박수를 보냈지만 마음속으로는 두려움이 더욱 커졌다.

'음, 역시 무서운 자로구나. 이번에는 저 자의 목을 벨 명분이 없으나 언젠가는 꼭 제거해야 할 인물이 틀림없다…….'

그 날 밤 주유는 약속대로 10만 개의 화살을 구해온 제갈량을 위해 술상을 마련해주었다. 두 사람은 함께 술잔을 기울이면서도 머릿속으로는 상대의 마음을 들여다보느라 분주했다.

적벽대전

대도독이 된 주유는 머지않아 조조와 일전을 벌일 전략을 짜느라 밤잠을 설치는 날이 많았다. 몇 날 며칠 고민한 그의 결론은 화공이었다. 수전에 약한 조조 군을 불로써 몰살시킨다는 뜻밖의 계략을 생각해낸 것이다.

하지만 그 전략이 성공하려면 몇 가지 사전 작업이 필요했다. 주유는 먼저 얼마 전에 자신에게 거짓으로 항복해온 채모의 사촌 채중(蔡仲)과 채화(蔡和)를 이용하기로 했다. 그들은 채모가 죽임을 당한 후 강동으로 건너왔는데, 겉으로는 조조를 피해 도망 왔다고 말했지만 실은 첩자였던 것이다. 그것을 꿰뚫어본 주유는 그들을 역이용하기로 마음먹고 은밀히 부하 장수 황개를 불러 말했다.

"내가 자네에게 누명을 씌워 벌을 내릴 걸세. 자네는 나 몰래 불만을 토로하며, 조조에게 군사를 이끌고 항복하겠다는 서신을 보내게. 그럼 채중과 채화가 우리에게 속아 그 서신이 진짜라고 보고할 것이네."

"알겠습니다, 대도독."

그런데 그때 장간이 다시 강동으로 숨어들었다. 주유가 자기를 역이용한다는 사실을 눈치채지 못한 채 다시 염탐을 목적으로 찾아왔던 것이다. 주유는 그를 이용해 화공의 초석을 다질 궁리를 했다.

"그래, 그러면 되겠구나!"

주유는 곰곰이 생각하다가 무릎을 치며 방통을 만나러 갔다. 방통이 누구인가. 그는 사마휘가 봉추라고 일컬었던 인물로, 일찍이 주유를 돕고 있었다. 실은 주유가 조조 군에게 화공을 펼칠 계략을 짤 때도 방통의 조언이 절대적인 역할을 했다. 이번에도 방통은 주유가 장간을 역이용할 방법을 상의하자 적극적으로 협조하겠다고 나섰다.

방통을 만나고 진중으로 돌아온 주유는 다짜고짜 장간을 감금하도록 명했다. 장간은 단순히 염탐 행위가 탄로 났다고 생각해 깜짝 놀랐지만 그것은 치밀한 속임수였다. 주유는 일부러 감옥의 경계를 허술히 해 장간을 달아나게 했고, 그가 우연인 듯 방통을 만날 수 있게 계략을 짜놓았던 것이다.

늦은 밤, 산중의 허름한 초가에서 방통이 홀로 병서를 읽고 있었다. 무엇에 홀린 듯 초가에 들어선 장간은 그가 예사 인물이 아닌 것을 단박에 알아차렸다.

"학문이 무척 깊어 보이는데, 선비께서는 어찌 손권 장군의 수하에서 일하지 않고 초야에 묻혀 계십니까?"

"나를 알아봐주시니 고맙습니다. 하지만 주유 같은 이가 대도독으로 있는 곳에서는 어떤 일도 하고 싶지 않습니다."

방통이 짐짓 시치미를 떼자, 장간은 두 눈을 반짝였다. 그가 방통에게 바짝 다가가 귀엣말을 건넸다.

"사실 나는 허도의 조 승상 밑에 있는 사람입니다. 나와 함께 그분에게 가서 대업을 이뤄보지 않겠습니까?"

장간의 말에 방통은 못이기는 척 자리를 털고 일어났다. 두 사람은 그 날 밤길을 달려 조조가 머무는 곳으로 향했다. 장간으로부터 방통을 소개받은 조조의 얼굴이 환해졌다.

"이제 내게도 공명 못지않은 책사가 생겼구나. 내가 그대를 귀하게 대접할 테니 마음껏 능력을 발휘하도록 하게."

조조의 말에 방통은 공손히 허리를 숙여 예를 갖췄다. 하지만 당장 조조의 수하에 들어오라는 청은 정중히 거절했다.

"제가 아직 공부가 부족합니다. 좀 더 만반의 준비를 한 다음에 승상을 찾아뵙고 이 미천한 몸을 의탁하겠습니다."

"정 그렇다면 할 수 없지. 그럼 이번에는 여기서 며칠 묵으며 내게 좋은 책략이나 좀 들려주게."

두 사람은 곧 진중을 함께 둘러보며 이런저런 대화를 나누었다. 그런데 진영 곳곳을 살펴보며 조조의 지략을 높이 평가하던 방통이 수군의 형편을 보고는 심각한 표정을 지었다.

"수군의 낯빛이 하나같이 병자 같습니다. 그 이유가 무엇인지요?"

강동의 군사와 달리 조조 군의 병사들은 대부분 북쪽 지역 출신이라 물이 익숙지 않았다. 그래서 전투에 나서기도 전에 배멀미에 시달려 구토를 하기 일쑤였다. 따라서 조조 군이 수전에 약하다는 평가를 받을 수밖에 없었다. 조조가 그런 점을 설명하며 방통에게 물었다.

"수군을 강하게 만들기 위해 온갖 노력을 기울였지만 별 소용이 없었네. 주유의 수군과 싸워 이기려면 어떻게 해야 되겠나?"

그 물음에 방통이 진지하게 대답했다.

"병사들이 멀미를 하는 이유는 강의 물살이 거세 배가 흔들리기 때문입니다. 그러니 배를 수십 척씩 연결한 다음 그 위에 널빤지를 깔도록 하십시오. 그처럼 육지와 다름없는 안정감을 갖게 되면 병사들이 마음껏 활을 쏘고, 심지어 말을 달릴 수도 있을 것입니다."

"그래, 그것 참 좋은 생각일세!"

조조는 방통의 계략에 공감하며 맞장구를 쳤다.

그 후 며칠 동안 조조는 자신의 새로운 책사를 극진히 대접했다. 그럼에도 방통은 앞서 이야기한 대로 좀 더 공부를 하겠다면서 작별을 고했다. 조조는 못내 아쉬워하며 방통과 헤어진 뒤, 그의 계략대로 배들을 30~40척씩 묶고 나서 널빤지를 깔도록 했다. 그때 정욱이 근심어린 얼굴로 조조에게 다가와 말했다.

"승상, 이 전략은 매우 위험합니다."

"그게 무슨 말인가?"

"이렇게 배를 묶으면 수군의 멀미를 막을 수는 있으나, 적이 화공을 펼칠 경우 한꺼번에 큰 피해를 입게 됩니다."

정욱의 염려에 조조는 아무 일 아니라는 듯 너털웃음을 터뜨렸다.

"허허허! 내가 그 생각도 못 했겠나, 이 사람아? 무릇 화공이란 바람의 힘이 필요한 법. 지금 같은 동절기에는 서북풍이 불지, 우리 진영을 향한 동남풍이 불지는 않네. 서북쪽에 진을 친 우리에게 화공을 펼쳤다가는 자신들을 태우는 자충수가 될 뿐이야."

그와 같은 조조의 반응에 정욱은 더 이상 할 말이 없었다. 그 후 모든 일은 일사천리로 진행되었고, 조조의 수군이 거대한 전함 같은 형태로 주유 군 앞에 진을 치게 되었다. 그 광경을 본 주유는 마음속으로 쾌재를 불렀다.

'옳거니, 됐다! 이제 저들을 섬멸할 일만 남았구나.'

주유 군은 조조 군에 맞서 몇 차례 치열한 전투를 벌였다. 하지만 좀처럼 남동풍이 불지 않아 계획했던 화공은 펼칠 수가 없었다.

'아, 바람이 우리를 도와야 하는데 이 노릇을 어떡하지……'

혼자 속으로 끙끙 앓느라, 주유의 낯빛이 점점 어두워졌다. 부하 장수들이 그 이유를 물었으나 주유는 선뜻 대답하지 않았다. 그때 제갈량이 진중으로 찾아왔다.

"대도독께서 바람 때문에 단단히 탈이 나셨군요?"

자신의 심중을 훤히 꿰뚫어보는 듯한 제갈량의 말에 주유는 깜짝 놀랐다. 애써 아무렇지 않은 표정을 지으며 주유가 대답했다.

"그렇소, 공명. 내 병의 원인을 명확히 알아채셨으니, 적절한 처방도 말씀해주시오."

"처방이랄 것이 뭐 있겠습니까? 남병산(南屛山)에 제단이나 하나 만들어주시면, 제가 사흘 밤낮 천지신명께 빌어 동남풍이 불도록 해보겠습니다."

주유는 밑져야 본전이라는 심정에 제갈량의 요구를 들어주었다. 제갈량은 목욕재계 후 제단에 올라 식음을 전폐한 채 기도를 올렸다. 그러자 놀랍게도 사흘이 지난 11월 20일에 동남풍이 불기 시작했다. 주유는 노숙을 불러 서둘러 화공을 펼칠 준비를 하라는 명을 내렸다. 아울러 정봉(丁奉)과 서성(徐盛)에게 병사 200명을 내주며 남병산으로 가서 제갈량의 목을 베어오게 했다.

하지만 가만히 앉아 당하고 있을 제갈량이 아니었다. 모든 일을 예상한 그는 정봉과 서성이 남병산에 이르렀을 무렵 이미 유비가 머물고 있는 하구로 향하고 있었다. 유비의 명을 받은 조운이 강의 남쪽 기슭에서 기다리다가 제갈량을 배에 태웠던 것이다. 뒤늦게 달려온 정봉과 서성이 그 배를 쫓으려고 했으나, 조운의 화살 공격을 받고는 겁을 먹어 엄두를 내지 못했다.

잠시 후, 제갈량이 하구로 떠났다는 소식을 들은 주유는 정봉과 서성에게 무작정 책임을 묻지 않았다. 그보다 먼저 천문에 통달해 하늘의 섭리까지 꿰고 있는 제갈량에게 경외심이 느껴졌기 때문이다. 그때 노숙이 달려와 화공 준비를 모두 마쳤다고 알렸다.

"음, 공명의 일은 어쩔 수 없지……. 일단 조조 군을 치는데 전력을 다하도록 하자."

다시 정신을 차린 주유는 부하 장수들을 불러 모아 전광석화같이 작전 지시를 내리기 시작했다.

"감녕(甘寧)은 조용히 남쪽 기슭으로 올라가 조조 군의 군량에 불을 놓도록 하라. 그리고 태사자는 군사 삼천을 데리고 황주(黃州) 경계로 가서 조조 군의 본진에 불을 질러 원병을 보내지 못하도록 하라. 여몽(呂蒙)은 감녕이 첫 임무를 완수하고 나면 함께 적선에 화공을 펼치고, 능통(凌統)은 둘의 뒤를 받쳐 공격의 흐름이 끊이지 않도록 하라. 그와 동시에 동습(董襲)은 한천(漢川)을 따라 조조의 진영을 치고, 반장(潘璋)은 동습을 지원하는 일을 맡아라."

그야말로 총공세였다. 주유는 황개에게 화선(火船) 20척을 내주어 선봉에 서게 했다. 조조가 얼핏 보면, 황개가 약속한 대로 자신에게 항복하러 오는 것이라고 착각할 만한 진용이었다. 한당(韓當), 주태(周泰), 장흠(將欽), 진무(陳武)가 300척의 군선을 이끌고 그 뒤를 따랐다. 주유 역시 진중에 머물지 않고 정보와 함께 커다란 배 위에 올라 부하들을 독려했다. 동남풍은 계속 불어오고 있었다.

그 시각, 유비는 조운과 함께 돌아온 제갈량을 반갑게 맞이했다. 서로 인사를 나누자마자 제갈량이 유비에게 물었다.

"전에 말씀드린 대로 군사를 잘 정비해두셨는지요?"

"그럼요. 공명의 말씀을 가벼이 들을 리 있겠습니까?"

그러자 제갈량은 여독을 풀기도 전에 명령을 내리기 시작했다.

"조운 장군은 군사 삼천을 데리고 오림(烏林)으로 가서 매복해 있다가 밤에 조조 군이 퇴각할 때 불을 놓으십시오. 모두 몰살시킬 필요는 없고 적절히 피해를 입히면 됩니다. 그리고 장비 장군은 군사 삼천을 이끌어 이릉(彝陵) 길을 막고 호로곡(葫蘆谷)에 숨어 있으십시오. 분명 그곳에서 조조의 지친 병사들이 밥을 지어 먹으려고 할 텐데, 그 기회를 놓치지 말고 급습하면 됩니다."

제갈량의 명령은 미축과 미봉, 유봉에게도 계속됐다. 그들에게는 조조의 패잔병을 사로잡고 무기며 군량 같은 전리품을 챙기라는 임무가 맡겨졌다. 그뿐 아니라 하구에 와 있던 유기에게는 얼른 강하로 돌아가 안구(岸口)에 진을 치고 있다가 퇴각하는 적군을 사로잡으라고 당부했다. 그리고는 제갈량이 유비를 바라보며 다시 말했다.

"주공께서는 오늘 밤 저와 함께 강이 잘 내려다보이는 산에 올라 주유가 조조 군과 싸우는 것을 구경하시지요."

그 말에 유비는 고개를 끄덕였다. 그때 곁에 있던 관우가 버럭 화를 내며 따져 물었다.

"공명, 왜 내게는 맡겨진 임무가 없는 거요?"

그러자 제갈량이 빙긋이 미소 지으며 대답했다.

"마땅히 관운장에게 가장 중요한 일을 맡겨야겠지요. 한데 한 가지 미덥지 못한 것이 있어서 망설이는 중입니다."

"내가 미덥지 못하다니, 그게 무슨 말입니까?"

"지난날 관운장은 조조에게 단단히 신세를 진 적이 있습니다. 스스로 그 빚을 다 갚았다고는 하셨으나, 아직도 가슴 한 쪽에는 미안한 마음이 남아 있지요. 그래서 조조가 패퇴한 뒤 화용도(華容道)로 달아날 때를 대비해 그 길목을 지키게 하고 싶지만 선뜻 임무를 맡기지 못한 것입니다. 아무래도 관운장이 조조를 그냥 놓아줄 것 같아서 말이지요."

"거참, 쓸데없는 걱정을 다 하는구려. 나는 이미 안량과 문추를 죽여 곤경에 처한 조조를 도운 것으로 빚을 다 갚았습니다. 만에 하나 내가 공명의 염려대로 조조를 놓아준다면 군법에 따라 엄벌을 받도록 하지요."

관우는 못내 억울한 표정으로 제갈량에게 항변했다. 그제야 제갈량이 못 이기는 척 그 임무를 관우에게 맡겼다. 곧장 화용도로 간 관우는 높은 산에서 불을 지피며 병사들을 매복시켜놓았다. 그 또한 제갈량의 책략이었는데, 조조가 연기를 보면 오히려 군사가 있는 척 속임수를 부리는 것이라고 판단하여 그쪽으로 온다는 이야기였다.

그렇게 제갈량의 지략이 펼쳐질 무렵, 황개가 화선 20척을 이끌고 조조 진영에 모습을 드러냈다. 뱃머리마다 황개의 군사인 것을 알리는 깃발이 펄럭였다.

"옳거니, 드디어 황개가 내게 항복하러 오는구나. 전시에 이만한 낭보가 흔하겠느냐?"

그러나 이번에도 정욱이 경계심을 드러냈다.

"승상, 아무래도 이상합니다. 황개의 배가 우리 진영으로 들어오기 전에 진의를 살펴야 할 것입니다."

"대체 뭐가 이상하다는 것이냐?"

조조가 못마땅한 얼굴로 정욱에게 물었다.

"배가 미끄러지듯 우리 진영으로 오고 있는데, 그것은 공격 전술을 펼칠 때 쓰는 운선(運船) 방식입니다. 평소처럼 군량이 실려 있다면 무게 탓에 저렇게 속도를 내기 어렵지요."

그러자 조조도 유심히 황개의 배들을 살펴보았다. 과연 정욱의 말에 일리가 있었다. 조조는 문빙을 불러 황개의 배를 멈추게 하라고 명령했다. 하지만 이미 때가 늦었다. 황개가 이끄는 화선들이 조조의 진영 깊숙이 들어와 일제히 불화살을 쏘아댔다. 유황과 염초(焰硝)도 잇달아 불을 뿜었다. 강물 위로 불어오는 동남풍은 순식간에 조조의 진영을 불바다로 만들었다.

"이런, 내가 황개에게 속았구나……. 일단 후퇴하여 전열을 정비하라!"

조조는 황급히 부하들에게 퇴각 명령을 내렸다. 그 역시 장요의 호위를 받으며 뒷걸음을 치기 바빴다.

하지만 그마저 뜻대로 되지 않았다. 불길이 동남풍을 타고 수십 척씩 묶인 수군의 군선을 넘어 육지까지 번졌으며, 뒤이어 달려온 주유 군이 사방에서 공격을 퍼부어댔다. 조조의 병사들은 불에 타 죽고 물에 빠져 죽었으며, 창과 칼과 화살에 이곳저곳 치명적인 상처를 입었다. 기세등등하게 100만 대군을 자랑하던 조조 군이 처참히 짓밟히고 만 것이다. 오랜 세월이 흐른 후 사람들은 그 전투를 일컬어 적벽대전(赤壁大戰)이라고 했다.

장요가 우왕좌왕하는 조조에게 다급히 말했다.

"이제 오림으로 가는 수밖에 없습니다, 승상."

"으, 분하구나! 내가 패잔병 신세가 되다니……."

한참 말을 달려 오림으로 향하던 조조가 뒤를 돌아보니 기병 100여 명이 따르고 있을 뿐이었다. 그를 호위하는 장수도 장요와 문빙, 모개 정도였다. 그나마 다행히 서황과 허저, 마연(馬延) 등이 3천여 군사를 이끌고 곧 합류했지만 지리멸렬한 처지가 달라지지는 않았다. 조조는 마연에게 1천 명의 군사를 내주며 앞장서서 길을 열게 했다. 하지만 얼마 지나지 않아 마연은 감녕의 칼에 목이 베였고, 태사자 등 주유의 장수들이 사방에서 공격해왔다.

어디 그뿐인가. 조조가 급히 말머리를 돌려 주유 군의 추격을 간신히 따돌리자, 이번에는 우레 같은 함성이 들리면서 유비의 병사들이 쏟아져 나왔다.

"역적 조조는 나, 조자룡의 칼을 받아라!"

조운의 칼이 허공을 가를 적마다 조조 군의 목이 추풍낙엽처럼 땅바닥에 나뒹굴었다. 조운이 보여준 장판교의 무용담을 잘 아는 조조는 허겁지겁 달아나기 바빴다. 그런데 웬 일인지 조운은 그 뒤를 계속 쫓지 않았다. 그는 제갈량의 책략을 충실히 따랐던 것이다.

정말이지 엎친 데 덮친 격으로 만신창이가 된 조조 군은 호로곡으로 걸음을 옮겼다. 그들은 하나같이 지치고 굶주려 금방이라도 쓰러질 지경이었다. 그래서 조조는 일단 호로곡 근처에서 말을 멈춰 부하들을 쉬게 하면서 주린 배를 채우기로 결정했다. 처참한 몰골의 패잔병이 된 조조 군은 미처 군량도 챙기지 못해 민가에서 곡식을 약탈했다. 그들은 그것을 솥에 걸어 죽을 끓이면서 피투성이가 된 상처 부위를 매만졌다.

그런데 그때, 또다시 북소리와 함성이 들리더니 우람한 몸집의 장수와 병사들이 달려왔다.

"모리배 같은 조조 놈아, 나의 장팔사모 맛 좀 봐라!"

그는 다름 아닌 장비였다. 이미 탈진 상태인 조조의 장수들이 사력을 다해 장비에게 달려들었지만 역부족이었다. 결국 조조는 다시 뒷걸음질을 치기 시작했고 부하들이 그를 따랐다. 장비의 군사가 거침없이 조조의 병사들을 도륙했으나, 도망가는 자들은 무기력하게 꽁무니를 내뺄 뿐 아무런 저항도 하지 못했다.

그렇게 얼마쯤 시간이 흘렀을까? 장비의 군사는 더 이상 조조의 병사들을 뒤쫓지 않았다. 그런데 간신히 한숨을 돌린 조조 앞에 두 갈래 길이 나타났다. 조조가 겨우 300명 남짓 남은 부하들을 바라보며 말했다.

"한쪽 길은 평탄하지만 오십 리를 돌아가야 하고, 다른 쪽 길은 좁고 험하지만 그만큼 시간을 아낄 수 있다. 어느 길로 가야 좋을지 저기 보이는 산등성이로 올라가 살펴보아라."

그러자 허저가 서둘러 산등성이로 올라가서 주변을 살펴보고 돌아와 자신의 생각을 이야기했다.

"승상, 좁은 길은 지형이 험하기도 하지만 연기가 피어오르고 있습니다. 아마도 적이 매복한 듯하니 오십 리를 돌아가더라도 평탄한 길로 가는 편이 나아 보입니다."

"그래? 그렇다면 좁은 길로 가도록 하자."

조조가 뜻밖의 선택을 하자 허저가 되물었다.

"정녕 적군이 매복해 있는 쪽으로 가신단 말입니까?"

"그것은 공명의 속임수이다. 오히려 좁은 길이 안전할 테니 내 말을 따르도록 하라."

그제야 허저는 고개를 끄덕이며 길이 좁은 화용도로 병사들을 이끌었다. 추운 날씨에 여기저기 옷이 찢기고 상처를 입은 병사들은 그야말로 오합지졸이나 다름없었다. 그런데 한참 길을 가던 조조가 갑자기 실소를 머금었다.

"무슨 일 있으십니까, 승상?"

장요가 물었다.

"공명이 불세출의 책사라더니 생각보다 보잘것없는 자로구나. 만약 이곳에 군사를 매복시켜두었더라면 우리는 꼼짝없이 전멸하고 말았을 것이다."

하지만 그것은 조조의 섣부른 판단이었다. 그의 실소가 잦아들기도 전에 길 양쪽에서 500여 명의 기병이 함성을 지르며 달려 나왔다. 기병을 지휘하는 장수는 적토마에 올라탄 채 청룡언월도를 비껴든 관우였다. 그 기세에 눌린 조조의 병사들은 얼음처럼 얼어붙어 옴짝달싹하지 못했다. 조조의 말마따나 꼼짝없이 전멸할 처지였던 것이다.

그때 정욱이 재빨리 조조 곁으로 다가와 귀엣말을 건넸다.

"승상, 관우는 한번 입은 은혜를 쉽게 저버리지 못하는 장수입니다. 그에게 지난날의 인연을 상기시켜 이 위기를 벗어나도록 하십시오."

정욱의 계략을 들은 조조는 짐짓 눈물까지 그렁대며 관우 앞으로 다가갔다.

"오오! 이게 얼마 만이오, 관운장? 그동안 잘 지내셨소?"

관우는 말까지 높이며 넉살좋게 인사하는 조조를 바라보면서 자기도 모르게 청룡언월도를 움켜쥔 손아귀의 힘을 풀었다. 그러다가 자신에게 맡겨진 임무가 떠올라 퍼뜩 정신을 차렸다.

"나는 군령을 받고 이곳에서 승상을 기다리고 있었소. 더이상 사사로운 인연을 떠올리게 하는 말은 삼가시오."

혹시라도 조조에게 여지를 줄까 봐 관우는 평소보다 더 엄숙한 표정을 지었다. 그런데도 조조는 개의치 않고 말을 이었다.

"관운장, 보다시피 나는 패장의 신세가 되고 말았소. 부디 옛정을 생각하여 퇴로를 열어주면 고맙겠구려."

"그런 말씀 마시오. 나는 이미 안량과 문추의 목을 베어 승상께 입은 은혜를 다 갚았소. 그러니 오늘은 군령에 따라 나의 임무를 다할 것이오."

그러자 조조가 다급히 손사래를 쳤다.

"잠깐만, 잠깐만 내 말을 좀 들어보시오. 관운장은 다섯 관문에서 여섯 장수의 목을 벤 일을 기억하고 있소? 그때도 나는 관운장을 쫓아가 벌하지 않았소. 무엇보다 우리의 인연을 귀하게 여겼기 때문이오. 이제 관운장도 내게 대장부의 아량과 신의를 보여줘야 하지 않겠소?"

조조의 간곡한 부탁이 이어지자 관우는 점점 마음이 흔들렸다. 아무런 위협도 되지 못하는 패잔병들을 둘러보니 천하를 호령하던 조조의 신세가 애처롭다는 생각까지 들었다. 잠시 침묵에 잠겼던 관우가 큰 결심을 한 듯 부하들을 향해 소리쳤다.

"이들에게 퇴로를 열어주어라!"

그제야 조조와 부하 장수들은 안도의 한숨을 내쉬었다. 전멸의 위기에서 간신히 목숨을 구한 조조 군은 서둘러 화용도를 빠져나갔다. 그들의 뒷모습을 바라보며 관우가 혼잣말을 중얼거렸다.

"아, 공명이 괜한 염려를 한 것이 아니었구나……."

얼마 후, 하구로 돌아온 관우는 유비와 제갈량 앞에 무릎을 꿇었다.

"제가 조조를 놓아주는 큰 죄를 짓고 말았습니다. 군법에 따라 벌하여주십시오."

그 말에 제갈량이 눈빛을 반짝이며 대꾸했다.

"좋습니다, 아무리 관운장이라 해도 군령을 어겼으면 그에 상응하는 죄 값을 치러야지요."

그러면서 제갈량은 부하를 불러 관우의 목을 베도록 했다. 그 순간, 잠자코 있던 유비가 제갈량을 막아서며 그 명을 거두어달라고 간청했다.

"공명, 저와 두 아우는 한날한시에 죽기로 맹세한 의형제입니다. 관우의 죄가 작지 않으나 훗날 큰 공으로 보답할 것이니 한 번만 용서해주십시오."

"음, 주공께서 그리 간곡히 말씀하시는데 제가 군법만 내세울 수는 없지요. 저 역시 관운장이 이번 일을 계기로 더 많은 공을 세울 것이라 믿습니다."

　그렇게 관우는 화용도에서 조조를 살려준 죄를 용서받게 되었다. 사실 제갈량은 조조의 명이 아직 다하지 않은 것을 알고 있었기에 관우를 벌할 마음이 전혀 없었다. 그는 모든 일의 과정과 결말을 훤히 꿰뚫고 있었던 것이다.

세 개의 주머니에 담긴 묘책

관우 덕분에 화용도에서 겨우 목숨을 건진 조조는 형주를 거쳐 허도로 돌아갔다. 그러나 그는 퇴각하면서도 조인에게 남군(南郡)을 지키게 하고, 양양의 방어를 하후돈에게 맡겼다. 아울러 합비(合肥)는 장요가 책임지고 지켜내도록 했다.

그 무렵 손권이 지배하는 강동에는 오(吳)가 국가의 기틀을 다져갔다. 나날이 세를 넓혀가던 오나라의 주유 군은 유비 군과 형주 땅의 여러 지역을 차지하려는 쟁탈전을 벌였다. 당시만 해도 변변한 기반이 없었던 유비는 제갈량의 도움을 받아 그 경쟁의 승자가 되기 시작했다. 제갈량의 뛰어난 지략에 관우와 장비, 조운 같은 용장들을 앞세워 여러 성을 하나둘 점령했던 것이다. 반면에 유비보다 먼저 남군을 차지하려던 주유는 조인이 쏜 화살에 왼쪽 옆구리를 맞는 중상을 입어 시상(柴桑)으로 달아나는 처지가 되고 말았다.

유비의 기세는 대단했다. 순식간에 남군과 양양, 합비를 빼앗더니 형주와 강릉까지 손에 넣은 것이다. 나아가 무릉(武陵), 장사(長沙), 계양(桂陽), 영릉(零陵)까지 점령해 넓은 땅을 차지하게 되었다. 그 과정에 마량(馬良), 마속(馬謖), 황충(黃忠), 위연(魏延) 등 다수의 용맹한 장수들을 얻는 기쁨도 누릴 수 있었다.

그렇게 유비의 세력이 하루가 다르게 커지자 손권이 위기감을 느꼈다. 그는 형주만이라도 자신의 손아귀에 넣기 위해 노숙을 유비에게 보내 협상을 펼쳤다. 그러나 이제 유비는 조금도 뒤로 물러서지 않았다.

"본래 형주 지역의 아홉 고을 모두 유표 공의 땅이었소. 그분의 아우뻘 되는 내가 이곳을 다스리는 것이 뭐가 문제란 말이오? 게다가 유표 공의 아들 유기가 살아 있으니, 숙부가 조카를 도와 형주 땅을 지키는 것은 마땅한 도리이기도 한 것이오."

그때 유기는 병이 들어 건강이 몹시 좋지 않았다. 그는 손권이나 주유보다 유비에게 훨씬 더 마음이 닿아 있었다. 따라서 머지않아 유기가 세상을 떠났지만 형주를 다스리는 유비의 입지는 전혀 흔들림이 없었다. 손권은 이런저런 상황이 불만이었지만 달리 어떻게 해볼 묘책이 떠오르지 않아 혼자서 속을 끓일 뿐이었다.

그러던 어느 날, 유비의 정실인 감부인이 천수를 다했다는 소식이 전해졌다. 주유가 그것을 알고 노숙과 함께 계략을 짰다. 그리고 손권을 찾아가 자신의 꿍꿍이를 이야기했다.

"주공께는 아리따운 누이동생이 있습니다. 그녀를 시집보내겠다고 말해 유비를 우리 땅으로 불러들이십시오. 일단 유비가 이곳으로 오면, 그를 사로잡아 형주 땅을 내놓으라는 흥정을 벌일 수 있을 것입니다."

손권은 주유의 계략에 흔쾌히 동의했다. 누이동생을 미끼로 삼는 것이 꺼림칙했지만, 욕심나는 영토를 얻기 위해 그만한 일쯤 눈 딱 감고 벌일 수 있었다. 손권은 즉시 여범(呂範)을 유비에게 보내 오나라로 건너오라는 말을 전했다. 처음에 유비는 나이 먹은 자신이 젊은 처녀를 탐하는 것은 도리가 아니라고 생각했다. 게다가 손권의 숨겨진 계략이 있을 것이라는 찜찜한 느낌이 들기도 해서 정중히 그 제안을 사양했다. 하지만 유비는 제갈량의 귀엣말을 전해 듣고 곧 마음을 바꾸었다.

"주공, 저들의 말을 따르십시오. 이번 혼사는 결국 이루어질 테니 아무 걱정 하시지 않아도 됩니다."

언제나 제갈량을 믿는 유비는 더 이상 다른 말을 하지 않았다.

며칠 후, 오나라로 떠나는 유비를 조운과 500명의 군사가 호위하기로 했다. 길을 나서기 전에 제갈량이 은밀히 조운을 불러 주머니 세 개를 건네며 말했다.

"오나라에서 장군의 힘으로 해결할 수 없는 상황에 맞닥뜨릴 때마다 이 주머니들을 하나씩 열어보십시오."

"네, 알겠습니다."

조운은 세 개의 주머니를 소중히 챙겨 갑옷 속에 간직했다.

그렇게 형주를 떠난 유비 일행은 열흘 만에 강동 땅에 다다랐다. 그런데 막상 배가 닻을 내리자 조운은 그대로 손권을 찾아가야 할지 망설여졌다. 유비도 손권의 계략이 있을 것이라는 생각에 매사가 조심스러웠다. 그때 조운이 제갈량이 건네준 주머니들 가운데 첫 번째 것을 풀어보았다. 그 안에는 다음과 같은 내용을 적은 종이가 들어 있었다.

'오나라에 도착하면 손책과 주유의 장인인 교국노(喬國老)를 찾아가 혼담 이야기를 전하십시오. 아울러 형주의 유 황숙이 손권의 누이동생에게 장가들러 왔다는 소문을 강동의 백성들에게 널리 알리십시오.'

교국노는 강동 지역에서 존경받는 어른이었다. 유비는 그를 찾아가 정중히 예를 갖춘 뒤 자신이 오나라에 온 까닭을 이야기했다. 뜻밖의 혼담에 교국노는 깜짝 놀라며 당장 손권의 어머니인 태부인(太夫人)을 찾아가 축하 인사를 전했다. 사실 손권과 주유는 거짓 혼담으로 유비를 꾀어 인질로 삼을 생각이었는데, 교국노와 태부인이 알게 되는 바람에 일이 커지고 말았다. 더구나 웬 일인지 백성들 사이에도 손권의 누이동생이 유비와 혼례를 올린다는 소문이 퍼져 애초의 계획이 완전히 틀어지고 말았다. 당황한 손권이 태부인을 찾아가 주유의 계략인 것을 말했지만, 백성들까지 알게 된 마당에 유비를 그냥 돌려보낼 수는 없었다.

"자네가 어떻게 누이동생을 앞세워 사욕을 채우려 든단 말인가. 이왕 이렇게 된 것, 내가 유 황숙을 직접 만나보아 됨됨이가 훌륭하다면 그대로 혼사를 치러야겠네."

태부인은 아들인 손권을 나무라며 서둘러 유비를 데려오라고 말했다. 교국노는 유비를 처음 만나고 아주 좋은 인상을 받았는데, 그 이야기를 전해들은 태부인은 내심 호감을 느끼고 있었다. 아니나 다를까, 유비를 직접 만나본 태부인은 한눈에 그의 인품과 지성에 마음을 빼앗겼다. 비록 나이 차이가 많이 나기는 해도 자기 딸의 배필로 손색이 없다고 생각한 것이다. 결국 유비와 손권의 누이동생은 며칠 만에 성대한 혼례를 치르게 되었고, 태부인은 9층 누각을 새로 꾸며 두 사람의 신방으로 내주었다. 그것을 지켜보는 손권은 속이 쓰렸으나 곧 주유와 노숙을 불러 새로운 계략을 짜냈다.

"어차피 혼례를 치렀으니 유비가 이곳을 떠나지 않도록 해야 됩니다. 세월이 흐르다 보면 두 아우와 공명이 유비에게 크게 실망할 텐데, 그들의 사이가 멀어질수록 우리에게는 도움이 될 것입니다."

주유가 말했다.

"나도 대도독과 같은 생각일세. 유비를 극진히 대접해 형주로 돌아갈 마음을 먹지 못하도록 해야겠네."

손권은 주유의 계략에 공감하며 고개를 끄덕였다.

그 날 이후 손권은 유비에게 날마다 진수성찬을 차려주며 온갖 보물을 선물했다. 하지만 무엇보다 유비의 마음을 사로잡은 것은 아내가 된 손권의 누이동생이었다. 그녀는 뛰어난 미모와 슬기로운 언행으로 유비에게 큰 기쁨을 안겨주었다. 실제로 유비는 새로 얻은 아내에게 푹 빠져 오나라에서 시간 가는 줄 모르고 즐거운 나날을 보냈다. 그렇게 몇 달이 흘렀고, 그 모습을 지켜보던 조운은 속절없이 흐르는 세월을 안타까워하며 제갈량이 주었던 두 번째 주머니를 열어보았다. 그 안에는 다음과 같은 내용이 적혀 있었다.

'적벽에서 패해 한을 품은 조조가 대군을 이끌어 형주로 쳐들어온다고 주공께 알리십시오. 관운장과 장비 장군, 그리고 제가 주공이 돌아오시기를 손꼽아 기다린다는 말도 덧붙이십시오.'

조운은 주머니에 적힌 내용을 당장 유비에게 이야기했다. 그러나 아내와 지내는 즐거운 일상에 흠뻑 젖어든 유비는 선뜻 결단을 내리지 못했다. 그것을 본 조운이 재촉했다.

"주공, 이렇게 머뭇거리시다가는 형주가 큰 위기에 빠질 것입니다. 어서 달려가서 관운장과 장비 장군을 도와야 합니다."

"알겠소, 조 장군……. 아내와 상의해보리다."

유비의 말에 조운은 절로 한숨이 쉬어졌다. 자기가 존경하여 따르는 주공이 사사로운 감정 때문에 대업을 그르칠까 걱정스러웠던 것이다. 그런데 다행히 유비의 새 아내 손부인(孫夫人)은 슬기로운 여인이었다. 그녀는 형주로 떠날 것을 망설이는 유비에게 단호하게 말했다.

"저는 이미 서방님과 모든 운명을 함께 짊어지기로 다짐한 몸입니다. 오라버니의 눈을 피할 계책이 있으니, 저를 데리고 형주로 가서 아우님들을 도우십시오."

손부인의 말에 유비는 표정이 밝아졌다. 손부인은 강물 위에서 제를 올리겠다는 핑계를 대며 배를 마련해 유비와 조운의 탈출을 도왔다. 물론 부부 일심동체라, 그녀도 유비와 함께 형주로 간 것은 두말할 나위 없었다.

손권은 이튿날 아침이 되어서야 유비와 누이동생이 오나라를 떠난 사실을 보고받았다. 그는 불같이 화를 내며 진무와 반장에게 기병 500을 내주어 유비를 잡아오도록 했다. 그러고도 분을 삭이지 못해 장흠과 주태에게는 자신의 칼까지 건네며 유비와 손부인의 목을 베어오라고 명령을 내렸다.

한편 제갈량이 조운에게 준 세 번째 주머니는 형주로 가는 길에 쓰임새가 있었다. 유비 일행이 주유가 매복해놓은 정봉과 서성의 군사를 만나 위기에 처했는데, 조운이 주머니를 열어보니 손부인이 그 난관을 해결할 수 있다고 적혀 있었다. 손부인은 거리낌 없이 앞으로 나서며 정봉과 서성을 꾸짖었다.

"너희가 감히 내 앞을 가로막는 것이냐? 여기 계신 유 황숙께서는 나의 지아비시다. 우리 둘이 형주로 가는 것을 오라버니와 어머니께 허락받았으니 어서 길을 비켜라. 주유 따위가 우리를 막을 수는 없다!"

손부인의 기개가 얼마나 대단했는지 정봉과 서성은 군사를 물릴 수밖에 없었다. 제갈량이 건넨 주머니 속 비책이 이번에도 효력을 발휘해 유비가 위기를 벗어나게 되었던 것이다.

시간이 흘러 유비 일행은 유랑포(劉郎浦)에 다다랐다. 그곳에는 제갈량이 유비를 마중 나와 있었다. 반갑게 해후한 두 사람은 인사를 마치자마자 부지런히 배를 몰았는데, 갑자기 주유가 황개와 한당을 거느리고 나타나 유비 일행을 추격했다. 제갈량은 재빨리 뱃머리를 돌려 북쪽 강기슭에 배를 대고 상륙했다. 주유 역시 땅으로 올라와 추격을 멈추지 않았다.

"여기가 어디냐?"

주유가 주위를 두리번거리며 부하에게 물었다.

"바로 앞쪽이 황주입니다."

부하가 큰 소리로 대답했다.

그런데 그때 북소리가 요란하게 울리더니 관우가 이끄는 병사들이 나타났다. 주유가 황급히 말머리를 돌려 달아나려 했으나 관우가 가만두지 않았다. 곧 황충과 위연이 달려들어 주유의 병사들은 처참히 죽임을 당하고 말았다. 간신히 목숨을 건진 주유는 몇몇 부하들과 함께 배로 피신했으나 이미 몸은 만신창이가 된 뒤였다. 조인이 쏜 화살에 부상을 입었던 왼쪽 옆구리까지 다시 터져 피고름이 새어나오고 있었다. 이번에도 주유는 시상으로 달아날 수밖에 없었다. 주유의 참패 소식을 전해들은 손권은 두 주먹을 부르르 떨며 당장 대군을 일으켜 형주를 치려고 했다.

"정보가 전군을 지휘해 형주를 쳐라!"

그런데 장소가 흥분한 손권을 말렸다.

"안 됩니다, 주공. 우리가 형주를 공격하는 사이에 조조 군이 쳐들어올지 모릅니다. 그는 적벽의 치욕을 씻기 위해 벼르고 있는데, 우리가 유비와 동맹을 맺어 함부로 출병하지 못하고 있을 뿐입니다. 그러니 섣불리 형주를 공격해 동맹이 깨진 것을 알릴 필요가 없습니다."

"음…… 그럼 어떻게 해야 되겠느냐?"

손권이 여전히 분을 가라앉히지 못하며 다른 책략을 묻자 장소가 꾀를 냈다.

"우선 허도로 사자를 보내 유비를 형주 자사에 정식으로 임명시켜 달라고 청하십시오. 그러면 조조가 우리와 유비의 동맹이 굳건한 줄 알아 쉽게 공격할 엄두를 내지 못할 것입니다. 아울러 유비도 그와 같은 주공의 청에 감사해하며 방심하기 십상입니다. 그 후 조조와 유비 사이를 갈라놓으면 형주를 빼앗을 기회가 생길 것입니다."

장소의 말을 들은 손권은 무릎을 치며 기뻐했다. 그는 곧 화흠(華歆)을 허도에 있는 조조에게 보냈다.

그 시각 조조는 적벽의 치욕을 만회할 방책을 마련하기 위해 온 신경을 곤두세우고 있었다. 그때 화흠이 허도에 도착해 조조 앞에 머리를 조아리고 자기가 찾아온 이유를 설명했다. 그를 통해 조조는 손권의 누이동생과 유비가 혼례를 치른 사실도 알게 되었다. 조조는 유비가 형주 자사에 임명되는 것을 크게 걱정했다. 손권이 나서서 그와 같은 청을 올릴 만큼 유비의 기반이 탄탄해졌다는 것을 의미했기 때문이다. 그것을 눈치챈 정욱이 조조의 근심을 달랬다.

"승상, 너무 염려 마십시오. 손권이 스스로 사자를 보내 유비를 형주 자사로 임명해 달라고 청하는 것은 우리의 힘을 두려워하기 때문입니다."

"그게 무슨 말이냐?"

조조가 고개를 갸웃거리며 정욱에게 물었다.

"손권은 승상께서 오나라로 출병을 하실까 걱정하는 것입니다. 그래서 유비와 함께하고 있다는 사실을 강조해 우리를 견제하는 것이지요. 더불어 유비의 마음도 달래고 말입니다."

"듣고 보니 그럴 수 있겠구나. 하면 내가 어떻게 해야 되겠느냐?"

모사 정욱을 바라보는 조조의 눈이 반짝였다.

"우선 황제의 명으로 손권의 사람인 주유를 남군 태수에, 정보를 강하 태수에 임명하십시오. 두 지역은 형주와 가까워 자연스럽게 유비와 자주 충돌하게 될 것입니다. 그들이 크게 다툼을 벌일 때 우리가 공격하면 손쉽게 두 마리 토끼를 한꺼번에 잡을 수 있습니다."

조조는 정욱의 말에 반색하며 그 책략을 실천에 옮겼다. 남군 태수가 된 주유는 손권이 그랬듯이 노숙을 유비에게 보내 형주 땅을 내놓으라고 으름장을 놓았다. 그러자 제갈량이 나섰다.

"유 황숙께서 형주를 내놓으면 어디에 몸을 두신단 말입니까? 서천(西天) 땅이라도 손에 넣는다면 처남인 손권 대인께 형주를 양보하고 떠날 수 있겠으나, 그곳의 유장(劉璋)이 황실의 후손으로 형제나 다름없으니 언감생심입니다. 하여 유

황숙께서도 시름이 깊으십니다."

제갈량의 이야기를 들은 노숙은 더 이상 형주를 내놓으라고 억지를 부리지 못했다.

노숙으로부터 유비의 사정을 전해들은 주유는 한 가지 꾀를 생각해냈다. 자기가 서천 땅을 빼앗아 줄 테니 유비는 형주를 내놓으라는 거래였다. 하지만 그것은 속임수였다. 서천으로 가려면 형주를 지나야 했는데, 그 기회에 유비를 제거할 계획이었던 것이다. 유비가 의심 없이 자신의 거래를 받아들이면 손쉽게 형주 땅으로 군사를 이끌고 들어갈 수 있다는 속셈이었다. 노숙은 다시 형주로 가서 주유의 제안을 전했다. 제갈량은 그 계략을 훤히 꿰뚫어보고 있었으나 모르는 척 거래를 받아들였다.

"옳거니! 드디어 유비를 없앨 천운이 따르는구나."

주유는 쾌재를 부르며 당장 군사를 일으켜 형주로 향했다. 그들이 탄 배가 하구에 닿자 미축이 마중 나와 환영식을 베풀어주었다. 주유는 자신의 계획이 착착 맞아 들어간다는 생각에 우쭐한 표정을 지으며 형주성으로 걸음을 재촉했다. 이제 성 안으로 들어가 유비가 자신을 맞이하러 나오는 순간 거사를 치르면 될 일이었다.

그런데 형주성 인근의 상황은 주유의 예상과 전혀 달랐다. 유비의 부하들과 많은 백성들이 나와 자신을 환영하기는커녕

인적조차 찾아보기 어려웠던 것이다. 뭔가 이상한 기분이 든 주유는 감녕, 서성, 정봉 등의 장수와 군사 3천을 이끌어 형주성 아래로 다가갔다.

"주유 대도독께서 오셨으니 어서 성문을 열어라!"

감녕이 앞으로 나서며 소리쳤다. 그러자 순식간에 무기를 움켜쥔 병사들이 성벽 위에 모습을 드러냈다. 망루에는 늠름한 장수가 나타났는데, 다름 아닌 조운이었다.

"대도독께서 무슨 일로 오셨소?"

"그대는 우리가 유 황숙을 대신하여 서천을 공격하러 출병한 것을 모르는가? 어서 성문을 열라!"

다시 한 번 감녕이 크게 소리쳤지만 성문은 꿈쩍하지 않았다. 그 대신 조운의 우렁찬 목소리가 울려 퍼졌다.

"대도독께서는 어찌 잔꾀를 부리는 것이오? 공명 군사께서 대도독의 계략을 꿰뚫어 이곳에 나, 조자룡을 세워두었소!"

그 말을 들은 주유는 흠칫 놀라 말머리를 돌려 달아나려 했다. 그때 한 부하가 달려와 더욱 놀라운 보고를 했다.

"지금 관우와 장비, 황충, 위연의 군사가 사방에서 몰려오고 있다 합니다!"

"뭐라고? 아, 내가 공명에게 속았구나……."

주유는 크게 절망해 말 위에서 떨어져 땅바닥에 나뒹굴었다. 그 바람에 옆구리의 상처가 다시 터져 신음소리가 새어나왔다. 자꾸 상처가 덧나다보니 온몸에 열이 끓고 참기 어려운 고통이 느껴졌다. 그럼에도 주유는 손권의 사촌동생인 손유(孫瑜)에게 지원군을 요청해 서천을 공격하기로 마음먹었다. 원래 계획에는 없는 일이었지만, 그렇게 해야만 유비와 제갈량의 마음을 달래 사태를 수습할 수 있다고 믿었던 것이다. 하지만 그마저 뜻대로 되지 않았다. 때마침 제갈량의 편지가 전해졌는데, 그 내용이 마지막 남은 주유의 자존심을 허물어뜨렸다.

'대도독께서 우리를 위해 서천을 치려고 한다니 몇 자 적어보겠습니다. 서천으로 가는 길은 매우 험하고 요새가 견고하여 생각보다 공격하기 매우 어려울 것입니다. 부디 기운을 내시어 대도독의 군사가 참패하지 않기를 기원하겠습니다. 아울러 적벽의 치욕을 잊지 않은 조조가 언제 출병할지 모르니 유념하십시오. 대도독께서 떠난 오나라의 운명은 바람 앞의 촛불과 같을 것입니다.'

편지의 내용은 충고와 조롱이 뒤섞여 있었다. 그것을 읽는 주유의 눈가가 바르르 떨렸다. 때마침 옆구리의 상처까지 온몸을 헤집는 듯해 고통을 참기 어려웠다.

"내가 공명의 손바닥 안에서 놀고 있었구나. 아, 하늘은 왜 이 주유와 공명을 같은 시대에 세상에 보냈단 말인가……."

문득 주유는 자신의 삶이 얼마 남지 않았다는 것을 직감했다. 그만큼 마음이 절망스러웠고 몸 상태가 심각했던 것이다. 결국 며칠 만에 주유는 길게 탄식하며 숨을 거두었다. 그의 나이 36살에 불과했다.

주유가 세상을 떠났다는 소식에 손권은 통곡했다.

"나는 이제 누구를 의지한단 말인가? 그처럼 재능 있는 인재가 젊은 나이에 삶을 마치다니 너무 안타깝구나."

주유는 마지막 순간에도 오나라의 앞날을 걱정했다. 손권은 주유의 유언에 따라 노숙을 도독으로 임명한 뒤, 성대하게 장례식을 치러주었다.

그런데 그 무렵 제갈량도 주유가 죽었다는 사실을 알게 되었다. 비록 유비를 해치려는 계략을 간파해 혼쭐을 내주기는 했으나, 그 역시 주유가 큰 인물이라는 것을 인정하고 있었다. 내 편 네 편을 떠나 일찍 삶을 마친 주유의 삶이 안타깝기는 제갈량도 마찬가지였다. 그는 유비의 허락을 받아 조운과 함께 군사 500을 이끌고 조문을 갔다.

"공명 선생, 지금 이곳의 분위기가 어떤지 몰라서 이렇게 오셨습니까? 여러 장수들이 주유 대도독의 원수라며 공명 선생을 죽이려 들 것입니다."

제갈량을 만난 노숙은 여전히 예의를 갖추며 걱정스런 마음을 드러냈다. 그러나 제갈량은 신경쓸 일 아니라는 듯 옅은 미소를 띠며 말문을 열었다.

"천하의 큰 인물이 아쉽게 떠났는데 마땅히 조문을 와야지요. 인명이야 하늘에 달린 것이니 제가 여기서 죽는다 한들 누구를 원망하겠습니까?"

실제로 주유의 부하 장수들은 제갈량을 보자 적의를 감추지 않았다. 만약 조운이 함께 가지 않았더라면 큰 사달이 나고 말았을 것이다. 그들은 몇 번이나 제갈량을 해치려 들다가도 조운의 기세에 눌려 뜻을 접어야 했다.

제갈량은 진심으로 주유를 추모했다. 그는 영정 앞에 공손히 엎드려 눈물을 흘리면서 곡을 했다. 손권은 그런 제갈량을 바라보며 만감이 교차했다. 일찍 떠난 주유가 그리웠고, 비록 직접적이지는 않더라도 주유가 세상을 떠나는 원인을 제공한 제갈량이 미웠다. 아울러 그처럼 훌륭한 책사를 둔 유비가 부러웠다.

사실 손권에게도 훌륭한 책사를 곁에 둘 기회가 있었다. 주유가 죽은 뒤 노숙이 방통을 추천했던 것이다. 일찍이 방통은 주유를 도와 조조를 물리치는 데 큰 도움을 주었기에, 손권이 손을 내밀면 흔쾌히 몸을 맡길 인물이었다. 그런데 손권은 방통의 겉모습만 보고 자신의 품에 들이려 하지 않았다. 낯빛이 검고 뻐드렁니에 들창코인데다 수염까지 듬성듬성 난 외모가 영 마음에 들지 않았던 것이다. 방통 역시 자기의 진가를 몰라주는 손권 곁에 한시도 머물고 싶지 않았다.

그러던 방통이 마침 주유의 조문을 마치고 돌아가는 제갈량을 만나게 되었다. 복룡과 봉추로 불리던 두 사람은 서로의 됨됨이를 알아 반갑게 인사를 나누었다. 제갈량은 한눈에 방통이 손권의 사람이 되지 못할 것을 알아차렸다. 그가 진지한 눈빛으로 방통을 향해 말했다.

"손권은 선생을 높이 쓰지 않을 것입니다. 형주로 가서 유황숙을 돕는 편이 낫지 않겠습니까? 그분의 덕망이라면 선생을 귀하게 여길 것이 틀림없습니다."

"하하, 역시 공명 선생의 통찰력은 놀랍군요. 그렇지 않아도 저는 이곳을 떠날 생각이었습니다. 평소 조조의 인품에는 매력을 느끼지 못하던 터라, 유 황숙을 찾아갈까 생각 중이었지요. 공명 선생께서 그리 말씀하시니 제 판단이 틀리지 않았나 봅니다."

두 사람은 서로를 바라보며 웃음을 터뜨렸다. 제갈량은 형주로 돌아가 방통을 추천했고, 유비는 방통에게 부군사중랑장(副軍師中郞將)이라는 직책을 맡겨 군사를 지휘하게 했다. 그렇게 복룡과 봉추가 모두 유비 곁에 머물게 되었다. 그 소식은 금세 허도에까지 전해져 조조를 불안하게 했다.

서천으로 가는 길

　조조는 복룡과 봉추를 모두 얻은 유비가 두려웠다. 그가 머지않아 허도로 쳐들어올 것이란 생각에 선공을 펼칠 궁리를 했다. 그런데 순유가 반대하고 나섰다.

　"우리가 남쪽으로 군사를 이동시켜 유비를 치려 한다면 서량 태수 마등이 공격해올지 모릅니다."

　"음, 그렇겠군……."

　순유의 걱정이 일리 있다고 생각한 조조는 가만히 고개를 끄덕였다. 순유는 곧 조조에게 마등을 제거할 방법을 이야기했다. 황제가 벼슬을 내린다는 구실로 마등을 허도로 불러들인 뒤 목숨을 빼앗는다는 계획이었다.

　얼마 후 마등은 조조의 계략이 담긴 황제의 칙령을 받았다. 그는 그것이 술수라는 사실을 모르지 않았지만 황제의 이름으로 된 명을 거역할 수도 없는 노릇이었다. 결국 마등은 맏아들 마초에게 서량을 맡긴 다음 둘째아들 마휴(馬休)와 셋째 아들 마철(馬鐵), 조카 마대(馬岱) 등을 데리고 허도로 향했다. 하지만 그것은 예상대로 죽음에 이르는 길이었다. 조조는 순유의 말대로 마등 일행을 해치워 언젠가 있을지 모를 위협의 싹을 잘라버렸다. 그 날 간신히 목숨을 건진 이는 마대뿐이었다.

그런데 조조는 마등을 제거한 것으로 그치지 않았다. 그는 50만 대군을 일으켜 서량으로 진격했다. 아버지와 형제들의 죽음에 분노하던 마초도 한수와 함께 20만 명의 군사를 이끌어 맞섰다. 한수는 마등이 생전에 의형제를 맺은 각별한 사이였다. 조조는 두려움 없는 마초의 늠름한 모습에 내심 감탄하며 소리쳤다.

"너는 명장 복파장군(伏波將軍)의 후손이거늘, 어째서 황실에 대항하려 드느냐?"

조조는 마초의 가문을 들먹이며 회유하려 했다. 그러나 마초의 기세는 조금도 수그러들지 않았다.

"조조, 너는 천하의 역적이자 내 가족의 원수다! 네 놈의 사지를 갈기갈기 찢어주마!"

마초는 당차게 엄포를 놓자마자 창을 비껴들고 조조의 진영으로 달려들었다. 조조 쪽에서는 먼저 우금이 나가 맞섰으나 상대가 되지 못했다. 뒤이어 장합이 대적했으나 20여 합

만에 말머리를 돌리고 말았다. 급기야 이통(李通)은 마초의 창에 목숨을 잃는 신세가 되었다. 전세는 빠르게 마초 쪽으로 기울었다. 사기가 오른 마초의 병사들이 일제히 달려들어 조조의 진영을 쑥대밭으로 만들었다. 마초가 마대와 함께 100여 명의 기병을 거느리고 달려가 조조를 사로잡으려고 했다.

"붉은 갑옷을 입은 자가 조조다. 놈을 잡아라!"

마초의 외침에 조조는 재빨리 갑옷을 벗어 던졌다.

"수염이 긴 자가 조조다. 놓치지 마라!"

또다시 마초가 소리치자, 이번에는 조조가 자신의 칼로 수염을 싹둑 잘라버렸다. 조조는 얼굴을 가리며 허겁지겁 말을 달렸으나 마초의 눈길을 피하지는 못했다.

"역적 조조야! 어디로 도망치느냐?"

마초는 조조의 뒤를 쫓다가 기회라고 생각한 듯 창을 던졌다. 그러나 힘차게 날아간 창은 아슬아슬하게 조조의 귓등을 스쳐 커다란 나무에 박혔다. 가까스로 위기를 벗어난 조조는 안도의 한숨을 내쉬며 죽을힘을 다해 후방에 있는 진지로 달아났다.

조조는 예상치 못했던 마초의 거센 저항에 깜짝 놀랐다. 그는 퇴각한 병사들을 모아 강을 건너 뒤쪽에서 마초 군을 칠 계획을 세웠다. 하지만 그것을 알아챈 마초가 강을 건너려는 조조의 병사들을 향해 화살을 퍼부었다. 뜻밖의 공격에 화들짝 놀란 조조 군은 이리저리 허둥거리다 줄줄이 죽음을 맞았다. 다만 조조는 허저가 말안장으로 몸을 가리며 호위한 덕분에 겨우 목숨을 구하게 되었다. 허저는 한 손에 말안장을 들어 화살을 막아내고, 다른 한 손으로는 노를 저어 겨우 그 상황을 벗어날 수 있었다.

다시 한 번 아깝게 조조를 놓친 마초가 진지로 돌아와 한수에게 물었다.

"방금 전에 조조를 구한 장수가 누구입니까?"

"그는 허저일세. 누구보다 용맹한 장수이니 경계를 늦추지 말게."

그 날 이후 조조와 마초는 여러 차례 치열한 전투를 벌였다. 하루는 조조가 허저만 데리고 마초의 진영으로 다가가 소리쳤다.

"마초야, 나의 명장 허저가 이통의 복수를 하러 왔다. 용기가 있다면 어서 나오너라!"

마초는 허저라는 말을 듣고 당장 말을 달려 나갔다. 두 장수의 결투는 그야말로 천하 명장들의 대결이었다. 둘은 무려 100여 합이나 맞서 싸웠지만 좀처럼 승부가 나지 않았다. 오히려 양쪽의 말이 먼저 지쳐, 두 사람은 각자의 진지로 돌아가 다른 말로 바꿔 타고 나와야 했다. 그 다음에 다시 100여 합을 싸웠으나 어느 쪽도 물러서지 않았다.

그때까지 잠자코 두 장수의 대결을 지켜보던 조조는 허저가 걱정되었다. 자칫 잘못하여 용맹한 장수를 잃게 될까 봐 염려스러웠던 것이다. 조조는 큰 소리로 하후연과 조홍 등을 불러 허저를 돕게 했다. 그것을 본 마초의 진영에서도 여러 장수들이 한꺼번에 몰려 나왔다. 그렇게 한 떼의 장수들이 뒤엉켜 치열한 전투를 벌이는 바람에 많은 사상자가 나고 말았다. 별 소득 없이 갈수록 피해만 커지자 조조와 마초는 동시에 퇴각 명령을 내렸다.

진지로 돌아온 마초가 한수에게 자문을 구했다.

"머지않아 매서운 추위가 닥칠 텐데 어떻게 하면 좋겠습니까?"

마초는 결코 무모한 장수가 아니었다. 그는 누구 못지않은 용장이면서, 부하들의 안위를 생각하는 덕장이었다. 한수가 그 물음에 신중한 표정으로 답했다.

"이렇게 지루한 소모전을 펼칠 바에는 일단 조조와 휴전하는 편이 나을 것이네. 겨울을 나고 나서 봄에 다시 계책을 세우도록 하게."

한수의 의견을 받아들인 마초는 곧 휴전을 제안하는 편지를 써서 조조에게 보냈다. 하지만 그와 같은 상황에서도 조조는 또 다른 술수를 모의했다.

"나는 일단 마초의 휴전 제안을 받아들일 것이다. 그 다음에 마초와 한수를 이간질시킬 방법을 궁리하면 저들을 손쉽게 무찌를 수 있을 것이다.”

“과연 승상이십니다. 아주 기발한 책략입니다.”

그 말을 듣고 곁에 있던 모사들이 감탄을 자아냈다.

조조는 휴전에 동의한다는 답장을 써서 마초에게 보낸 뒤 군사를 후퇴시키는 시늉을 했다. 그리고 한수에게 은밀히 사람을 보내 온갖 보화를 선물하며 과거의 인연을 떠올리게 했다. 일찍이 조조는 한수의 아버지를 비롯해 그 가문의 몇몇 사람들과 친분이 있었다. 이왕 휴전을 하기로 합의한 마당에 한수는 경계심을 풀고 옛정을 떠올렸다. 그 사이 조조는 한수가 허도에 줄을 대고 있다는 거짓 정보를 흘려 마초의 화를 돋우었다. 그토록 의지했던 한수의 변심에 마초는 참지 못하고 버럭 소리를 내질렀다.

“숙부님께서 어떻게 그럴 수 있습니까? 조정의 벼슬자리가 그토록 탐이 났단 말입니까?”

“아니, 자네가 나를 믿지 못한단 말인가? 나도 이런 대접을 받으며 더 이상 서량에 머물고 싶지 않네!”

한수는 마초 앞에서 자리를 박차고 나와 자신을 따르는 다섯 장수를 만났다. 그 장수들은 이번 기회에 마초를 죽이고 조조에게 항복할 것을 권했다. 한수가 잠시 망설이는 사이에 그 말이 마초의 귀에 들어갔고 사태는 점점 더 심각해졌다.

"숙부가 나를 죽이려 하다니……. 도저히 참을 수 없다!"

마초는 한달음에 한수에게 달려가 칼을 휘둘렀다. 한수는 마초의 칼을 다급히 맨손으로 막아내다가 왼손이 잘리고 말았다. 다섯 장수가 깜짝 놀라며 칼을 빼들어 맞섰지만 순식간에 두 사람의 목이 베어졌다. 그 광경을 보고 겁을 집어먹은 다른 장수들은 일제히 꽁무니를 빼며 모습을 감추었다. 그야말로 자중지란이었다. 그 정보를 전해들은 조조는 회심의 미소를 띠며 군사를 이끌고 마초의 진지로 쳐들어왔다. 모름지기 내분이 일어난 쪽에서 외부의 적을 물리치기는 어려운 법. 마초는 전투에서 크게 패해 마대 등 1천여 명의 병사들만 데리고 서북 지역으로 달아나는 신세가 되었다.

그렇게 마초를 물리친 조조는 기세등등하게 허도로 돌아왔다. 황제가 성 밖까지 나와 환영하자 조조가 호탕하게 웃음을 터뜨렸다. 그 장면만으로도 허도의 실제 주인이 누구인지 알 수 있었다.

그 무렵 한중(漢中) 땅의 장로(張魯)가 야심을 드러내기 시작했다. 그 지역은 지세가 험해 예로부터 조정의 손길이 미치지 못했는데, 장로가 그런 상황을 이용해 조용히 자신의 세력을 키워왔다. 그는 마초를 물리친 조조가 머지않아 한중 땅까지 직접 지배하려 들 것이라고 생각해 서둘러 서천까지 영토를 넓힐 마음을 먹었다. 그 정도 세력은 돼야 조조에게 맞설 수 있다고 판단했던 것이다.

그런 정세를 파악한 익주 자사 유장이 급히 조조에게 사신 장송(張松)을 보냈다. 장송은 비록 볼품없는 외모를 가졌으나 심지가 굳고 사리사욕을 챙기는 법이 없는 인물이었다. 그를 만난 조조는 다짜고짜 조공 이야기를 꺼냈다.

"어찌하여 유장이 조정에 바치는 물품이 갈수록 허접해지는 것이냐?"

"근래 서천에 가뭄이 들어 백성들이 어려움을 겪었습니다. 조공이 중요하긴 하나, 백성들의 궁핍한 생활을 외면할 수 없어 더 많이 신경을 쓰지 못했습니다. 승상께서 헤아려주십시오."

장송의 대답을 들은 조조의 얼굴에 불쾌한 기색이 번졌다. 대부분의 경우 사신에게는 좋은 음식과 편안한 잠자리를 내주는 것이 관례였으나, 조조는 장송을 푸대접했다. 그처럼 속좁게 행동하는 조조를 바라보며 장송은 한숨을 내쉬었다.

"이런 자가 천하의 권세를 누리다니 안타깝다. 조조는 교만하고 욕심이 많은 인물이라 서천의 운명을 맡기기에는 적절치 않구나."

장송은 혼잣말을 내뱉으며 유장에게 돌아가 자신의 생각을 전했다. 그리고는 조조 대신 유비를 찾아가 도움을 청하는 편이 나을 것이라고 말했다. 일찍이 유비가 덕망이 높다는 소문을 듣기도 했고 유장과 같은 황족이었기 때문에 그런 판단을 했던 것이다.

그렇게 장송은 다시 길을 나서 형주로 향했다. 멀리 형주 땅이 보일 무렵, 500여 명의 기병을 거느린 조운이 나타나 그를 맞이했다. 장송이 온다는 정보를 전해들은 제갈량이 미리 조운을 내보냈던 것이다. 조운은 말에서 내려 장송에게 정중히 인사했다.

"어서 오십시오. 형주에 오신 것을 환영합니다."

그런데 장송을 마중 나온 것은 조운만이 아니었다. 얼마쯤 길을 더 가자 이번에는 관우가 군사를 이끌고 나타나 예를 갖췄다. 장송은 자신을 위해 마음을 써주는 유비가 무척 고마웠다. 게다가 형주성 가까이 이르자 유비가 제갈량과 방통을 데리고 나와 반갑게 맞이하는 모습을 보고는 감격하지 않을 수 없었다.

"유장 자사의 사신 장송, 유 황숙께 인사 올립니다."

장송은 서둘러 말에서 내려 유비에게 고개를 숙였다. 유비 역시 아무런 권위를 내세우지 않고 진심을 다해 장송을 환영했다.

"이렇게 만나게 되어 반갑소. 형주에 머무는 동안 편히 지내면서 서천의 사정을 내게 이야기해주시오."

유비의 환대를 받은 장송은 조조와 다른 고매한 인품에 매료됐다. 그는 형주에 머무는 사흘 동안 극진한 대접을 받으며 서천의 운명을 유비에게 맡겨야겠다고 마음을 굳혔다. 장송은 서천으로 떠나기 전날, 유비를 찾아가 진지하게 말문을 열었다.

"제가 보기에 형주는 안전한 땅이 아닙니다. 동쪽에는 웅크린 호랑이 같은 손권이 있고, 북쪽에는 조정의 권세를 좌지우지하는 조조가 도사리고 있기 때문입니다. 유 황숙께서 대업을 이루시려면 형주보다 탄탄한 기반이 필요해 보입니다."

"형주보다 탄탄한 기반이라니, 그게 무슨 말이오?"

이미 제갈량으로부터 들은 말이 있어 짚이는 바가 없지 않았으나, 유비는 신중한 표정으로 장송의 이야기에 귀를 기울였다. 유비의 물음에 장송이 목소리를 조금 높였다.

"지금 한중의 장로가 호시탐탐 서천 땅을 노리고 있습니다. 그것을 잘 아는 유장 자사가 유 황숙께 도움을 청하기 위해 저를 형주로 보낸 것이지요. 서천과 한중을 아우르는 익주는 지세가 험해 외적의 침략을 막아내기 용이할 뿐만 아니라, 넓고 기름진 평야가 있어 살림살이도 넉넉한 편입니다. 게다가 유 황숙의 인품을 흠모하는 백성들도 많지요. 이번 기회에 유 황숙께서 익주의 주인이 되신다면 장차 천하를 호령할 든든한 배경이 될 것입니다."

사실 장송은 유장을 섬기면서도 아쉬움이 적지 않았다. 유장의 성품이 야무지지 못한데다 재주도 별로 뛰어나지 않았기 때문이다. 그런 참에 유비를 만난 장송은 그 인물 됨됨이에 흠뻑 빠져들었다. 유비가 위기에 처한 서천을 돕는 것을 넘어 아예 익주의 주인이 되어 주었으면 하는 바람을 가졌던 것이다. 하지만 유비는 짐짓 난처한 표정을 지었다.

"허허, 그런 말 하지 마시오. 유장 자사는 나와 같은 황실의 후손인데, 내가 어찌 그 땅을 탐할 수 있겠소."

그러면서 유비는 장로의 공격에 맞서 서천을 방어하는 데 힘을 보태겠다고 약속했다. 장송은 그 후에도 몇 번이나 유비에게 익주의 주인이 되어달라고 청했다. 하지만 유비가 선뜻 응하지 않자, 일단 서천으로 돌아가 자신이 사신으로서 거둔 성과를 전했다. 장송은 정식으로 형주에 도움을 요청하는 것을 물론, 군사를 보내 유비를 마중하라고 건의했다. 유장도 그 말에 흔쾌히 동의했다.

"내가 직접 원군을 바라는 서찰을 써줄 테니, 법정(法正)이 그것을 유 황숙에게 전하라. 그리고 맹달(孟達)은 군사 5천을 데려가 유 황숙을 호위해 모셔오도록 하라."

며칠 후, 유장의 서찰을 전해 받은 유비는 곧 부하 장수들을 소집했다. 그는 먼저 제갈량에게 당부했다.

"공명께서 조운을 비롯해 두 아우와 함께 형주를 지켜주십시오. 나는 서천으로 가서 유장 자사를 돕겠습니다."

"알겠습니다, 주공. 이곳은 염려하지 마시고 잘 다녀오십시오."

제갈량과 관우, 장비, 조운은 언제나처럼 든든한 모습을 보여 유비를 안심시켰다. 서천으로 가는 길에는 방통과 황충, 위연 등이 5만의 군사를 이끌어 동행했다. 얼마쯤 길을 갔을까? 맹달의 군사가 그들을 만나 정중히 서천 땅으로 안내했다.

그런데 유장과 달리, 그의 장수들은 유비가 오는 것을 탐탁치 않게 생각했다. 유비가 서천 땅에 들어선 것을 알고 유장이 마중을 나가려고 하자 장수 황권(黃權)이 반대했다.

"자사께서 직접 유비를 맞이할 필요는 없습니다. 그가 비록 황족이기는 하나, 언제 익주를 넘볼지 모르는 인물입니다."

"그런 말 말게. 지금 유비는 우리를 돕기 위해 이곳에 오는 것이네."

그럼에도 황권이 몇 번이나 말렸으나 유장은 듣지 않았다. 얼마 후 유비를 만난 유장은 덥썩 손을 맞잡으며 반가워했다. 유비 역시 같은 황족의 후손인 유장에게 호감을 보이며 허심탄회하게 이런저런 이야기를 주고받았다.

그런데 유비와 달리 방통은 다른 속셈을 품었다. 그는 이번 기회에 유비가 익주 땅을 차지하게 되기를 바랐던 것이다. 몇 날 며칠 유장이 잔치를 베풀어 형주에서 온 일행을 극진히 대접하자, 유비가 그 보답을 하기 위해 자사와 장수들을 진지로 초청했다. 그때 방통이 의미심장한 미소를 지으며 위연에게 속삭였다.

"장군, 우리 진지에서 잔치가 벌어지면 검무를 추는 척 유장에게 다가가 목을 베십시오."

"무슨 말씀인지 알겠습니다. 그러면 주공께서 익주의 주인이 되실 수 있겠지요."

위연은 방통과 뜻을 같이했다.

하지만 그 계략은 실현되지 못했다. 유장의 심복인 장임(張任)이 수상한 낌새를 알아채고 위연을 경계했던 것이다. 칼을 빼든 위연이 검무를 추는 척 유장에게 접근하면, 장임 역시 춤을 추는 것처럼 칼을 휘둘러 자사를 호위했다.

그때 방통의 속셈을 눈치챈 유비가 크게 소리쳤다.

"모두 칼을 거두어라! 형제나 다름없는 손님을 초대해놓고 왜 오해를 살 만한 검무를 춘단 말이냐?"

유비의 호통에 위연이 칼을 거두었다. 그러자 유장도 장임에게 칼을 내려놓도록 했다.

그 날 잔치가 끝나고 유장이 돌아간 뒤, 유비는 방통을 불러 주의를 줬다.

"나는 위험에 빠진 유장을 돕기 위해 서천에 온 것이오. 좋은 뜻으로 와서 그를 해치려든다면, 어느 누가 우리를 진심으로 따르겠소?"

"송구합니다, 주공. 앞으로는 언행을 더욱 신중히 하겠습니다."

방통은 유비에게 사과하며 머리를 조아렸다. 하지만 익주 땅을 차지할 기회를 놓쳤다는 생각에 쓴웃음을 지었다.

그로부터 며칠 후, 마침내 장로가 서천 땅으로 쳐들어왔다. 그는 가맹관(葭萌關) 쪽으로 부하들을 이끌었는데, 소식을 들은 유비가 즉시 그곳으로 달려갔다.

그럼에도 유장의 부하들은 여전히 유비가 마음을 바꿔 자신들에게 칼을 겨눌까 봐 두려웠다. 비록 원군이기는 해도 언제 생각을 바꿔 적이 될지 몰랐기 때문이다. 그들은 또다시 유장에게 유비를 너무 믿지 말라고 조언했다. 그쯤 되자 유장도 철석같이 믿던 유비를 경계하기 시작했다. 그는 유비가 가맹관으로 가면 그 후방인 부수관(涪水關)에서 철저히 감시할 것을 지시했다. 그리고 자신은 성도(成都)로 가서 머물렀다.

그 무렵 손권은 유비가 군사를 일으켜 서천으로 갔다는 소식을 듣고 눈빛을 반짝였다. 형주를 공격해 손에 넣을 수 있는 기회라고 생각했기 때문이다. 그런데 그때 조조의 대군이 오나라로 쳐들어올 것이라는 정보가 전해졌다. 손권은 형주를 치는 일을 뒤로 미루고 서둘러 조조 군을 막기 위한 준비에 박차를 가했다. 그는 도읍을 말릉(秣陵)으로 옮긴 뒤 유수

(濡須) 강변에 토성을 쌓았다.

조조가 오나라를 공격할 것이라는 정보는 사실이었다. 그 시기 조조의 권세는 더욱 막강해져 곤룡포를 입고 면류관을 쓰는 안하무인의 행동을 일삼을 정도였다. 순욱이 그와 같은 패륜을 멈추라며 진언하자 사약을 내려 목숨을 빼앗기까지 했다. 조조는 무소불위의 권력을 휘두르며 무엇 하나 거칠 것이 없었다. 다만 적벽의 치욕이 자꾸 떠올라 또다시 오나라를 공격하기로 결정했던 것이다.

하지만 손권이 미리 대비했으므로 조조는 쉽게 뜻을 이루지 못했다. 양쪽의 군사가 한 달 넘게 맞붙었지만 어디로도 승패가 기울지 않았다. 결국 조조는 군사를 일단 허도로 되돌릴 수밖에 없었고, 손권도 말릉으로 돌아가 다음에 있을지 모를 침략에 대비했다. 그와 같은 상황은 곧 서천에도 전해졌고, 방통이 다급히 유비를 찾아갔다.

"주공, 어서 군사를 데리고 형주로 돌아가야 합니다. 조조나 손권이 언제 형주를 공격할지 모릅니다."

유비가 생각하기에도 방통의 판단이 옳았다. 당장은 조조와 손권이 균형을 이루고 있지만, 어느 한쪽으로 힘이 기울어지면 다음 목표는 형주가 될 것이 틀림없었다. 유비는 가맹관에서 장로의 군사와 대치하다가 어느 정도 사태가 안정되자 유장을 찾아가 말했다.

"형주와 익주가 동맹인 것을 알았으니 장로도 섣불리 공세를 펼치지는 못할 것입니다. 지금은 형주의 처지가 더욱 급해져 저는 이만 돌아가 봐야겠습니다. 자사께서 군사 사만과 군량 십만 석을 빌려주시면 고맙겠습니다."

그동안 유비가 도움을 준 것을 생각하면 그만한 요구는 들어줘야 마땅했다. 하지만 그 부탁을 듣고 고민하는 유장에게 황권이 뭔가 귓속말을 건넸다.

잠시 뒤 유장은 굳은 얼굴로 유비를 향해 말했다.

"공도 알다시피 우리에게는 여유가 없습니다. 노병(老兵) 사천과 쌀겨라도 괜찮다면 내드리지요."

그 말을 들은 유비는 자존심이 상했다. 자신의 호의에 그 정도 대답밖에 하지 못하는 유장이 원망스럽기도 했다. 유비는 곧장 말머리를 돌려 군사를 데리고 형주로 향했다. 그런데 그 소식을 들은 장송이 급히 밀서를 써서 유비에게 보내려다가 유장에게 발각되고 말았다. 밀서에는 유비가 형주로 돌아가는 것을 말리며, 당장 익주를 빼앗아 주인이 되어달라는 청이 담겨 있었다. 그것을 본 유장은 불같이 화가 나서 장송을 죽인 다음, 배수관에 사람을 보내 형주로 돌아가는 유비를 막도록 했다. 유장의 부하 장수인 양희(楊戲)와 고패(高沛)는 그 명령에 따라 배수관을 봉쇄해버렸다.

뜻밖의 상황이 벌어지자 유비의 낯빛이 심각해졌다. 하지만 유비의 정예군에게 양희와 고패는 상대가 되지 못했다. 황충과 위연이 금세 그들의 목을 베고 배수관의 길을 다시 열었다. 그때 방통이 다가와 유장을 공격하자고 제안했다.

"이왕 이렇게 된 것, 주공께서 익주를 손에 넣도록 하십시오. 유장을 그대로 두면 어떤 화가 미칠지 모릅니다."

그런데 유비는 선뜻 결정을 내리지 못했다. 때마침 제갈량의 서신이 도착했는데, 천문으로 점괘를 내보니 당분간 매사에 근신해야 한다는 내용이 적혀 있었다. 방통은 그것을 보고 자신이 공을 세울까 봐 제갈량이 방해하는 것이라고 생각했다. 그래서 망설이는 유비를 몇 번이나 설득하며 유장을 치는 결단을 내리도록 채근했다.

"음, 이번에는 봉추의 뜻을 따르겠소. 익주를 차지하고 나면 공명도 이해해줄 것이오."

드디어 유비가 자신의 바람을 받아들이자 방통은 신바람이 났다. 유장을 치는 선봉에는 황충과 위연이 나섰다. 그 뒤를 유봉과 관평, 그리고 방통이 따랐다. 그런데 방통이 타고 다니는 말이 너무 허약해 장수들을 따라가는 것을 버거워했다. 그것을 보고 안타까운 마음이 든 유비가 자신의 백마를 방통에게 내주었다.

"전쟁터에서 말이 시원치 않으면 낭패를 보기 십상이오. 이 말은 잘 훈련되어 험한 길도 쏜살같이 내달리니 봉추에게 큰 도움이 될 것이오."

"고맙습니다, 주공. 이 은혜 잊지 않고 열심히 싸우겠습니다."

방통은 유비의 마음씀씀이에 감격하며 재빨리 장수들을 따라갔다.

그런데 그 시각, 유장은 양희와 고패가 죽었다는 소식을 전해 듣고 유비의 공격을 예상했다. 그는 장임에게 군사 3천을 내주어 낙봉파(落鳳坡) 근처에 매복하도록 했다.

얼마 후, 그들 앞에 황충과 위연을 선두로 유비의 군사가 모습을 드러냈다. 하지만 장임은 섣불리 공격 명령을 내리지 않았다.

"조금만 기다려라. 우리보다 저들의 수가 더 많으니 한 방에 결판을 내야 한다. 유비가 나타나면 집중적으로 화살을 퍼부어라!"

장임의 병사들은 화살을 겨눈 채 유비가 모습을 드러내기를 숨죽여 기다렸다. 그리고 곧 유비가 타고 다니는 백마를 발견했다.

"저기, 유비가 나타났습니다!"

한 병사가 백마를 가리키자 장임은 다시 명령을 내렸다.

"모두 백마에 탄 유비를 향해 활을 겨누어라. 그리고 내가 먼저 시위를 놓으면 한꺼번에 화살을 날리도록 해라."

그때 방통은 뭔가 심상치 않은 기운을 느꼈다. 그가 말고삐를 당겨 걸음을 멈추면서 곁에 있던 병사에게 물었다.

"여기가 어디인가?"

"낙봉파라는 곳입니다."

병사의 대답에 갑자기 방통의 눈이 동그래졌다.

"뭐라고? 내가 장차 봉황이 될 봉추인데 낙봉이라니, 이곳은 내게 불길한 곳이구나. 어서 말을 달려 빠져나가자!"

하지만 이미 때가 늦었다. 매복해 있던 장임의 병사들이 일제히 화살을 쏟아 붓기 시작한 것이다. 그들은 백마를 탄 방통이 유비인 줄 꿈에도 알지 못했다. 순식간에 방통의 몸에는 수십 개의 화살이 꽂혔다. 숨통이 끊어진 방통은 그렇게 처참한 모습으로 땅바닥에 나뒹굴었다. 그때 그의 나이 겨우 서른여섯 살이었다.

형주에 미련을 버리지 못한 손권

방통이 죽었다는 소식을 들은 유비는 깊은 슬픔에 잠겼다. 자기가 백마를 내어준 것이 빌미가 되었다는 생각에 자책도 했다. 그 소식은 형주에 있는 제갈량에게도 전해졌다. 아니, 그는 지난 밤 서쪽 하늘에서 밝은 별 하나가 떨어지는 것을 보고 이미 방통의 죽음을 예감했다. 제갈량은 방통이 세상을 떠났다는 사실에 뜨거운 눈물을 흘렸다. 그리고 유비가 걱정되어 지체 없이 서천으로 달려갈 마음을 먹었다.

제갈량은 유비에게 가기 전에 관우를 만났다.

"지금 주공께는 제가 필요할 듯합니다. 관운장께서 형주를 잘 지켜주십시오."

"알겠습니다, 공명. 이곳은 염려 말고 형님을 도와 유장을 물리쳐주십시오."

관우의 늠름한 모습에 제갈량은 마음이 놓였다. 다만 한 가지 신경쓰이는 문제가 있었다.

"관운장, 만약 조조와 손권이 한꺼번에 쳐들어오면 어떻게 하겠습니까?"

"그런 경우라면 힘에 부치겠지만, 죽기를 각오하고 싸워야지요. 병사들을 반으로 나누어 적들과 대적하겠습니다."

그러자 제갈량이 고개를 가로저었다.

"아닙니다. 한꺼번에 막강한 적을 둘이나 상대하는 것은 패망에 이르는 지름길입니다. 만약 그와 같은 경우가 생긴다면 손권과 화친을 맺어 조조부터 막아내십시오."

관우는 제갈량의 충고를 진지하게 받아들였다. 그제야 제갈량은 홀가분한 마음으로 유비를 찾아갈 수 있게 되었다. 그는 마량, 미축, 관평, 요화(廖化)를 형주에 남겨 관우를 돕게 하고 장비에게 군사 1만을 내주어 먼저 서천으로 떠날 것을 지시했다. 그리고 자신은 조운을 데리고 뱃길을 통해 서천으로 향했다. 이른바 수륙협공을 펼친 것인데, 그 작전은 톡톡히 효과를 보아 유장을 궁지에 몰아넣는 데 성공했다.

육로로 적진을 열어젖힌 장비와 수로로 공세를 펼친 제갈량의 기세는 대단했다. 장비가 파군성(巴郡城)을 함락시켜 명장 엄안(嚴顔)을 항복시키자, 제갈량은 계략을 펼쳐 죽음을 두려워하지 않고 저항하던 장임의 목을 쳤다. 그리고 그들은 유비와 합세해 유장의 본거지인 성도를 공격하기 시작했다.

익주 자사 유장의 턱 밑까지 진격해 마지막으로 숨통을 끊을 순간을 눈앞에 두었던 것이다.

유장의 신세는 그야말로 바람 앞의 촛불 같았다. 그때 한 심복이 최후의 계략을 꺼내놓았다.

"더 이상 방법이 없습니다. 장로에게 도움을 청하십시오."

그 말에 유장은 얼굴이 붉게 달아올랐다.

"우리의 목을 죄려던 장로에게 어찌 애걸한단 말인가?"

"지금은 자존심을 내세울 때가 아닙니다. 따지고 보면 한 중은 우리의 이웃으로 같은 운명에 처해 있습니다. 장로를 잘 설득하면, 분명 도움을 줄 것입니다."

심복의 말에 유장은 곰곰이 생각에 잠겼다. 그런데 아무리 궁리해 봐도 다른 수는 떠오르지 않았다. 결국 유장은 장로에 게 도움을 청했고, 요모조모 잇속을 따져본 장로는 그 제안을 기꺼이 받아들였다.

당시 장로에게는 조조에게 패한 마초가 몸을 의탁하고 있 었다. 장로는 마초에게 2만의 군사를 내주어 유비를 치게 했 다. 처음에 마초는 그 명령이 마뜩치 않았다. 아버지 마등과 유비의 친분이 떠올라 망설여졌던 것이다. 하지만 궁지에 몰 린 자신을 거둬준 장로의 말을 따르지 않을 수 없었다.

마초의 무예 솜씨는 전혀 녹슬지 않았다. 그가 긴 칼을 휘 두르며 유비의 진영을 헤집고 다니자 병사들의 머리가 추풍

낙엽처럼 나뒹굴었다. 그것을 본 장비가 장팔사모를 움켜쥐고 마초에게 달려들었다.

"이놈, 마초야! 너는 내가 상대해주마!"

"좋다, 얼마든지 덤벼라. 미련한 네 놈의 머리통을 박살내주마!"

평범한 장수라면 장비의 기개에 지레 겁을 집어먹을 만했다. 그러나 마초는 조금도 움츠러들지 않고 당당히 맞섰다. 둘의 대결은 100합이 넘게 이어졌으나 좀처럼 승부가 나지 않았다. 마초가 구리 철퇴를 던지면 장비가 장팔사모로 막아냈고, 장비가 활을 꺼내 쏘면 마초가 몸을 숙여 가뿐히 피했다. 어느덧 날이 저물어 더 이상 맞대결이 어려워지자 장비가 소리쳤다.

"제법이구나, 마초야. 오늘은 이쯤에서 그만두고 내일 다시 붙어보자!"

"그래, 나도 승부를 가리지 못해 아쉽다. 끝까지 싸워 결판을 내자!"

두 장수는 내심 서로의 실력을 인정하며 말머리를 돌렸다. 진지로 돌아온 장비는 유비에게 뜻밖의 말을 했다.

"형님, 마초는 죽이기 아까운 장수요. 우리 편으로 끌어들일 방법이 없겠소?"

유비는 장비의 말에 고개를 끄덕였다. 실은 그도 일찍이 마초의 재능을 탐내고 있었다. 유비는 제갈량을 찾아가 마초를 사로잡을 방법을 물었다.

"마초는 호랑이처럼 용맹한 장수입니다. 무조건 힘을 맞붙으려 하면 한쪽이 치명상을 입게 마련이지요. 제게 좋은 계략이 있으니 들어보십시오."

제갈량은 목소리를 낮춰 유비가 마초를 품에 안을 수 있는 방법을 이야기했다. 그것은 마초와 장로 사이를 멀어지게 한 뒤, 마초 스스로 유비를 찾아오게 하는 계략이었다. 제갈량은 먼저 밀사를 보내 뇌물을 밝히는 장로의 참모 양송(楊松)에게 재물을 건넸다. 그 대가로 양송은 자신의 패거리와 함께 장로를 찾아가 마초를 모함했다.

"마초는 지금 유비와 싸우는 척하며 우리에게 칼을 겨눌 때를 기다리고 있습니다. 그 자는 조조에게 원한이 있어 한중부터 손에 넣어 힘을 키울 속셈이지요."

장로는 평소 양송을 철석같이 믿었다. 그의 모함에 넘어간 장로는 당장 마초를 지원하던 군량을 끊었다. 그리고 기회를 보아 마초의 목을 베기로 작정했다. 한중에 머물고 있던 부하로부터 그 소식을 전해들은 마초는 깜짝 놀랐다. 그때 제갈량이 보낸 또 다른 밀사가 마초를 찾아왔다. 밀사는 은밀히 유비의 말을 전했다.

"유 황숙께서는 마초 장군과 싸우는 것을 달가워하지 않습니다. 그분은 일찍이 마등 장군과 함께 힘을 합쳐 조조를 치려고 했던 동지였기 때문입니다. 마초 장군, 잘 생각해보십시오. 장차 조조를 무찔러 아버님의 원수를 갚으려면 유 황숙과 손을 잡는 것이 옳지 않겠습니까? 장군께서 오신다면, 유 황숙께서도 버선발로 달려 나와 반갑게 맞이하실 것입니다."

밀사의 이야기에 마초는 귀가 솔깃했다. 장로가 자신을 오해해 죽이려고 하는 마당에 더 이상 한중에 머물 수도 없는 노릇이었다. 결국 마초는 군사를 이끌고 유비 진영으로 넘어오는 결단을 내렸다.

마초를 설득한 밀사의 이야기는 과장이 아니었다. 유비는 마초가 온다는 소식에 몸소 진영 밖으로 마중을 나와 반갑게 맞이했다. 하루 종일 목숨을 걸고 싸웠던 장비도 달려 나와 누구보다 밝은 얼굴로 마초를 환영했다.

"잘 왔네, 마 장군. 앞으로 내 곁에서 큰 힘이 되어주게."

유비의 환대에 마초는 머리를 조아려 예를 갖췄다. 또 한 사람의 용맹한 장수가 자진하여 유비의 수하로 들어오는 순간이었다.

이튿날, 마침내 유비는 유장이 머물고 있는 성도성(成都城)을 공격하라는 명령을 내렸다. 마초가 선봉에 서서 말을 몰았다. 성도성 누각에 올라 한 무리의 군사가 흙먼지를 피우며 달려오는 것을 본 유장이 반색하며 소리쳤다.

"하하하, 저길 보아라! 드디어 장로의 군사가 우리를 도우러 오는구나!"

유장은 그 병사들이 자신을 치러 오는 적인 줄은 꿈에도 생각지 못했다. 잠시 후, 성문 앞에 다다른 마초가 큰 소리로 엄포를 놓았다.

"유장은 들어라! 성문을 열고 순순히 밖으로 나와 유 황숙께 항복하면 목숨만은 살려주마. 하지만 무모하게 저항한다면 한 놈도 남김없이 목을 벨 것이다!"

누구라도 마초의 기개를 보면 오금을 저릴 만했다. 아군이라고 생각했다가 적군인 줄 알게 된 유장은 순식간에 전의를 상실했다. 그는 스스로 성문을 열고 밖으로 나와 마초에게 항복했다. 곧 유비를 만난 유장이 넋이 나간 얼굴로 무릎을 꿇었다. 그러자 유비가 그에게 다가가 손을 내밀었다.

"미안하게 됐구려. 내가 도리를 잊은 것은 아니나, 공이 나의 호의를 가볍게 여긴 것이 잘못이오. 이 모든 일이 하늘의 섭리라 생각하시오."

그 말을 들으며 유장은 크게 낙심했다. 유비는 그를 진위장군(振威將軍)으로 임명해 형주의 공안현(公安縣)에서 살게 했다.

그렇게 유비는 서천의 새로운 주인이 되었고, 머지않아 촉(蜀)으로 불리게 되는 익주 땅에 세력을 뻗쳤다. 그 땅의 많은 백성들이 유비를 반겼으며, 장수와 관원들도 충성을 맹세했다. 유비가 서천을 손에 넣었다는 소식을 들은 손권은 또다시 형주 땅을 빼앗을 궁리를 했다. 손권은 즉시 유비에게 사신을 보내 그 말을 전했으나 씨알도 먹히지 않았다. 이번에는 유비가 한중 땅을 모두 차지한 다음에 생각해보겠다고 답신을 보낸 것이다.

"이 자가 나를 우습게 여기는구나⋯⋯."

손권은 노숙을 불러 유비를 마구 비난했다. 지난날 노숙은 손권과 주유의 명을 받아 형주 땅을 두고 유비 쪽과 담판을 벌인 적이 있었다. 하지만 그때마다 유비와 제갈량의 반박에 별 다른 말도 하지 못한 채 발걸음을 돌릴 수밖에 없었다. 다만 서천을 차지하면 형주를 양보할 수 있다던 제갈량의 말에 기대를 걸었던 것이다.

"유비가 이번에는 한중 땅을 핑계로 나의 요구를 거절하니 어떻게 하면 좋겠느냐?"

손권의 낯빛이 어두웠다. 잠시 입을 다물고 있던 노숙이 신중히 말문을 열었다.

"제게 한 가지 계략이 있습니다."

"그게 무엇인가?"

노숙의 말이 끝나자마자 손권이 다시 물었다.

"제가 육구(陸口)에 군사를 매복시킨 다음 술잔치를 열어 관우를 초대하겠습니다. 만약 그가 저의 초대에 응한다면 형주를 우리에게 넘기라고 좋은 말로 설득해볼 것입니다."

"관우가 자네의 요구를 순순히 들어주겠는가?"

손권은 노숙의 계략이 미심쩍었다. 그러자 노숙이 단호한 목소리로 말을 이었다.

"관우가 술잔치에 와서 저의 말을 따르지 않는다면 매복시켜둔 병사들로 하여금 목을 치게 할 것입니다. 그리고 혹시 그가 술잔치 초대에 응하지 않는다면, 그것을 빌미로 군사를 몰고 가서 형주를 빼앗으면 그만입니다."

그제야 손권은 고개를 끄덕이며 노숙의 계략에 동의했다. 노숙은 곧 육구로 군사를 데려가서 진을 치고 형주로 사람을 보내 관우를 초대했다. 관평과 마량이 의심쩍어하며 술잔치에 가는 것을 말렸으나 관우는 듣지 않았다.

"노숙과 인연이 있는데 초대에 응하지 않는다면 뒷말이 나올 것이다. 만약의 사태에도 대비할 테니 걱정하지 마라."

관우는 이렇게 부하 장수들을 안심시키며 관평에게 한 가지 임무를 맡겼다. 배 10척과 수군 500명을 이끌고 강기슭에서 기다리다가 깃발로 신호를 보내면 달려오라는 명이었다.

얼마 후, 관우는 배를 타고 육구로 향했다. 멀리서 노숙이 살펴보니, 주창을 비롯해 병사 몇이 관우를 호위하고 있을 뿐이었다. 자신의 계략이 순조롭게 들어맞아가자 노숙은 흡족한 미소를 띠며 달려가 관우를 맞이했다.

"어서 오십시오, 관운장. 오랜만에 회포나 풀까 하여 모셨습니다."

"초대해주셔서 고맙습니다."

관우와 노숙은 서로 몸을 낮추며 정중히 예를 갖췄다. 그리고 흥겹게 술잔을 주고받으며 잔치를 즐겼다. 그러다가 취기가 달아오를 무렵, 노숙이 마침내 속에 담아두었던 이야기를 꺼냈다.

"전에 공명 선생이 유 황숙께서 서천을 갖게 되면 형주 땅을 오나라에 넘기겠다고 말씀하셨습니다. 그런데 얼마 전 서천을 손에 넣고도 다시 한중 땅을 들먹이시니 신의에 어긋난 것이 아닌지요?"

노숙의 말을 들은 관우는 불쾌했다. 그러나 애써 감정을 숨기며 노련하게 대응했다.

"허허, 그런 이야기는 오늘처럼 즐거운 술자리에 어울리지 않는군요. 그 문제는 나중에 다시 논의해봅시다."

하지만 노숙은 조급해하며 한 걸음 더 나아갔다.

"지난날 우리 주공께서는 조조에게 쫓겨 오갈 데 없는 유 황숙을 위해 형주 땅에 머무는 것을 용인하셨습니다. 한데 이제 서천을 얻었으니 마땅히 형주를 내놓아야 하지 않겠습니까? 관운장이 형님 대신 신의를 지키신다면 만인이 우러러볼 것입니다."

"뭐라고, 너의 주공이 용인했다고?"

노숙의 거듭된 추궁에 관우는 참았던 화가 폭발하고 말았다. 그는 자리에서 벌떡 일어서며 청룡언월도를 움켜쥐었다. 그러면서 곁에 있던 주창에게 눈짓을 보냈다. 금세 그 뜻을 알아차린 주창은 강기슭으로 달려가 붉은 깃발을 흔들었다. 그 사이 관우는 일부러 술에 만취한 척 비틀거리면서 오른손에 청룡언월도를 쥔 채 왼손으로 노숙의 팔을 붙잡았다. 미리 매복해 있던 손권의 병사들은 일제히 관우를 치려고 했으나, 노숙이 인질처럼 붙잡힌 바람에 섣불리 모습을 드러내지 못했다.

관우는 여전히 술에 만취한 시늉을 하며 말투를 싹 바꿔 노숙을 혼란스럽게 했다.

"허허허, 미안하게 됐습니다. 내가 술에 취해 노숙 공에게 시비를 걸었구려. 재미없는 형주 이야기는 그만하시고, 배를 정박시켜둔 강기슭까지만 나를 배웅해주십시오. 오늘은 내가 취했으니 이쯤에서 잔치를 끝내고 다음을 기약합시다."

노숙의 팔을 붙잡은 관우의 손아귀 힘은 대단했다. 여차하면 굳이 청룡언월도를 휘두를 것도 없이 팔뚝을 으스러뜨릴 기세였다. 노숙은 관우의 힘에 질질 끌려 강기슭까지 동행할 수밖에 없었다. 그곳에는 아까와 달리 10척의 배와 수군 500

여 명이 진을 치고 있었다. 그제야 노숙은 자신의 계략이 실패하고 만 것을 알아차렸다. 관평의 호위를 받으며 배에 오른 관우는 노숙의 팔을 놓아주고 여유롭게 작별 인사를 건넸다. 그리고는 언제 취했냐는 듯 꼿꼿한 자세로 서서 형주를 향해 배를 몰았다.

그 시각 육구에서 사람이 오기를 기다리던 손권은 직접 나타난 노숙을 보고 다급히 물었다.

"어떻게 되었느냐?"

"송구합니다, 주공⋯⋯."

노숙은 손권 앞에서 차마 얼굴을 들지 못했다. 모든 이야기를 전해들은 손권은 부아가 치밀어 당장 형주를 공격하기로 마음먹었다. 그런데 때마침 조조가 30만 대군을 일으켜 몰려온다는 보고가 올라왔다. 화들짝 놀란 손권은 형주를 치려던 계획을 접고 군사를 합비와 유수로 옮겨 조조의 침략에 대비했다.

하지만 조조의 공격은 실제로 이루어지지 않았다. 여러 모사와 부하 장수들이 지금은 때가 아니라는 상소를 올렸고, 그것을 받아들인 조조가 말머리를 돌렸기 때문이다. 일단 허도로 돌아온 조조는 훗날을 기약하며 더욱 야심을 드러냈다.

기고만장한 조조와 한중의 몰락

오래 전부터 허도의 실세는 조조였다. 그의 권세는 날이 갈수록 막강해져 천상천하 유아독존이라는 말이 딱 들어맞을 정도였다. 실제로 조조의 심복들은 그를 위왕(魏王)에 앉히려는 음모를 꾸미기도 했다. 모사 순유가 그럴 수는 없다며 반대했다가 조조의 미움을 사 목이 베이는 참사를 당했다. 그러니 누구도 조조 앞에서 반기를 들지 못했다. 헌제 역시 조조의 이름만 들어도 바짝 긴장하여 모든 요구를 들어주는 지경이었다.

그러자 참다못한 복황후(伏皇后)가 사가(私家)에 있는 아버지 복완(伏完)에게 도움을 청했다. 헌제의 충신 목순(穆順)이 궁궐과 사가를 오가며 부녀의 밀서를 전했다. 급기야 복완은 딸인 황후에게 조조를 제거할 계책을 적은 서찰을 보내기에 이르렀다.

'지금은 누구도 조조에 맞서기 어렵습니다. 방법은 단 하나, 손권과 유비에게 도와달라고 부탁해야 합니다. 그들이 연합해 허도로 진격하면 조조가 전군을 이끌고 달려 나갈 테니, 그 틈에 충신들이 힘으로 모아 허도를 장악하면 됩니다.'

아버지의 밀서를 읽은 복황후는 한 줄기 희망의 빛이 보이는 듯했다. 복완은 헌제를 설득해 손권과 유비에게 도움을 요청하는 편지를 쓰게 하라고 덧붙였다. 복황후는 즉시 답장을 써서 아버지의 계책을 따르겠다고 말했다.

그런데 그 날 뜻밖의 사건이 벌어졌다. 복황후의 답장을 들고 궁궐을 나서던 목순이 조조의 부하에게 붙잡히고 만 것이다. 조조는 그가 복황후의 거처와 사가를 자주 오간다는 정보를 듣고 감시병을 붙여두었던 것이다.

"이런, 고얀 것들을 봤나! 복완의 계책이란 것이 무엇인지 당장 알아내도록 하라!"

조조의 명을 받은 한 무리의 병사들은 그 길로 복완에게 달려가 집 안 곳곳을 샅샅이 뒤지기 시작했다. 그리고 마침내 그동안 주고받았던 복황후의 서찰들을 발견했다. 그것을 본 조조는 이성을 잃을 정도로 흥분해 고래고래 소리를 질러댔다.

"내게 칼을 겨누는 자는 누구도 살려둘 수 없다. 황후를 끌어내 본때를 보여줘라!"

"네, 승상! 명을 받들겠습니다!"

그 시각 황후는 나인들을 통해 모든 일이 들통 난 것을 알게 되었다. 그녀는 온 몸을 사시나무처럼 떨며 제자리에 앉아 꼼짝도 하지 못했다. 그때 병사들이 우르르 들이닥쳐 복황후의 머리채를 붙잡아 조조에게 끌고 갔다. 이제 그녀는 한 나라의 황후가 아니라 용서받지 못할 죄를 지은 역적에 불과했다. 헌제가 나선다 해도 되돌릴 수 없는 일이었다.

"부디 목숨만 살려주십시오, 승상……."

복황후가 눈물을 흘리며 애원했다. 그럼에도 조조는 아량을 베풀 생각이 전혀 없었다.

"저런 년에게는 사약도 아깝다. 몽둥이로 때려 죽여라!"

조조가 명령하자마자 병사들이 여럿 달려들어 몽둥이찜질을 해댔다. 연약한 여자의 몸은 곧 만신창이가 되어 숨통이 끊어졌다. 조조는 그것으로도 분이 풀리지 않았는지 복황후가 낳은 두 황자에게 사약을 내렸다. 복완과 목순이 잔인하게 죽임을 당한 것은 당연한 수순이었다. 그 일로 목숨을 잃은 사람이 200명에 달했으니, 복 씨 일가의 씨가 말랐다고 해도 지나친 표현이 아니었다. 심지어 조조는 자신의 딸을 새로 황후 자리에 앉히기도 했다.

"아, 내가 너무 무력하구나……. 죽음보다 못한 삶이 있다면, 정녕 나를 두고 하는 말일 것이다……."

헌제는 복황후와 두 황자가 죽었다는 소식을 듣고 통곡했다. 하지만 그는 눈물을 흘리는 것 말고 달리 할 수 있는 일이 하나도 없었다.

그로부터 얼마 후, 더욱 권세가 탄탄해진 조조는 한중을 공격하기로 마음먹었다. 그곳을 시작으로 유비와 손권을 차례로 제거할 속셈이었다.

그런데 한중을 허무는 일이 생각만큼 쉽지 않았다. 장로에게는 방덕(龐德)이라는 용장이 있었기 때문이다. 장합과 하후연, 서황, 허저가 잇달아 그에게 맞섰으나 승리를 거두지 못했다. 조조는 고민 끝에 양송의 재물 욕심을 이용하기로 했다. 양송은 일찍이 제갈량의 계책에 따라 재물을 받고 마초와 장로 사이를 이간질시킨 전력이 있었다. 그 무렵에도 장로는 참모 양송을 철석같이 믿었는데, 조조는 마초가 유비에게 몸을 의탁하게 된 전후 사정을 알고 있었다.

양송을 이용한 계략은 성공적이었다. 그는 조조가 보낸 재물을 받고 아무런 거리낌 없이 방덕을 음해했다. 장로는 어리석게도 양송에게 속아 방덕을 의심했다. 그가 전장에서 몸을 사리며 전리품을 챙기는 데만 급급하다는 오해였다. 주공이 믿어주지 않는데 목숨을 내놓을 부하는 없는 법이 아닌가. 결국 방덕은 스스로 적에게 항복했고, 전세는 빠르게 조조 쪽으로 기울었다. 뒤늦게 장로가 자신의 잘못을 깨달았으나 이미 때가 늦어 한중은 조조의 손에 들어가고 말았다. 그 후 장로와 양송의 생사는 예상과 달랐다. 조조는 재물 욕심에 배신을 일삼는 양송의 목을 베어 부하들을 각성시켰고, 진심으로 조조를 따르기로 맹세한 장로는 진남장군(鎭南將軍)에 임명해 자신의 품 안으로 들였다.

조조가 한중을 점령했다는 소식을 들은 서천의 백성들은 두려움에 떨었다. 덕이 높아 자신들이 따르는 유비가 머지않아 조조에게 공격을 당할 것이라고 생각했기 때문이다. 유비도 그것이 걱정되어 제갈량에게 대책을 물었다.

"어떻게 해야 우리의 코앞까지 세를 뻗친 조조를 경계할 수 있겠습니까?"

"너무 걱정 마십시오, 주공. 지금 조조는 합비에 꽤 많은 군사를 주둔시켰는데, 그 이유는 손권이 두렵기 때문입니다. 그렇지 않아도 손권이 자꾸 형주를 달라고 하니 이번 기회에 강하, 장사, 계양 세 군을 오에 넘겨주면서 합비를 공격하라고 제안하십시오. 그러면 조조는 틀림없이 한중의 군사를 남쪽으로 옮길 것입니다."

유비는 제갈량의 의견을 받아들여 사신을 곧장 오나라로 보냈다. 손권은 3개의 군을 넘겨받는 대가로 합비를 공격하라는 제안을 받아들여 10만의 군사를 출병시켰다. 그러자 제갈량이 예상한 대로, 조조는 한중을 하후연과 장합에게 맡긴 뒤 대부분의 군사를 합비 쪽으로 이동시켰다.

조조 군과 손권의 군사는 한 달 넘게 대치하며 치열한 전투를 벌였다. 조조 쪽의 병사 수가 훨씬 많았으나, 손권의 진영에서 능통과 감녕이 맹활약을 펼쳐 좀처럼 승부가 가려지지 않았다. 그러다 보니 지루한 소모전에 지친 손권 쪽에서 먼저 화해의 손길을 내밀었다. 조조 역시 상대가 만만치 않은 것을 잘 알아 그에 동의하며 허도로 말머리를 돌렸다. 다만 손권은 그곳에 장흠과 주태를 남겼고, 조조는 조인을 시켜 서로의 경계를 지키게 했다.

다시 허도로 돌아온 조조는 본격적으로 황제의 자리를 탐했다. 서기 216년, 마침내 조조의 심복들이 오랫동안 꿈꾸어 온 음모를 실현했다. 헌제에게 형식적인 허락을 받아 조조를 위왕의 자리에 올린 것이다. 조조는 괜히 놀라는 척하며 세 번이나 그 자리를 사양하는 시늉을 했지만, 끝내 욕심을 감추지 않았다. 헌제가 있는데도 위왕이 된 조조는 황제의 옷차림을 하고 황제의 마차를 탔으며, 황후와 황세자를 두었다. 정실에게 아들이 없어 첩인 변 씨를 황후로 삼은 뒤 그녀가 낳은 조비(曹丕)를 황세자로 책봉한 것이다.

처음에 조조는 셋째아들 조식(曹植)을 황세자로 삼고 싶어 했다. 형제 중에 가장 영특하고 문장이 뛰어났기 때문이다. 하지만 가후가 반대하여 자신의 뜻을 접었다. 가후는 지난날

96

원소와 유표가 맏아들을 후계자로 정하지 않아 일어났던 골육상쟁을 상기시켰다. 조조 역시 아버지로서 훗날 아들들에게 분란이 일어나는 것을 바라지 않았기에 가후의 의견에 동의했던 것이다.

그런데 아무리 대단한 권세를 가진 사람에게도 적은 생겨나는 법. 경기(耿紀)라는 인물이 황제 행세를 하는 조조를 바라보며 엄청난 분노를 키웠다. 그의 친구인 위황(韋晃) 역시 조조에 대한 반감이라면 누구에게도 뒤지지 않았다. 그 밖에도 김위(金褘)를 비롯해 동승과 함께 조조를 제거하려다가 처형당한 길평의 두 아들이 뜻을 같이했다.

당시 왕필(王弼)이 조조의 근위대장으로 임명되어 있었다. 경기를 비롯한 다섯 사람은 일단 왕필에게 접근해 일을 도모할 궁리를 했다. 평소 그와 가까이 지냈던 김위가 근위대로 찾아갔다.

"왕 대장, 위왕 덕분에 천하가 태평해졌구려. 며칠 후면 대보름인데, 위왕을 칭송할 겸 등불 잔치를 크게 벌이면 어떻겠소?"

"거참 좋은 생각이오! 그러면 승상, 아니 위왕께서도 기뻐하실 거요."

왕필은 김위의 속셈을 눈치채지 못하고 흔쾌히 그 제안을 받아들였다. 김위를 비롯한 다섯 사람은 대보름 잔치를 틈타 왕필을 먼저 죽이고 나서 조조를 사로잡을 계획이었다. 그런 날은 궁궐도 경비가 허술해져 거사를 치르기 안성맞춤이었다. 길평의 두 아들이 잔치가 벌어져 어수선할 때 궁궐에 불을 지르면, 그것을 신호로 경기와 위황이 장정들을 데리고 들어가 왕필의 목을 베기로 했다. 그 다음에 헌제를 보호하면서 조정의 권세를 장악하면, 그동안 숨죽이고 있던 많은 신하와 장수들이 자신들의 편에 설 것이라고 믿었다.

하지만 그들의 계획은 곧 난관에 부딪혔다. 대보름 잔치를 성대하게 벌여 경계를 누그러뜨리고 불을 지르는 것까지는 순조롭게 진행됐으나, 왕필을 겨냥해 날린 화살이 빗나가 그를 죽이지 못했던 것이다. 어깨에 부상을 입은 왕필은 서둘러 말을 달려 조휴(曹休)에게 달려갔다. 그는 조조의 조카로 충성심이 매우 깊은 장수였다.

"조 장군, 큰일 났습니다! 반란이 일어났습니다, 반란이!"

왕필은 가쁜 숨을 몰아쉬며 조휴에게 도움을 청했다.

"누가 감히 우리에게 반기를 들었단 말이냐? 한 놈도 살려 두지 않겠다!"

조휴는 1천여 명의 병사들을 데리고 곧장 성으로 달려가 경기와 위황을 따르는 장정들을 공격하기 시작했다. 그리고 조조에게 반란이 일어난 것을 보고한 뒤, 헌제의 신병을 확보해 궁궐 깊숙이 은신시켰다. 조조는 급히 하후돈을 불러 군사 3

만을 내주며 반란을 진압하라고 명령했다. 사실 조조의 세력이 장악한 궁궐에서 전광석화처럼 계획을 실천하지 않으면 반란에 성공하기 어려웠다. 경기와 위황 등이 조휴는 물론 3만이나 되는 하후돈의 군사를 상대하기는 역부족이었다. 결국 김위와 길 씨 형제는 달아나다 죽음을 면치 못했고, 경기와 위황은 생포되면서 싱겁게 상황이 종료되었다.

무사히 반란을 진압했지만, 조조는 화가 치밀어 좀처럼 마음을 가라앉히지 못했다. 그는 주먹으로 탁자를 내려치면서 천둥 같은 목소리로 명령했다.

"다섯 역적의 식솔들을 전부 잡아들이도록 하라! 늙은 자든 어린아이든 하나도 남김없이 목을 쳐서 반란의 싹을 잘라버려라!"

그리고 조조는 부하들을 시켜 경기와 위황에게 모진 고문을 가하며 직접 신문했다. 혹시 있을지 모를 반란의 잔당을 색출하려고 했던 것이다. 하지만 경기와 위황은 입을 꾹 다물고 조조의 신문에 아무런 대꾸도 하지 않았다. 고문이 더욱 심해져 견디기 힘든 고통이 느껴졌지만, 조조를 향해 침을 뱉으며 욕설을 퍼부을 뿐이었다. 그러자 조조는 더 이상 참지 못하고 두 사람을 도륙하라고 명했다.

조조의 분노는 그것으로 그치지 않았다. 이번 기회에 반란의 싹을 완전히 잘라버리지 않으면 언제 또다시 골치 아픈 일이 일어날지 모른다는 생각이 들었다. 조조는 궁궐 근위대가 훈련하는 넓은 마당 양쪽에 붉은 깃발과 흰 깃발을 세워놓은 뒤 벼슬아치들을 모두 불러 모았다. 그리고는 다짜고짜 큰 소리로 질문했다.

"반란을 일으킨 역적들이 궁궐에 불을 질렀을 때 너희들은 어디에 있었느냐? 그때 불을 끄기 위해 모여든 자들은 붉은 깃발 쪽에 서고, 허둥지둥 어찌 할 바를 몰랐던 자들은 흰 깃발 쪽에 서도록 하라!"

궁궐의 벼슬아치들은 고개를 갸웃거리며 고민에 잠겼다. 그러다가 하나둘 붉은 깃발이나 흰 깃발 쪽으로 걸음을 옮기기 시작했다. 그들 중 상당수가 불을 끄기 위해 열심히 노력했다는 것을 내세우기 위해 붉은 깃발 쪽으로 이동했다. 그런데 조조는 뜻밖에 붉은 깃발 쪽에 선 벼슬아치들을 향해 소리쳤다.

"저 자들을 모두 포승줄로 묶은 다음 죄를 따져 물어라!"

"아니, 왜 이러십니까……. 저희는 죄가 없습니다."

붉은 깃발 쪽으로 간 벼슬아치들이 아우성쳤지만 소용없는 노릇이었다. 조조는 그들 가운데 일부가 반란을 일으켰던 다섯 사람과 한 패라고 의심했다. 갑자기 큰 불이 일어난 상황에서는 누구라도 당황해 허둥대게 마련이므로, 오히려 불을 끄겠다고 달려 나온 것을 반란에 동조하려던 행동으로 보았던 것이다.

그리하여 몇 날 며칠 허도에서는 비명소리가 끊이지 않았다. 붉은 깃발 쪽에 섰던 벼슬아치들을 신문하면서 의심이 가는 사람들에게는 모진 고문을 가했기 때문이다. 조조를 진짜 싫어했든지, 아니면 고문에 못 이겨 거짓 자백을 했든지, 많은 벼슬아치들이 반란의 협력자로 낙인찍혀 죽음을 면치 못했다. 그 수가 무려 300여 명에 달해 한동안 허도에 피비린내가 진동했다. 그제야 조조는 흡족한 표정을 지었고, 허도의 사람들은 누구나 더욱 큰 두려움을 가슴에 품게 되었다.

유비, 한중을 얻다

허도의 반란을 진압한 후, 조조는 조홍과 하후연, 장합에게 군사 5만을 내주어 한중으로 보냈다. 그들이 그곳에 이르러 주변을 살펴보니 장비가 파서(巴西)를 지키고 있었다. 장합이 상관인 조홍에게 말했다.

"제가 가서 파서를 함락시키겠습니다."

"지금 장비가 파서를 지키고 있소. 그는 만만한 상대가 아니니 섣불리 나설 일이 아니오."

조홍이 승리를 장담하는 장합을 말렸다. 그럼에도 장합은 물러서지 않았다.

"많은 이들이 장비를 두려워하지만, 제 눈에는 그가 미련하고 힘만 센 장수로 보일 뿐입니다. 반드시 장비를 죽이고 파서를 빼앗겠습니다."

"자신감만으로 전투에서 승리할 수는 없는 법이오. 만약 공격에 실패해 적의 사기만 올려주게 된다면 어떡하겠소?"

다시 한 번 조홍이 신중하게 판단하라고 말했지만 장합은 듣지 않았다.

"걱정 마십시오, 장군. 제가 파서를 함락시키지 못한다면 군율에 따라 벌을 받겠습니다."

워낙 장합의 의사가 강경한 터라, 조홍도 더는 말리지 못하고 3만의 군사를 내주었다. 장합은 기뻐하며 군사를 이끌고 파서로 가서 세 곳의 요지에 진을 쳤다. 그리고 곧 절반의 군사를 데리고 장비를 향해 진격했다. 그 소식을 들은 장비는 뇌동(雷銅)에게 군사 5천을 내주어 장합의 뒤쪽으로 돌아가게 하고, 자신은 1만의 군사를 이끌어 정면에서 대적했다. 마침내 장비와 장합이 부딪치게 되었다.

"이놈, 장비야! 내가 너의 목을 베러 왔으니 덤벼라!"

"어디서 반 푼어치도 안 되는 놈이 와서 까부느냐? 내가 너의 버르장머리를 고쳐주마!"

장비와 장합은 서로 기고만장하게 말싸움부터 벌인 뒤 앞으로 달려 나와 격돌했다. 둘이 30합쯤 치열하게 싸웠을까? 갑자기 장합의 뒤쪽에서 함성이 울리더니 뇌동의 군사가 덤벼들었다. 전혀 예상치 못하고 협공을 당한 장합은 군사를 이끌고 퇴각할 수밖에 없었다. 그 스스로 미련하고 힘만 센 장수라며 얕보았던 장비의 전술에 혼쭐이 나고 만 것이다. 그 후 장합은 진지로 돌아와 한껏 몸을 움츠렸다. 기발한 계략을 세우지 않고 다시 맞붙었다가는 크게 패할 듯해 일단 시간을 벌려는 작전을 펼쳤던 것이다.

그러자 이번에는 장비가 답답해졌다. 그와 뇌동이 아무리 비아냥거리며 자극해도 장합이 진지를 봉쇄한 채 꿈쩍하지 않았기 때문이다. 장비는 이렇다 할 효과도 없는 부하들의 일방적인 공격을 멈추게 하고 한 가지 꾀를 생각해냈다. 그는 무슨 생각을 했는지 장합의 진지가 위치한 산 아래쪽에서 날마다 술을 퍼마셨다. 그리고 술에 취하면 다시 장합의 진지를 향해 거친 욕설을 쏟아 부었다. 부하들은 그런 장비를 보며 너나없이 고개를 갸웃거렸다. 물론 장합은 장비의 욕설을 듣고 추태를 바라보면서도 아무런 반응을 보이지 않았다.

그런데 며칠 후, 장비가 적을 앞에 두고도 날마다 술에 절어 지낸다는 보고가 유비에게 올라갔다. 뜻밖의 소식에 놀란 유비가 제갈량에게 걱정을 털어놓았다.

"장비 아우가 술을 너무 좋아해서 탈입니다. 이제는 전투 중에도 술잔을 놓지 못하니 어떡하면 좋겠습니까?"

유비의 얼굴에는 근심이 가득했다. 하지만 웬 일인지 제갈량은 슬며시 미소를 지으며 별 일 아니라는 투로 말했다.

"아무 염려 마십시오, 주공. 장비 장군이 적장을 꾀어낼 계책을 펼치는 듯하니, 주공께서는 맛좋은 술이나 보내주시면 됩니다."

"공명의 말씀을 들으니 안심이 됩니다. 위연에게 술을 가져
다주라 명하지요."

위연은 그 길로 수레에 술을 잔뜩 실어 장비에게 가져갔다.
장비는 유비와 제갈량의 뜻을 헤아려 기뻐했다. 그리고 진지
한 표정으로 위연과 뇌동에게 작전 지시를 내렸다. 장비의 말
을 듣는 두 장수의 얼굴에 묘한 미소가 떠올랐다.

그 날 장비는 여느 때보다 더 거나하게 술판을 벌였다. 몇
몇 장수들을 불러 술잔을 주고받으면서 병사들의 씨름 시합
을 구경하기도 했다. 마치 잔칫날처럼 와자지껄한 모습을 본
장합은 도저히 참을 수 없다는 듯 얼굴이 일그러졌다.

"내가 그동안 온갖 치욕을 참아냈지만, 오늘만큼은 저들을
용서하지 못하겠다. 장비란 작자가 나를 우습게 여기지 않는
다면 어찌 저런 모습을 보이겠느냐?"

얼마나 화가 치밀었는지 장합의 두 주먹이 부르르 떨렸다.
그는 끝내 마음을 진정시키지 못하고 공격 명령을 내렸다.

"오늘 밤에 진지를 나가 적들을 섬멸할 것이다. 저기 무례
한 주정뱅이들을 전부 죽여 버리자!"

그 날 밤 어둠이 짙어지자 장합이 군사를 데리고 행동을 개
시했다. 그런데 이게 웬 일인가. 장합의 병사들이 술자리에
바짝 다가갔는데도 장비는 여전히 제자리에 앉아 있었다. 마

치 만취한 주정뱅이처럼 고개를 푹 숙인 채 꼼짝하지 않았던 것이다.

"내가 직접 저 자를 죽일 것이다!"

장합은 긴 칼을 빼들어 재빨리 장비에게 달려들었다. 그리고 심장을 향해 깊숙이 칼을 찔러 넣었다. 세상의 어떤 장수라도 그와 같은 공격에 목숨을 부지할 수는 없었다. 장합은 그토록 얄밉게 굴던 장비를 해치웠다는 생각에 짜릿한 쾌감을 느꼈다.

그런데 그것은 착각이었다. 칼에 찔린 것은 장비가 아니라, 장비의 모습을 한 허수아비였다. 장합이 그 사실을 눈치챈 순간, 진짜 장비가 고함을 내지르며 나타났다.

"장합아, 네가 내 꾀에 넘어가 제 발로 사지(死地)를 찾아왔구나!" 갑작스런 공격에 장합은 무척 당황했다. 그의 곁에 있던 병사들은 순식간에 목이 베어 땅바닥에 나뒹굴었다. 장합은 진지에서 지원군이 달려오기를 기대했으나 상황은 더욱 나빠졌다. 세 곳의 진지에서 잇달아 불길이 치솟은 것이다. 장비의 지시를 받은 위연과 뇌동은 일제히 기습 공격을 감행해 적진을 초토화시켰다. 뒤늦게 자신이 장비의 계략에 말려든 것을 깨달은 장합은 와구관(瓦口關)으로 달아난 뒤 조홍에게 도움을 청했다. 하지만 조홍은 그가 갈구하는 구원의 손길을 뿌리쳤다.

"흥, 내 말을 귓등으로도 안 듣더니 꼴좋구나. 군율에 따라 벌을 받겠다고 약속했으니, 당장 장합을 불러들여 목을 베라!"

하지만 곽희(郭禧)가 조홍을 진정시켰다. 그는 장합에게 다시 한 번 기회를 준 다음에 책임을 물어도 늦지 않다고 말했다. 조홍은 그 의견을 받아들여 장합에게 군사 5천을 보내면서 가맹관을 공격하라고 명령했다. 그곳을 지키던 곽준(藿峻)이 급히 성도에 머물고 있는 유비에게 장합의 공격 사실을 알렸다. 유비는 제갈량에게 대책을 물었다.

"장합을 상대할 인물은 장비 장군밖에 없습니다. 한데 지금 파서를 지키고 있으니 고민이군요."

제갈량은 짐짓 심각한 표정으로 유비의 물음에 답했다. 그러자 곁에 있던 황충이 불쾌한 낯빛으로 소리를 질렀다.

"아니, 공명께서는 내가 보이지 않는단 말이오? 내가 비록 늙기는 했으나 그깟 장합쯤 간단히 처리할 수 있소!"

황충은 얼굴이 벌겋게 달아올라 스스로 가맹관에 가겠다고 나섰다. 그 모습을 살피며 제갈량이 부드러운 목소리로 물었다.

"황충 장군께서 가시겠다고요? 그렇다면 부장(副將)으로는 누가 좋겠습니까?"

"나는 젊은 장수들이 별로요. 노장 엄안이 괜찮을 듯합니다."

그렇게 장합에 맞서기 위해 가맹관으로 갈 장수는 황충과 엄안으로 결정되었다. 실은 모든 것이 황충의 전의를 드높이려는 제갈량의 술수였으나, 유비 말고는 아무도 그것을 알아채지 못했다. 실제로 약이 오를 대로 오른 황충은 자신의 능력 이상으로 실력을 발휘했다. 평소 같으면 장합에게 꽤 고전했을 터이나, 이번만큼은 조금도 물러서지 않고 전세에 우위를 점했다. 게다가 엄안이 장합의 후방을 효과적으로 공략해 결국 전투를 승리로 이끌게 되었다.

또다시 장합이 패퇴했다는 소식을 듣고 조홍은 버럭 소리를 내질렀다.

"내 이 자를 절대 용서하지 않을 것이다. 군율에 따라 목을 벨 것이야!"

하지만 곽희가 거듭 조홍의 흥분을 가라앉혔다. 그는 너무 엄격하게 군율을 적용했다가 장합이 유비에게 항복할지 모른다며 주의를 환기시켰다. 조홍이 생각하기에도 일리가 있는 염려라 곽희의 말을 따르기로 했다.

조홍은 다시 한 번 장합에게 지원군을 보내기로 결심했다. 하후돈의 조카 하후상(夏侯尙)과 한호(韓浩)에게 5천의 군사를 내주어 장합을 돕도록 한 것이다. 그러나 그들도 기세가 오를 대로 오른 황충을 당해내지 못했다. 나중에 하후덕(夏侯德)까지 가세했으나 이미 기울어진 승부를 되돌리기는 어려웠다. 한호는 황충의 칼에 목이 베었고, 하후덕은 엄안과 대적하다 죽음을 맞았다. 끝내 전의를 상실한 장합과 하후상은 하후연이 지키고 있는 정군산(定軍山)으로 허겁지겁 달아날 수밖에 없었다.

얼마 후, 황충의 승전을 보고받은 유비는 매우 기뻐했다. 장합이 무소불위의 권력을 휘두르는 조조의 부하 장수였기에 기쁨이 더욱 컸던 것이다. 유비를 따르는 많은 장수들도 황충의 이름을 연호하며 즐거워했다. 그때 함께 자리했던 법정이 유비를 향해 큰 소리로 말했다.

"주공, 이번 기회에 군사를 일으켜 한중을 차지하십시오. 그 다음에 더욱 힘을 키우면 역적 조조를 물리치고 황실의 권위를 다시 세울 수 있을 것입니다. 부디 하늘이 주신 기회를 놓치지 마십시오!"

그 말을 들은 유비와 제갈량은 고개를 끄덕였다. 다른 장수들도 함성을 내지르며 법정의 이야기에 공감을 표했다. 결국 유비는 승전의 기쁨을 뒤로 한 채, 곧 10만 대군을 일으켜 한중을 치기로 마음먹었다. 선봉은 장비와 조운이 맡았다. 바야흐로 유비에게 서광이 비치는 듯했다.

유비는 군사를 데리고 가맹관을 지나 진을 쳤다. 그리고 정군산을 첫 공격 목표로 정했다. 황충이 하후연의 목을 베겠다고 큰소리치자, 제갈량은 법정을 그의 참모로 삼고 조운으로 하여금 지원병을 이끌도록 했다. 제갈량의 책략은 계속되었다. 그는 유봉과 맹달에게 3천의 군사를 내주며 산속으로 가서 많은 깃발을 세워 대군이 있는 것처럼 적을 속이라고 말했다. 아울러 엄안을 파서로 파견해 요지를 지키게 하고, 마초에게도 사람을 보내 출병 준비를 하도록 일렀다. 뒤이어 장비와 위연에게는 한중 공격의 첨병 역할을 맡겼다.

그 시각 유비의 거병 소식은 조홍을 통해 허도에 전해졌다. 조조는 서둘러 40만 대군을 일으켜 직접 한중으로 향했다. 그는 조홍으로부터 자세한 상황을 보고받은 뒤, 정군산에 있는 하후연에게 전의를 드높이는 편지를 써서 보냈다.

'그대의 재주를 믿으니 슬기롭고 용기 있게 나가 싸워라!'

하후연은 편지를 읽고 감격해 기필코 전공을 세우겠다는 의지를 다졌다. 그는 하후상에게 3천의 군사를 내주면서, 적과 싸우다가 일부러 져주라는 계책을 지시했다.

하후상의 군사가 모습을 드러내자 황충은 가소롭게 여기며 진식(陳式)을 내보냈다. 하지만 황충의 기대와 달리 진식은 참패를 당한 뒤 사로잡히고 말았다. 황충은 그제야 상대를 분석하며 법정과 묘책을 상의했다. 그런 마음가짐은 곧 효과를 보아 다음 전투에서는 하후상을 생포하는 놀라운 전과를 올리게 되었다. 그러자 하후연이 진식과 하후상을 맞교환하자는 제안을 해왔다.

"좋아, 이번 기회에 꿩 먹고 알 먹는다는 말이 어떤 뜻인지 알려주겠다."

황충은 무슨 생각을 하는지 얼굴에 엷은 미소를 띠었다.

이튿날, 황충과 하후연은 각각 하후상과 진식을 데리고 진지 앞으로 나아갔다. 양쪽의 포로들은 모두 갑옷이 아닌 평상복 차림이었다. 한 병사가 크게 북을 울리자 황충과 하후연은 포로들의 결박을 풀어 자유롭게 해주었다. 그와 동시에 하후상은 하후연 쪽으로, 진식은 황충 쪽으로 재빨리 달려갔다. 그런데 그 순간 뜻밖의 상황이 벌어졌다. 하후상이 자신의 진지에 거의 다다랐을 무렵, 황충이 쏜 화살이 날아와 등에 꽂힌 것이다.

"저 교활한 늙은이가 나를 속이다니, 가만두지 않겠다!"

하후연은 쓰러진 하후상을 부하에게 맡긴 뒤 말을 몰아 황충에게 달려들었다. 그런 일을 예상하고 있었던 황충도 물러서지 않고 맞서 싸웠다. 두 장수는 치열하게 20여 합을 겨뤘다. 그런데 그때 하후연의 진지에서 그만 돌아오라는 징소리가 울렸다. 급히 말머리를 돌려 진지에 들어선 하후연이 징을 울린 부하에게 달려가 따져 물었다.

"왜 갑자기 나를 불러들인 것이냐?"

"저기 있는 산속을 보십시오. 많은 깃발이 펄럭이는 것으로 보아, 대군이 공격 준비를 하고 있는 듯합니다."

그 말에 하후연이 산속을 살펴보니 과연 짙은 전운이 감돌고 있었다. 하지만 그것은 제갈량이 유봉과 맹달에게 지시한 책략이었다. 그 사실을 알 리 없는 하후연은 바짝 긴장해 섣불리 밖으로 나가지 않은 채 진지를 견고히 했다.

잔뜩 움츠러들어 방어 자세를 취한 적을 바라보며 황충이 법정에게 묘책을 물었다. 법정은 일단 정군산 서쪽에 위치한 높은 산을 빼앗으면, 그곳에서 하후연 진지의 약점을 알아낼 수 있을 것이라고 말했다. 황충은 그 의견을 받아들여 한밤중의 어둠을 이용해 서쪽 산을 점령했다. 그곳에 주둔해 있던 하후연의 군사가 100여 명에 불과해 그다지 어렵지 않은 일이었다. 하후연이 그 소식을 보고받고 고함을 내질렀다.

"적이 우리의 속을 훤히 들여다보게 됐으니 이 노릇을 어떡한단 말이냐? 내가 나가 적을 물리쳐야겠다!"

그런데 황충은 하후연이 진지 밖으로 나와 공격을 감행할 것을 짐작하고 있었다. 이번에는 황충이 힘으로 맞붙지 않고 극단적인 방어 전술을 펼쳤다. 적이 단단히 진지를 구축한 채 되받아치기만 하자 하후연의 군사는 빠르게 지쳐갔다. 바로 그때 황충은 제 풀에 쓰러져 있는 하후연의 군사를 향해 총공세를 펼치라는 명령을 내렸다. 전세는 일방적으로 흘러갔고, 하후연이 전열을 정비하기 전에 황충이 달려들어 목을 쳤다. 하후연의 죽음을 목격한 병사들은 허둥대며 달아나다 잇달아

도륙을 당하는 신세가 되고 말았다. 그리하여 황충은 장담한 대로 정군산을 점령했고, 일전에 그곳으로 몸을 피신했던 장합은 겨우 목숨을 부지해 다시 허도로 도망치게 되었다. 그를 통해 하후연의 죽음을 전해들은 조조는 매우 슬퍼했다. 그리고 서황을 선봉에 세워 복수를 다짐했다.

그 후 조조 군과 유비 군 사이에는 한동안 크고 작은 전투가 쉴 새 없이 벌어졌다. 그 바람에 천하는 한시도 조용할 날이 없었다. 그런데 시간이 흐를수록 전세는 점점 유비 쪽으로 기울었다. 그 사이 조조의 장수 하후맹(夏侯盲)이 황충의 화살에 맞아 죽었고, 서황과 장익(張翼)은 장비가 휘두른 장팔사모에 죽을 고비를 세 번이나 넘겼다. 허저도 장비에게 맞서 어깻죽지를 다쳤다가 가까스로 살아남았으며, 조조의 둘째아들 조창(曹彰)은 마초에게 혼쭐이 났다. 결국 조조는 남정(南鄭)에서 양평관(陽平關)으로 잇달아 후퇴하는 신세가 되더니, 급기야 양평관에서마저 쫓기게 되었다. 그는 유비를 따르는 장수들의 뛰어난 무예 솜씨와 제갈량의 지략에 맥을 추지 못했다.

"아, 이대로 한중을 빼앗길 수는 없지. 다시 한 번 전열을 정비해 총력전을 펼쳐야겠다."

황제를 억압하며 천하의 주인 행세를 하는 조조는 쉽게 허물어지지 않았다. 그는 며칠 만에 군사의 사기를 북돋워 다시 진격했다.

"뒤로 물러서는 자는 용서하지 않겠다! 죽을 각오로 싸워 전공을 세워라!"

조조의 외침에 병사들은 젖 먹던 힘까지 짜내 함성을 질렀다. 그때 유비 쪽에서 한 장수가 달려 나와 조조를 자극했다. 그는 다름 아닌 위연이었다.

"천하의 역적 조조야, 오늘 이곳이 너의 무덤이 될 것이다!"

"유비의 수하에 있는 조무래기 장수가 용기 하나는 가상하구나. 방덕아, 네가 나가서 놈의 목을 베어 오너라!"

그렇게 위연과 방덕은 치열하게 맞서 싸웠다. 그러나 좀처럼 승부가 나지 않았고, 때마침 마초가 지원군을 이끌고 오자 방덕이 진지 쪽으로 말머리를 돌렸다. 그 모습을 본 위연이 재빨리 방덕의 뒤를 쫓다가 급히 말을 멈춰 세웠다. 그리고는 활을 꺼내 들어 멀리 언덕에 있는 조조를 겨냥해 시위를 당겼다. 순식간에 날아간 화살은 날카롭게 조조의 얼굴을 스쳤다. 그 충격으로 조조는 말고삐를 놓쳐 땅바닥에 나뒹굴고 말았다.

"저기 조조가 쓰러졌다!"

위연은 크게 고함을 내지르며 조조를 향해 말을 달렸다. 그러자 방덕도 사태를 파악하고 황급히 조조 곁으로 다가갔다. 조금 먼저 조조에게 다다른 위연이 칼을 뽑아들어 내려치려는 순간, 방덕이 쩌렁쩌렁한 목소리로 가로막았다.

"이놈, 위왕께 손을 대면 가만두지 않겠다!"

필사적으로 주공을 구하려는 장수의 힘은 평소보다 몇 배
는 더 센 듯했다. 위연이 깜짝 놀라며 그를 먼저 치려고 했으
나 뜻대로 되지 않았다. 방덕은 위연을 뿌리치고 조조를 구해
진지로 돌아왔다. 어느 정도 상황이 진정된 다음 자세히 살펴
보니, 위연이 쏜 화살이 스쳐 조조의 앞니 두 개가 부러져 있
었다.

"폐하, 정말 큰일 날 뻔하셨습니다. 허도로 돌아가 몸을 추
스르신 다음에 다시 출병해도 늦지 않을 것입니다."

"그래……. 모든 장수들에게 퇴각하라고 일러라."

조조는 분한 마음에 치를 떨었지만 방덕의 말을 따르지 않
을 도리가 없었다.

허도로 돌아가는 길, 조조는 담요를 깐 수레에 누워 방덕의
호위를 받았다. 그런데 사곡(斜谷)을 지날 무렵 양 옆에서 불
길이 일더니 매복해 있던 마초의 병사들이 뛰어나왔다. 이미
전의를 상실한 조조의 군사는 맞서 싸울 엄두를 내지 못하고
허둥지둥 달아나기 바빴다. 조조는 경조(京兆)에 이르러서야
겨우 한숨을 돌렸다.

오랜만에 한중 땅에서 비명 소리가 사라졌다. 조조는 떠났
고, 유비가 한중의 새로운 주인이 된 것이다. 유비는 가장 먼

저 전란에 시달렸던 그 땅의 백성들을 위로하며 고생한 병사들을 다독였다. 그 모습을 보고 감격한 모든 장수들이 유비를 한중왕(漢中王)으로 추대하고 싶어 했다. 그러나 유비는 이번에도 의를 내세웠다.

"내가 황실의 후손이기는 해도 천자의 신하일 뿐이오. 그러니 왕위에 오른다면 역적이 되는 것 아니겠소? 조조와 다를 것이 무엇이오?"

그 말에 제갈량이 고개를 가로저었다.

"그렇지 않습니다, 주공. 천하에 영웅호걸들이 들불처럼 일어나는 이때, 재덕을 겸비한 자들이 저마다 주공을 섬기는 까닭은 궁극적으로 훌륭한 국왕 밑에서 공명을 이루기 위함입니다. 그럼에도 지금처럼 의만 내세우신다면 주공을 믿고 따른 많은 이들이 등을 돌리게 될 것입니다. 서천에 이어 이곳 동천 땅 한중까지 다스리게 된 지금이 두 번 다시 맞기 힘든 좋은 기회이니, 부디 저희의 청을 들어주십시오."

"공명의 말씀은 잘 알겠습니다. 하지만 황제를 참칭하는 것은 영 내키지 않는군요."

제갈량의 설득에도 유비가 손사래를 치자 장비가 버럭 소리를 질렀다.

"형님도 참, 답답하구려! 황실의 후손도 아닌 자들이 나라를 세워 왕 행세를 하는 마당에, 황숙께서 국왕의 자리에 오르는 것이 무엇이 문제란 말입니까?"

"아우야, 너까지 왜 그러느냐?"

장비의 말에 유비는 몹시 난처한 표정을 지었다. 그러나 제갈량을 비롯해 많은 장수들이 거듭 왕위에 오를 것을 청하자, 결국 유비도 그 요구를 받아들일 수밖에 없었다.

마침내 서기 219년, 유비는 한중왕에 오르는 의식을 치렀다. 제갈량은 허도의 황제에게 글을 올려 그동안 있었던 일을 아뢰고 유비가 왕위에 오르는 당위를 설명했다. 아울러 왕관과 옥새를 준비해 유비에게 전한 뒤 문무백관들로부터 하례를 받았다. 명실공히 한 나라의 국왕으로서 위엄을 갖추게 된 것이다.

한중왕이 된 유비는 아들 유선을 태자로 삼았다. 아울러 허정에게 태부(太傅), 법정에게는 상서령(尚書令) 자리를 내주었다. 또한 제갈량은 군사(軍師)가 되어 장수와 병사들을 총지휘하게 했다. 관우, 장비, 조운, 황충, 마초는 오호대장(五虎大將)으로 임명했다. 위연은 한중의 태수가 되었으며, 그 밖의 장수들에게도 각자의 공적에 따라 벼슬을 내려주었다. 무엇보다 눈에 띄는 것은 유비가 나라의 이름을 '촉'으로 삼았다는 사실이었다. 그리하여 대륙에서는 조조의 위, 유비의 촉, 손권의 오가 저마다 세력을 형성하게 되었다. 바야흐로 위·촉·오(魏·蜀·吳) 삼국시대가 열린 것이다.

관우를 잃은 슬픔

유비가 한중왕이 되어 촉을 세웠다는 사실은 조조의 심기를 매우 불편하게 만들었다. 자신이 위왕이 되어 천하를 다스릴 줄 알았는데 또 하나의 만만치 않은 경쟁자가 출현했기 때문이다. 더구나 조조는 탁현에서 짚신을 삼고 돗자리를 짜며 근근이 살아가던 유비를 내심 얕잡아보고 있었다. 자기 수하에 들일 만한 인물로는 인정했지만, 또 다른 나라를 세워 왕이 될 줄은 상상하지 못했던 것이다.

좀처럼 분을 삭이지 못한 조조가 두 주먹을 불끈 쥐며 소리쳤다.

"내 기필코 유비 놈을 옛날의 천한 자리로 돌려놓을 것이다. 아니, 유 씨 성을 가진 자들을 전부 죽여 아예 멸족을 시켜버리고 말 것이야!"

그때 모사 사마의(司馬懿)가 앞으로 나서며 조조의 흥분을 가라앉혔다.

"폐하, 진정하십시오. 그렇게 서둘러 유비를 치러 가실 필요는 없습니다."

"그게 무슨 말이냐?"

조조가 사마의를 흘겨보며 물었다.

"오래 전부터 강동의 손권은 형주를 두고 유비와 갈등을 빚어 왔습니다. 손권을 설득해 형주를 치게 하면 유비가 즉각 반응을 보일 것입니다. 그가 형주를 지키러 떠난 사이에 우리가 그 허점을 노리면 손쉽게 한중과 서천을 빼앗을 수 있습니다."

사마의의 말이 조조가 듣기에도 그럴싸했다. 조조는 곧 손권에게 서찰을 보냈다. 그것을 읽은 손권은 쉽게 마음을 정하지 못했다.

"위를 돕자니 촉이 걸리고, 촉을 가까이 하자니 위가 신경 쓰이는구나."

결국 손권은 여러 모사와 장수들을 불러 모아 의견을 물었다. 이런저런 말이 오가는 가운데, 제갈량의 형으로서 일찍이 오나라에 몸을 의탁한 제갈근(諸葛瑾)이 귀가 솔깃한 계책을 내놓았다.

"주공, 조조나 유비나 모두 경계를 늦추지 말아야 할 어려운 상대입니다. 선불리 어느 쪽의 편을 드는 것보다 그들이 먼저 우리의 심기를 건드리게 하십시오."

"그들 중 하나를 공격할 명분을 만들자는 말이구나. 뭐, 좋은 수라도 있느냐?"

손권이 기대어린 눈빛으로 제갈근을 바라보았다.

"관우에게 딸이 있으니, 주공의 태자와 혼인을 맺자고 제의하십시오. 그것을 관우가 받아들이면 유비와 손을 잡아 조조를 치고, 만약 받아들이지 않는다면 조조의 도움 요청을 수락해 유비를 치면 됩니다. 어느 경우든 우리에게는 그만한 명분이 있으므로 손쉽게 다른 한쪽의 지원을 받을 수 있을 것입니다."

제갈근의 말에 손권은 흔쾌히 동의했다. 그는 즉시 관우에게 사람을 보내 사돈을 맺자고 제안했다. 그런데 관우는 전혀 예상치 못한 반응을 보였다. 다짜고짜 고함을 치며 목소리를 높였던 것이다.

"뭐라, 내 딸을 달라고? 어림없는 소리! 어찌 한낱 고양이의 아들이 호랑이의 딸을 넘본단 말이냐!"

그 한마디로 더 이상 혼담은 진행되지 못했다.

관우의 반응을 전해들은 손권은 무척 불쾌했지만, 유비를 공격할 명분은 만들어진 셈이었다. 하지만 아무래도 먼저 유비를 치는 것이 부담스러웠다. 손권은 다시 한 번 부하 장수들과 의논한 끝에 조조에게 급히 편지를 보냈다. 그것은 자기가 군사를 일으키려면 시간이 좀 필요하니 조조 쪽에서 선공을 펼쳐달라는 내용을 담고 있었다. 조조는 그 제안이 썩 마음에 들지 않았지만, 손권이 출병을 확고히 약속했기에 주장 조인과 부장 하후존(夏侯存)을 시켜 형주를 공격하도록 했다.

그 무렵 형주는 관우가 지키고 있었다. 그는 조조 군이 공격해온다는 보고를 받고 재빨리 전열을 정비했다. 선봉에는 요화(廖化)를 세우고, 양아들 관평을 부장으로 삼았다. 그리고 자신은 총사령관이 되어 이적과 마량의 보좌를 받으며 적이 나타나기를 기다렸다. 그때 제갈량에게서 지시가 내려왔다.

"관운장은 조조 군이 오기 전에 먼저 그들의 요지인 번성을 빼앗으십시오. 그러면 적이 놀라 퇴각할 것입니다."

제갈량의 말을 전해들은 관우는 군사를 이끌어 번성으로 진격했다. 전혀 예상치 못했던 관우의 선공에 번성에 와 있던 조인은 깜짝 놀라 성문을 걸어 잠갔다. 그 모습을 본 부장 하후존이 '물이 밀려오면 흙으로 막고, 적이 오면 군사로 맞서야 한다.'는 속담을 언급하며 성 밖으로 나가 싸울 것을 주장했다. 조인이 머쓱해하며 그의 말을 따랐으나, 그것은 잘못된 선택이었다. 관우의 군사 앞에 조조 군은 바싹 마른 나뭇잎처럼 허무하게 부서졌고, 하후존은 청룡언월도에 목이 달아나고 말았다. 관우는 그 기세를 몰아 번성으로 몸을 숨긴 조인에게 맹공을 펼쳤다. 다급한 조인의 처지는 곧 조조에게 전해졌다.

"우금이 번성으로 가서 조인을 돕도록 하라!"

조조는 위기감을 느끼며 떨리는 목소리로 명령했다. 그때 방덕이 앞으로 나서며 자신이 선봉에 서겠다고 자원했다. 조조는 우금을 정남장군(征南將軍)으로, 방덕을 선봉장으로 임명했다. 그러자 방덕은 목수를 불러 관을 짜게 한 뒤 그것을 가지고 전장으로 향했다. 그의 부하가 갸웃거리며 물었다.

"장군님, 왜 무겁게 관을 갖고 가십니까?"

"이 관은 나의 굳은 의지를 상징한다. 이번 전투에서 내가 죽으면 나의 관이 될 것이고, 관우를 죽이면 그의 시신을 담아 돌아올 것이다."

방덕의 말에 부하는 놀라움을 감추지 못했다.

얼마 후, 관우는 방덕이 관을 준비해 자신을 공격하러 온다는 보고를 받았다.

"나를 죽이겠다는 의지는 가상하다만, 방덕 따위가 나의 상대가 될 수는 없다."

하지만 막상 방덕과 맞붙은 관우는 당황스런 마음이 들었다. 그의 무예 솜씨가 생각보다 뛰어났기 때문이다. 방덕 역시 말로만 듣던 관우의 실력에 내심 감탄을 금치 못했다. 관우와 방덕의 대결은 하루를 넘겨 다음날까지 이어졌다. 둘이 또다시 50합 정도 치열하게 싸웠을까? 갑자기 방덕이 말머리를 돌려 달아나기 시작했다.

"이놈, 거기 서지 못할까!"

관우는 청룡언월도를 움켜쥐고 방덕의 뒤를 쫓았다. 그것을 본 관평이 다른 장수에게 맡기라고 말렸지만, 관우는 말을 멈추지 않았다.

그 순간, 방덕이 고개를 휙 돌리더니 관우를 향해 활을 쏘았다. 화살은 매섭게 날아와 관우의 왼쪽 팔꿈치에 꽂혔다. 화들짝 놀란 관평이 재빨리 달려가 관우를 부축하여 진지로 향했다. 방덕도 그 기회를 놓치지 않고 부상당한 관우를 추격했다. 그런데 그때 우금이 징을 울려 방덕을 돌아오게 했다.

"무슨 일입니까, 장군?"

우금을 만난 방덕이 물었다.

"급히 먹는 밥이 체하는 법일세. 관우를 쫓다가 역습을 당할까 걱정되어 부른 것이네."

하지만 그것은 구차한 변명에 지나지 않았다. 우금은 자기 대신 방덕이 관우를 죽여 큰 공을 세울까봐 징을 울리던 것이다. 방덕은 좋은 기회를 놓쳤다는 아쉬움에 한숨을 내쉬었다.

한편 진지로 돌아온 관우는 분을 삭이지 못해 얼굴이 더 벌겋게 달아올랐다. 왼쪽 팔꿈치에 꽂힌 화살을 뽑고 치료하니, 다행히 상처는 깊지 않았다. 관우는 이튿날 날이 밝자마자 방덕을 공격하러 달려갈 기세였다. 그러자 부하 장수들이 간신히 그를 말려 훗날을 기약하게 했다. 그리하여 관우와 방덕의 대결은 잠시 소강상태에 접어들었다.

그렇게 며칠이 흘렀을까? 관우가 좀처럼 진지에서 나오지 않자 방덕이 총공세를 펼치기로 마음먹었다. 그런데 우금이 그를 막아섰다.

"자네가 선봉장이기는 하나, 이번 전투의 지휘관은 나일세. 지금은 적을 공격할 때가 아니니 좀 더 기다리도록 하게."

우금은 이번에도 방덕이 공을 세울까봐 노심초사했다. 그는 출병을 막은 것에 그치지 않고 방덕의 군사를 산골짜기 깊숙한 곳에 이동시켜 진을 치게 했다. 그리고 자신은 산골짜기 초입에 군사를 주둔시켜 먼저 전공을 세울 기회만 엿보았다.

그 무렵 관우는 어느 정도 상처가 아물자 새로운 전략을 짜느라 분주했다. 그는 산등성이에 올라 적진을 살피다가 한 가지 계책을 생각해내고 무릎을 쳤다. 관우는 즉시 관평을 불러 수전을 준비하라고 명했다.

"이곳은 육지인데 왜 수전을 준비해야 합니까?"

관평의 물음에 관우는 부드럽게 미소지으며 자신의 계책을 설명했다.

"지금은 비록 가을이나 며칠 동안 비가 내려 근처 강물이 크게 불고 있다. 그곳에 둑을 막았다가 비가 좀 더 내리면 한꺼번에 허물어 산골짜기로 급류가 흘러들게 할 것이다. 그러면 저들을 손쉽게 해치울 수 있지 않겠느냐?"

그제야 관평은 고개를 끄덕이며 관우의 깊은 뜻을 헤아렸다.

물론 우금이 산골짜기로 군사를 이동시킬 때, 그쪽 진영에도 반대하는 목소리가 있기는 했다. 그곳의 지형으로 미루어 비가 많이 내리면 급류가 흘러들기 십상이었기 때문이다. 그러나 우금은 가을비가 내리면 얼마나 내리겠느냐며 전혀 개의치 않았다.

그 날 이후 비는 몇 날 며칠 계속 이어졌다. 드디어 관우는 회심의 미소를 띠며 관평에게 때가 되었음을 알렸다. 며칠 동안 막아두었던 둑을 일제히 허물자, 강물은 산골짜기를 향해 폭포처럼 쏟아졌다.

"앗, 사람 살려!"

"이러다가 모두 물귀신이 되겠구나. 빨리 퇴로를 찾아라!"

우금과 방덕의 진지에서는 한바탕 난리가 벌어졌고, 비명 소리가 끊이지 않았다. 그때 엎친 데 덮친 격으로 작은 배와 뗏목을 탄 관우의 병사들이 물밀듯이 몰려와 칼과 창을 휘둘렀다. 물에 빠진 생쥐 꼴이 되어 우왕좌왕하던 우금과 방덕의 군사는 이렇다 할 저항도 하지 못한 채 죽음을 맞았다.

한동안 정신없는 살육전이 펼쳐진 뒤, 관우가 산등성이 쪽을 휘둘러보았다. 그러자 가까스로 목숨을 보존해 몇몇 부하들과 함께 달아나는 우금과 방덕의 모습이 보였다.

"저들을 잡아라!"

관우의 명을 받고 이적과 마량이 달려가 두 적장을 생포해 왔다. 그런데 포로가 된 두 장수의 행동이 전혀 달랐다. 우금은 목숨만 살려달라며 싹싹 빌었고, 방덕은 끝내 고개를 숙이지 않은 채 어서 죽이라며 눈을 부라렸다. 관우는 방덕의 기개가 마음에 들었으나 그런 적장을 살려둘 경우 후한이 생길까 두려워 목을 치고 말았다. 우금을 향해서는 혀를 끌끌 차며 형주로 끌고 가서 옥에 가두라는 명을 내렸다.

수전의 효과는 단지 산골짜기의 승전으로 그치지 않았다. 거센 물살이 번성까지 흘러가 성 안 이곳저곳에 물난리가 나게 했다. 관우는 그 기회를 놓치지 않기 위해 서둘러 말을 몰아 번성으로 달려가서 총공격을 감행했다. 그런데 막다른 길에 갇혀 죽을 각오로 덤비는 조인의 저항이 만만치 않았다.

"모두 공격하라! 번성을 허물어뜨려 조조의 코를 납작하게 해주자!"

관우는 맨 앞에서 위험을 무릅쓰며 병사들을 독려했다. 그런데 그때 번성의 병사들이 성루에 올라 화살을 퍼부어댔다. 그 중 하나가 관우의 오른쪽 팔꿈치에 명중했다.

"악!"

관우는 외마디 비명을 지르며 땅바닥에 나뒹굴었다. 관평이 지난번처럼 재빨리 관우를 부축해 진지로 돌아왔다. 그런데 조심스럽게 화살을 빼고 보니, 이번에는 상태가 심상치 않았다. 화살촉에 독이 묻어 있어 오른팔이 퉁퉁 부어올랐던 것이다.

"아버님, 화살을 빼고 약을 바르는 것만으로는 치료가 되지 않을 듯합니다. 명의를 불러 진단을 받아봐야겠습니다."

"허허, 그런가? 자칫 한쪽 팔을 잘라야 할지 모르겠구나."

그처럼 위급한 상황에도 관우는 놀라울 만큼 평정심을 유지했다. 관평은 아버지의 기개에 감탄하며 급히 명의를 수소문했다. 다행히 사흘 만에 강동까지 가서 화타(華陀)라는 명의를 데려올 수 있었다. 관우의 상처를 유심히 살펴본 그가 말했다.

"이 독은 서서히 사람 몸에 퍼져 목숨을 빼앗습니다. 이미 독이 퍼진 살은 도려내고 뼈도 깎아내야만 살 수 있습니다."

화타의 진단에 덩치 우람한 장수들까지 치를 떨며 겁을 집어먹었다. 그러나 관우는 오히려 담담한 표정이었다.

"명의께서 그렇다면 그런 것이겠지. 어서 치료나 해보시오."

"알겠습니다, 장군. 제가 치료하는 동안 고통이 매우 심할 것이니, 기둥에 팔을 단단히 붙들어 매고 눈을 가리십시오."

화타는 서둘러 수술 준비를 시작했다. 관평이 그를 도우며 바짝 긴장해 얼굴이 굳어졌다. 그런데 뜻밖에도 관우는 침착하게 옷소매를 걷어 올리며 마량에게 바둑판을 가져오게 했다. 잠시 뒤 바둑판 앞에 앉은 그가 화타를 바라보며 여느 때와 같은 목소리로 말했다.

"나는 마량과 바둑이나 한판 두고 있을 테니, 선생은 내 팔을 치료하시오."

그 말을 들은 사람들은 너나없이 깜짝 놀랐다. 관우는 왼손으로 바둑을 두며, 오른팔은 화타에게 맡겼다.

"자, 그럼 시작하겠습니다. 고통이 심하더라도 놀라지 마십시오."

화타는 말을 마치자마자 작은 칼을 들어 관우의 생살을 찢었다. 그와 동시에 시커멓게 죽은피가 흘러 넘쳤다. 그럼에도 관우는 바둑판에서 눈을 떼지 않은 채 다음 수에 골몰했다. 독에 오염된 살을 도려내고 뼈를 깎는 내내 오히려 주변 사람들이 눈살을 찌푸리며 마른침을 삼켰다. 화타의 손놀림은 매우 빨랐다. 그는 신음소리 한 번 내지 않는 관우의 용기에 놀라면서도 치료의 손길을 멈추지 않았다. 잠시 후, 상처를 꿰매고 약을 발라 수술을 마친 화타가 관우에게 말했다.

"장군, 이제 팔을 움직여 보십시오."

"벌써 끝난 것이오?"

관우는 별일 아니었다는 표정으로 오른팔을 두어 번 굽혔다 펴보았다. 치료 전에 퉁퉁 부어올랐을 때와 달리 움직임이 한결 편했다. 관우가 껄껄 웃으면서 화타를 칭찬했다.

"고맙소, 선생. 과연 명의는 명의구려."

그제야 화타가 관우에게 찬사를 보냈다.

"제가 오랜 세월 의원 노릇을 해왔습니다만, 장군 같은 분은 처음입니다. 정말 천하제일의 용장이십니다."

그러면서 화타는 앞으로 석 달 열흘은 몸조리를 잘해야 한다고 말했다. 만약 크게 화를 내면 몸속의 기가 약해져 상처가 덧날 수 있으니 마음도 잘 다스리라고 덧붙였다. 관우는 거듭 고맙다고 인사하며 황금이 가득 든 주머니를 치료비로 내놓았다. 그러나 화타는 그것을 정중히 사양하고 한약 한 재를 지어놓더니 어디론가 떠나버렸다.

그 무렵 조조는 우금이 사로잡힌데다 방덕이 죽었다는 소식을 듣고 크게 상심했다. 게다가 번성의 운명은 한 치 앞을 알 수 없는 처지였다.

"이러다가 관우가 허도까지 쳐들어오면 어떻게 한단 말인가? 미리 도읍을 옮겨야 할까?"

조조는 밤잠을 못 이루며 고민이 깊었다. 그 모습을 안타깝게 지켜보던 사마의가 다시 계책을 내놓았다.

"손권에게 사신을 보내 형주를 치라고 하십시오. 그 대가로

강남 땅을 주겠다고 하면 거부하지 않을 것입니다. 그것만이 번성을 지키고 허도의 안위를 돌보는 길입니다.”

사마의의 말에 동의한 조조는 곧 손권에게 사신을 보냈다. 그리고 서황을 불러 군사 5만을 내주며 양릉파(陽陵坡)까지 진격해 진을 치고 있다가 손권의 군사가 형주를 공격하면 출병하라고 명했다.

얼마 후, 사신을 통해 조조의 청을 전해들은 손권은 한동안 망설이다가 형주를 공격하기로 결심했다. 그 선봉은 여몽에게 맡겼고, 육손(陸遜)이 그를 돕도록 했다. 군사를 이끌며 전략을 궁리하는 여몽에게 육손이 말했다.

“적의 봉화대를 기습하여 함락시키는 것이 우선일 듯합니다. 그렇게 되면 진지끼리 연락하는 데 어려움을 겪어 우리를 이기지 못할 것입니다.”

“나도 같은 생각이오. 서둘러 봉화대부터 칩시다.”

형주 주변의 봉화대를 지키던 병사들은 그들의 공격을 전혀 예상하지 못했다. 강릉, 공안, 한강 등의 봉화대가 잇달아 무너지는 바람에 관우 쪽 진지들은 서로 연락을 주고받는 데 어려움을 겪게 되었다. 여몽은 사로잡은 봉화대의 병사들을 죽이지 않고 재물을 주어 회유했다. 그리고 그들을 앞세워 형주성으로 가서, 그곳을 지키던 병사들이 아무런 의심 없이 성문을 열게 했다. 그런 뒤에는 여몽의 군사가 일제히 성 안으로 달려들어 방심하고 있던 상대를 마구 도륙했다. 봉화대를 먼저 함락시킨 여몽과 육손의 계략이 적중해 생각보다 훨씬 수월하게 형주를 손에 넣게 된 것이다.

그와 비슷한 시각, 관우는 5만의 군사로 덤벼드는 서황의 공격을 받아 고전하고 있었다. 게다가 엎친 데 덮친 격으로 형주를 빼앗은 여몽이 달려와 뒤쪽에서 공격을 시작했다. 앞뒤의 적과 맞서 싸우는 관우의 병사들은 금방 수세에 몰렸다. 관우 역시 아직 팔꿈치가 온전치 않아 마음껏 청룡언월도를 휘두르지 못했다. 그때 형주성이 함락되었다는 말을 듣게 된 관우는 더욱 절망했다. 봉화대가 제 역할을 못하게 된 탓에 그제야 부하들로부터 형주를 빼앗긴 사실을 전해 듣게 되던 것이다.

"음, 낭패로구나……. 번성을 빼앗는 일은 뒤로 미루고 일단 퇴각하라!"

관우는 어쩔 수 없이 말머리를 돌려 후방에 있는 작은 성인 맥성(麥城)으로 피신했다. 그는 유비에게 가서 지원병을 데려오라고 마량과 이적을 보냈다. 하지만 가는 길이 멀고 험한 까닭에 마냥 성도의 지원병만 기다리고 있을 수는 없는 노릇이었다. 관우는 근처의 상용(上庸)을 지키고 있는 유봉과 맹달에게 요화를 보내 도움을 청했다. 그런데 평소 관우를 시기하던 맹달이 유봉을 꼬드겨 병사를 보내지 않았다.

그렇게 며칠이 지나자, 여몽이 맥성을 향해 총공세를 펼쳤다. 이미 큰 피해를 입은 관우의 병사들로는 그들을 막아내기에 역부족이었다. 관우는 양아들 관평의 제안을 받아들여 약간의 군사만 데리고 북문을 통해 달아나는 결단을 내렸다. 하지만 여몽의 군사는 끈질기게 뒤쫓아 와 열한 차례나 공격을 시도했고, 결국 관우와 관평 두 사람만 살아남게 되었다. 그들마저 얼마 지나지 않아 적에게 사로잡히는 신세가 되고 말았다.

장수 반장이 관우와 관평을 밧줄로 꽁꽁 묶어 손권에게 데려갔다.

"어서 오시오, 관운장. 장군을 꼭 만나고 싶었소."

손권은 관우를 평범한 포로로 대하지 않았다. 그는 깍듯이 예를 갖추며 관우의 마음을 사로잡으려고 노력했다.

"관운장, 나는 오래 전부터 장군을 존경해 마지않았소. 큰 벼슬을 내릴 테니, 이번 기회에 나의 신하가 되어주지 않겠소?"

손권이 간절한 바람을 드러내며 관우를 설득했다. 그러나 관우는 조금의 망설임도 없이 단호히 그 제안을 거절했다.

"공은 지금 내게 변절자가 되라는 거요? 어찌 호랑이가 고양이 앞에 머리를 조아릴 수 있단 말이오?"

"뭐라고! 네 놈이 나를 능멸하는구나!"

관우의 당당한 태도에 자존심이 상한 손권은 더 이상 참지 못했다. 물론 여전히 관우를 곁에 두고 싶었지만, 내 편이 되지 못할 바에는 차라리 없애버리는 것이 낫다고 판단했다. 결국 손권이 목소리를 높여 부하들에게 명령했다.

"여봐라, 관우의 목을 베어라!"

하지만 그와 같은 상황에도 관우는 눈 하나 깜빡하지 않았다. 오히려 손권보다 더욱 언성을 높여 일갈했다.

"손권! 너는 결코 천하의 주인이 되지 못한다. 내가 비록 형님과 아우를 더는 만나지 못하는 것이 원통하나 기꺼이 죽음으로써 의리를 지킬 것이다. 당장 나의 숨통을 끊어 너의 졸렬함을 만천하에 알리도록 하라!"

눈앞에 죽음을 앞두고도 전혀 주눅 들지 않는 관우의 기개에 손권은 움찔했다. 그는 다시 한 번 관우의 목을 베라며 소리쳤고, 그 명은 곧 현실이 되었다. 손권의 부하 장수가 휘두른 칼에 관우의 머리가 피를 뿜으며 잘려나간 것이다. 그때 그의 나이 58살이었다.

"적장이긴 해도, 아까운 영웅 하나를 잃었구나……."

관우가 죽은 뒤에도 손권은 못내 아쉬운 표정을 지었다. 그러자 좌함(左咸)이 과거 조조와 관우의 인연을 이야기하며 절대 주군을 바꿀 인물이 아니었다고 말했다. 손권 역시 그것을 모르지 않았으나 이상하게 마음이 개운치 않았다.

그때, 바로 곁에서 관우의 죽음을 지켜본 관평이 소리쳤다.

"네 이놈, 자식 앞에서 아비를 죽이다니 금수만도 못하구나! 내 결코 너를 용서하지 않을 것이다!"

손권은 관평이라도 회유해 자기 품에 안을 생각이었다. 하지만 아비의 원수를 갚으려는 자식을 곁에 둘 수는 없는 노릇이었다. 그는 관우의 목을 벤 장수에게 다시 명해 관평의 목도 베도록 했다. 그렇게 아버지와 아들이 한날한시에 세상을 떠나게 되었다.

한꺼번에 부자의 목을 벤 손권은 관우의 청룡언월도를 반장에게 전리품으로 주었다. 아울러 적토마는 부하 장수 마충(馬忠)에게 내주었다. 천하의 명검과 명마가 새로운 주인에게 전해진 것이다. 그런데 적토마는 그 날부터 식음을 전폐하고 슬피 울더니 옛 주인을 따라 저 세상으로 가고 말았다. 그것을 본 사람들이 적토마는 명마라는 찬사로도 부족한 영물이라며 수군거렸다.

천하를 호령하던 조조의 죽음

　형주를 빼앗고 관우를 죽이는 데 공을 세운 여몽은 잔뜩 기대에 부풀었다. 머지않아 손권이 큰 상을 내릴 것이라고 믿었기 때문이다. 그 바람대로 손권이 몇 날 며칠 성대한 잔치를 열어주며 특별히 금잔(金盞)을 꺼내 여몽에게 술을 따라주었다.

　그런데 그때 놀라운 사건이 벌어졌다. 공손히 술상 앞에 앉아 있던 여몽이 갑자기 자리에서 벌떡 일어서더니 술잔을 내동댕이치는 것이 아닌가. 그것도 모자라 그는 손권의 멱살을 비틀어 쥐며 우레와 같이 고함을 질렀다.

　"주제넘게 세상을 어지럽히는 애송이 놈아, 내가 누구인지 알겠느냐?"

　여몽은 손권을 내동이치더니 상석에 가서 자리를 잡았다. 그리고 눈을 부라리며 손권에게 계속 호통을 쳤다.

　"나는 관운장이다. 비록 너의 잔꾀에 속아 목숨을 잃었으나 기필코 그 한을 풀 것이다. 원귀가 되어서라도 너와 여몽에게 천벌을 내리고 말 것이야!"

겉모습은 분명 여몽인데, 관우의 목소리가 사방에 쩌렁쩌렁 울려 퍼졌다. 무슨 영문이지 몰라 겁을 집어먹은 손권의 부하들이 납작 엎드려 화를 피하려고 했다. 그때 갑자기 여몽이 바닥으로 푹 고꾸라지더니 얼굴의 일곱 구멍에서 피를 쏟아내며 죽었다. 그렇게 상황이 정리되고, 가까스로 정신을 차린 손권은 알 수 없는 두려움에 자꾸만 마른침을 삼켰다.

"이게 대체 무슨 조화인지 모르겠구나……. 아무튼 여몽의 장례를 잘 치러주도록 하라."

그 후 며칠이 지났으나, 손권은 좀처럼 마음이 진정되지 않았다. 그때 다른 지방을 살피러 갔던 장소가 돌아와 말했다.

"주공께서 죽은 자의 원한을 두려워하실 필요야 있겠습니까? 다만 유비는 관우와 의형제를 맺은 사이이니, 그가 대군을 일으켜 우리를 공격할까 걱정입니다. 그에게는 천하제일의 모사 공명에다 장비, 조운, 마초, 황충 같은 용맹한 장수들이 있어 결코 만만치 않은 상대입니다."

"그럼 어떻게 해야 되겠나?"

손권의 얼굴에 수심이 가득했다.

"제 생각에, 유비는 급히 관우의 원수를 갚기 위해 조조와 손을 잡으려고 할 것입니다. 둘이 동맹을 맺는다면 그만한 위협이 또 어디 있겠습니까? 방법은 하나, 관우의 머리를 조조에게 보내십시오. 그러면 유비는 우리가 허도의 요청으로 관우를 죽였다고 오해해 조조를 증오할 것입니다. 반드시 위와 촉의 사이를 벌려놓아야 우리가 살 수 있습니다."

장소의 계략을 들은 손권은 매우 흡족해했다. 그는 곧 나무 상자에 관우의 머리를 넣어 조조에게 보냈다. 그 소식을 들은 조조는 나무 상자가 도착하기도 전에 웃음을 터뜨리며 기뻐했다.

"관운장이 비록 아까운 장수이기는 하나, 언제 나에게 칼을 겨눌지 모를 위험인물이었다. 비로소 그 자가 죽었다니 큰 걱정거리 하나를 덜었구나."

그런데 곁에 있던 사마의가 심각한 얼굴로 걱정을 털어놓았다.

"폐하, 이것은 손권의 계략으로 보입니다."

"그게 무슨 말이냐?"

조조가 두 눈을 동그랗게 뜨고 물었다.

"아마도 오가 관우를 죽인 책임을 우리에게 덮어씌우려는 듯합니다. 경계를 늦추지 마십시오."

그제야 조조는 손권의 속셈을 깨달아 불쾌한 심사를 드러냈다.

"이런, 죽일 놈! 감히 나를 능멸해?"

그러면서 조조는 사마의에게 대책을 물었다. 잠시 생각에 잠겼던 사마의가 침착하게 다시 말문을 열었다.

"폐하께서 최고급 향나무로 관우의 몸을 만들라고 명하신 다음 그 위에 머리를 얹어 정성껏 장례를 치러 주십시오. 그러면 유비는 우리가 관우의 죽음에 책임이 없다고 판단하여 손권에게 원수를 갚으려고 들 것입니다. 오와 촉이 충돌하는 사이 우리는 어부지리를 얻으면 됩니다."

사마의의 계략을 들은 조조는 고개를 끄덕였다.

얼마 후, 허도에 관우의 머리가 담긴 나무 상자가 도착했다. 조조가 그것을 직접 열어보니, 관우의 표정에 생전의 위엄이 그대로 간직되어 있었다.

"관운장, 오랜만이오. 그동안 잘 지내셨소?"

조조는 살아 있는 사람을 대하듯 안부 인사를 건넸다. 그러자 순간 놀라운 일이 벌어졌다. 관우의 머리가 눈을 부릅뜨더니 수염까지 빳빳하게 곤두세우는 것이 아닌가. 그것을 본 조조는 기절할 듯 놀라며 엉덩방아를 찧었다. 곁에 있던 장수들이 몸을 일으켜 세우자, 겨우 정신을 차린 조조가 혼잣말을 중얼거렸다.

"아, 관운장은 실로 천신(天神)이로구나……."

그때 오에서 나무 상자를 들고 온 사신이 여몽이 죽은 사연을 이야기했다. 그 말에 조조는 더욱 두려움을 느껴 낙양의

남문 밖에서 관우의 장례를 성대히 치러주었다. 나날이 세력을 넓혀가는 유비뿐만 아니라 관우의 혼령까지 조조를 바짝 긴장시켰던 것이다. 조조는 장례를 지낸 뒤 관우에게 형왕(荊王)의 지위도 내렸다.

한편 관우가 죽던 날 밤, 성도에 머물던 유비는 몸에 열이 나고 한기가 들어 좀처럼 잠을 이루지 못했다. 그는 이리저리 뒤척이다가 이부자리에서 일어나 등잔을 밝히고 책을 펼쳤다. 그러다가 얼마 뒤 책상에 엎드려 깜빡 잠이 들었는데, 꿈속에서 관우가 나타났다. 관우는 한동안 유비의 얼굴을 빤히 바라보더니 천천히 큰절을 올리고 나서 말문을 열었다.

"형님, 마지막 인사를 드리러 왔습니다."

"마지막이라니? 대체 어디에 간다는 말이냐?"

유비가 깜짝 놀라 관우에게 물었다.

"그동안 형님과 세상에 둘도 없을 우애를 나누어 행복했습니다. 이번에는 아주 먼 길을 떠나게 됐으니, 제가 없더라도 부디 건강을 잘 살피시어 대업을 이루십시오."

관우는 인사를 마치자마자 몸을 돌려 어디론가 사라져버렸다. 유비는 잠결에 몇 번이나 허공에 손을 내저으며 관우를 붙잡으려고 했지만 소용없는 일이었다.

"관우야, 관우야! 나를 두고 어디로 간단 말이냐?"

유비는 크게 소리쳐 관우를 부르다가 잠에서 깨어났다. 주위를 둘러보니 아직 캄캄한 밤이었는데, 유비의 온몸이 땀으로 흠뻑 젖어 있었다. 날이 밝자마자 유비는 제갈량을 찾아가 간밤의 꿈을 이야기했다.

"관우에게 무슨 변고가 생긴 것은 아닌지 걱정입니다."

"너무 염려 마십시오. 아마도 주공께서 관운장을 위하는 마음이 커서 그런 꿈을 꾸셨을 것입니다."

이번만큼은 제갈량도 관우의 죽음을 예견하지 못했다. 그때 맥성에서 관우의 명을 받아 지원병을 요청하러 떠났던 이적과 마량이 성도에 도착했다. 그들은 궁지에 몰린 관우의 사정을 전하며 도움을 청했다. 아우가 위기에 처한 것을 알게 된 유비는 즉시 맥성으로 출병하라고 지시했다. 그런데 뒤이어 요화가 성도로 와서 관우와 관평이 끝내 손권에게 죽음을 맞았다는 사실을 보고했다. 아울러 그 과정에 유봉과 맹달이 병사를 보내지 않아 그와 같은 비극이 일어났다는 말도 덧붙였다.

관우의 죽음은 유비에게 크나큰 충격이었다. 하늘이 무너지고 땅이 꺼지는 슬픔에 유비의 몸이 쓰러질 듯 휘청거렸다.

"아, 관우가 죽다니 이 일을 어떡하면 좋단 말이냐……."

유비는 낯빛이 백짓장처럼 하얘져 답답한 가슴을 몇 번이나 주먹으로 내리쳤다. 주위에 있던 모사와 장수들이 그를 위로했으나 아무런 위안이 되지 못했다. 유비 못지않게 충격을 받아 말문이 막혔던 제갈량이 겨우 정신을 차려 주공을 달랬다.

"예로부터 인명은 재천이라 하였습니다. 모쪼록 폐하께서 몸과 마음을 추슬러, 장차 대업을 이루라는 관운장의 유언을 실현하셔야 합니다."

그럼에도 유비는 손사래를 치며 괴로워했다.

"다 무상한 일입니다. 관우가 없는데 대업을 이룬다 한들 무슨 소용이 있겠습니까?"

제갈량은 허탈해하는 유비를 설득할 말이 당장은 떠오르지 않았다. 그때 관우의 친아들인 관흥(關興)이 아버지의 죽음을 전해 듣고 달려왔다. 그는 제갈량의 총애를 받아 성도에서 중감군(中監軍)이라는 중책을 맡고 있었다. 아버지의 사망 소식에 아들이 통곡을 하자 유비도 다시 울음을 터뜨리더니 끝내 혼절하고 말았다. 그 후 유비는 의원들의 보살핌으로 힘겹게 몸을 일으켰으나 입맛을 잃어 몇 날 며칠 밥을 제대로 삼키지 못했다.

그로부터 얼마 후, 가까스로 기력을 되찾은 유비가 복수의 칼을 갈았다.

"당장 군사를 일으켜 오를 칠 것이다. 모두 출병 준비를 하라!"

그런데 제갈량이 흥분한 유비를 말렸다.

"진정하십시오, 폐하. 우리가 섣불리 오를 치면 위가 기습할지 모릅니다. 또한 위를 공격하면 오가 그 틈을 노려 우리의 땅을 넘볼 것입니다. 조조와 손권이 그렇듯 호시탐탐 우리를 노리고 있으니 보다 냉철하게 사태를 바라보셔야 합니다. 군자의 복수는 백 년이 걸려도 늦지 않다는 옛말을 아시지 않습니까? 만반의 대비책도 없이 적을 치기보다는 우선 관운장을 기리는 제를 올려 그 영혼의 한을 달래시는 편이 옳을 것입니다."

여느 때와 다름없이 이번에도 유비는 제갈량의 조언을 받아들였다. 잠시 번민에 빠지기는 했으나, 그렇게 하는 것이 군주로서 해야 할 신중한 판단이라고 생각했기 때문이다. 유비는 촉의 모든 신하와 군사가 관우의 죽음을 추모하게 하고, 정성껏 제를 올려 허무하게 떠나버린 관우의 영혼을 위로했다.

그런데 그 무렵, 조조는 밤마다 자리에 누우면 관우의 환영이 떠올라 괴로웠다. 그런 일이 보름 넘게 이어지자 얼굴이 수척해지고 몸이 무거웠다. 조조가 자신의 사정을 털어놓자 한 신하가 뜻밖의 말을 했다.

"궁궐이 낡은 탓에 귀신이 많이 깃들어 그런 것입니다. 새 궁궐을 지어 폐하의 건강을 돌보셔야 합니다."

조조가 생각하기에도 그 말에 일리가 있는 듯했다. 그리하여 급히 새로운 궁궐을 짓는 일이 시작되었다. 처음에는 모든 과정이 순조로운 듯했으나, 대들보로 쓸 목재가 마땅치 않았다. 여기저기 수소문한 끝에 낙양 밖 약룡담(躍龍潭) 옆에 있는 오래된 배나무가 적합하다는 결론이 내려졌다.

"어서 가서 그 나무를 베어오라."

조조가 기뻐하며 부하 장수에게 명을 내렸다. 그런데 며칠 만에 그가 빈손으로 돌아와 말했다.

"그 배나무가 이상합니다. 아무리 도끼로 찍어도 날이 박히지 않고 톱질을 해도 켜지지 않습니다."

"그게 정말이냐? 세상에 그런 나무가 어디 있단 말이냐?"

부하 장수의 이야기를 믿지 못한 조조는 스스로 군사를 거느리고 배나무를 베러 갔다. 과연 그 배나무는 궁궐의 대들보로 쓸 수 있을 만큼 굵고 곧게 뻗어 있었다. 조조가 병사들에게 빨리 나무를 베라고 재촉했다. 그런데 그때 마을의 노인들이 몰려와 머리를 조아리며 간청했다.

"폐하, 배나무를 베지 마십시오. 이것은 수령이 천 년도 더된 신령한 나무라 함부로 베면 재앙이 내릴 것입니다."

하지만 그런 말에 귀를 기울일 조조가 아니었다.

"쓸데없는 소리 마라. 이런 나무 따위에 무슨 영험한 기운이 있다고 천하의 조조가 두려움을 느낀단 말이냐!"

그러면서 조조는 칼을 빼들어 배나무를 내리쳤다. 그 순간 깜짝 놀랄 일이 벌어졌다. 배나무에서 "컥!" 하는 소리가 들리더니 피가 뿜어져 조조의 몸을 벌겋게 적신 것이다. 그런 일이 벌어지자 조조도 더 이상 나무를 베라는 명을 내리지는 못했다. 그는 군사를 이끌어 궁궐로 돌아오고 말았다.

그 날 밤, 조조는 여느 때처럼 쉽게 잠을 이루지 못했다. 잠자리에서 한참 몸을 뒤척였는데, 어느 순간 머리를 풀어헤치고 검은 옷을 입은 사내가 칼을 쥐고 나타나 조조를 노려보면서 소리쳤다.

"나는 약룡담 배나무에 깃들어 있는 신령이다. 네 놈이 감히 신령스런 나무를 베려고 했으니, 내가 그 죄를 물어 목숨을 가져가야겠다!"

사내는 이렇게 호통을 치자마자 칼을 들어 조조의 머리를 내리쳤다.

"악!"

조조는 두 손으로 머리를 감싸고 외마디 비명을 지르면서 잠에서 깨어났다. 그런데 이튿날부터 머리가 깨질 듯 아프고 온몸에 식은땀이 흘렀다. 용하다고 소문난 의원들을 불러 진단을 받아봤지만 명확한 병명이 나오지 않았다. 침을 맞고 이런저런 약을 쓰기도 했지만 조금도 나아지지 않았다. 그러자 화흠이 조조를 찾아와 말했다.

"화타라는 명의가 있다고 들었습니다. 그는 어떤 병이라도 고칠 수 있다고 합니다."

화흠의 말에 조조는 눈이 번쩍 뜨였다. 그는 당장 장수와 병사들을 방방곡곡에 풀어 화타를 데려오도록 했다. 얼마 후, 화타가 궁궐로 와서 조조를 진료하게 되었다.

"폐하의 극심한 두통은 쉽게 치료될 병이 아닙니다. 날카로운 칼로 머리뼈를 가르고 나서 병의 원인이 되는 것을 꺼내야 합니다."

조조는 화타의 진단을 듣고 화들짝 놀랐다. 그의 곁에 있던 모사와 장수들도 어처구니없어하며 고개를 절레절레 흔들었다.

잠시 할 말을 잃었던 조조가 냅다 소리를 내질렀다.

"네 놈이 나를 죽이려 드는구나! 누구의 명을 받은 것이냐?"

그러자 화타가 침착하게 대답했다.

"저는 폐하를 해하려는 것이 아닙니다. 혹시 관운장이 팔꿈치에 독화살을 맞은 뒤 살을 도려내고 뼈를 깎아 목숨을 구한 일을 알고 계신지요? 그때 관운장을 치료한 의원이 바로 저입니다. 폐하께서도 저를 믿어주신다면 반드시 병을 치료하실 수 있습니다."

그런데 그 말은 조조의 의심을 더욱 키웠다. 그가 벼락같은 소리로 부하들에게 명령했다.

"이 자를 당장 포박해 옥에 가두어라! 분명 관우의 원수를 갚으러 내게 온 것이 틀림없다!"

화흠이 나서서 조조의 오해를 풀려고 했지만 씨알도 먹히지 않았다. 조조는 화타에게 고문을 가하며 있지도 않은 사실을 털어놓으라고 겁박했다. 화타는 끝내 모진 고문을 견디지 못해 옥에서 숨을 거두고 말았다.

심신이 몹시 허약해진 조조는 화타가 마지막 구원의 손길이었던 것을 알지 못했다. 조조의 병세는 날이 갈수록 심각해져 헛것을 보는 날도 늘어갔다. 거의 매일 그동안 자신이 해쳤던 사람들의 원귀에 시달리며 괴로워했던 것이다. 스스로 삶이 얼마 남지 않은 것을 깨달은 조조가 사마의와 조홍, 가후 등을 불러 뒷일을 부탁했다.

"내가 천하를 호령한 지도 어언 사십여 년이 흘렀구나……. 아직 못 다한 일이 남았으나 천명이 다해가니 후사를 누구에게 맡길지 정해야겠다. 장남인 비에게 나의 모든 권력을 물려줄 터이니 자네들이 잘 도와주기 바란다……."

조조는 힘겹게 숨을 몰아쉬며 자신의 모사와 장수에게 마지막 당부를 남겼다. 그 후 며칠 만에 조조는 눈을 감았는데, 그의 나이 66살이었다.

한 사람의 영웅호걸이 세상을 떠나면 또 다른 영웅호걸이 그 빈자리를 채우는 법. 조비는 자신의 아버지 못지않게 야망이 큰 인물이었다. 아니, 그는 조조보다 한 술 더 떠서 난을 일으키더니 부하들을 시켜 헌제의 목에 칼을 들이대며 황제 자리를 내놓으라고 다그쳤다. 이미 아무런 힘이 없는 헌제로서는 그 위협을 당해낼 재간이 없었다.

"아, 원통하구나! 이렇게 사백여 년 만에 한나라의 황실이 종지부를 찍게 되다니…….."

헌제의 얼굴에는 굵은 눈물방울이 흘러내렸다. 그 역시 즉위 30여 년 만에 황제 자리에서 불명예스럽게 쫓겨난 것이다. 조비는 헌제로부터 옥새를 건네받으며 형식상 세 번 거절하는 시늉을 했으나 끝내 야욕을 감추지 않고 황위에 올랐다.

조비는 아버지 조조 때부터 이어져온 위의 전통을 이어받으며 자신의 나라를 대위(大魏)라고 불렀다. 그리고 도읍을 허도에서 낙양으로 옮긴 뒤 모든 문무백관과 장수들에게 새롭게 벼슬을 내렸다. 바야흐로 한 시대가 저물고 또 다른 시대가 막을 올린 것이다.

한편 유비는 조금씩 관우를 잃은 슬픔에서 빠져나오고 있었다. 그러나 아우의 원수를 꼭 갚겠다는 다짐에는 변함이 없었다. 그는 먼저 관우에게 지원병을 보내지 않은 맹달을 엄히 문책하려고 했다. 여차하면 목을 쳐 책임을 물을 작정이었다. 그런데 맹달이 그 사실을 눈치채고 조비에게 항복해 살 길을 찾았다. 그 소식을 들은 유비가 불같이 화를 내면서 유봉을 시켜 맹달을 잡아오게 했다.

"관우에게 지원병을 보내지 않은 데는 너의 책임도 적지 않다. 군사 5만을 내줄 테니 반드시 맹달을 끌고 오도록 하라."

이미 유봉은 유비의 양아들로서 죄책감에 시달리고 있었다. 그는 맹달을 잡아오기 위해 한달음에 위로 달려갔다. 하지만 그것은 결코 만만한 일이 아니었다. 맹달이 하후상, 서황과 함께 대적하는 바람에 전투에서 패하여 퇴각하고 말았던 것이다.

"송구합니다. 저를 죽여 나라의 기강을 바로 세우십시오."

유봉은 유비 앞에 무릎을 꿇고 자신의 잘못을 뉘우쳤다. 비록 양아들이기는 해도, 유비 입장에서 더는 그 책임을 묻지 않을 수 없었다. 관우를 죽음의 길로 내모는 데 일정 부분 원인 제공을 한데다, 맹달에게 패해 적의 사기를 올려준 죄도 작지 않았기 때문이다. 결국 유비는 눈물을 머금고 유봉의 목을 베라는 명을 내릴 수밖에 없었다.

막내 장비도 최후를 맞다

조비가 대위를 세우고 황제가 되어 새 궁궐을 짓는다는 소식이 유비에게 전해졌다. 더욱 충격적인 것은 헌제가 살해당했다는 보고였다. 유비는 또다시 큰 슬픔에 잠겨 통곡하며 헌제의 혼령을 제단에 모시고 제를 올렸다.

여러 대신들이 모인 자리에서 제갈량이 유비에게 말했다.

"지금 조비 때문에 한나라의 맥이 끊겼습니다. 한중왕께서 황위에 올라 사백 년의 역사를 잇도록 하십시오."

여러 대신들도 제갈량과 뜻을 같이했다. 하지만 유비는 고개를 가로저었다.

"그것은 아니 될 말씀입니다, 공명. 내가 스스로 황제가 된다면, 위의 역적과 무엇이 다르겠습니까?"

"그렇지 않습니다. 헌제께서 황위에 계신다면 맞는 말씀이나, 지금은 그 자리를 조비가 강탈한 상황입니다. 차라리 주공께서 황위에 오르시는 편이 한나라의 정통성을 이어가는 길입니다."

제갈량이 말을 마치자마자 이번에도 대신들이 머리를 조아리며 한중왕에게 황위에 오르라고 간곡히 청했다. 유비가 생각하기에도 그 말이 틀리지는 않았다. 그는 몇 날 며칠 고민한 끝에 마침내 천지신명께 제를 올리고 황위에 올랐다. 때는 서기 221년이었다.

그 무렵 손부인은 오에 돌아가 있었다. 그래서 유비는 얼마 전 법정의 진언을 받아들여 오 씨 성을 가진 여인을 왕비로 맞아들였다. 그 사이에 두 아들 유영(劉永)과 유리(劉理)가 태어났다. 황제가 된 유비는 오부인(吳夫人)을 황후로 삼았고, 맏아들 유선을 황태자 자리에 앉혔다. 아울러 제갈량을 승상으로 임명했다. 대신들에게도 저마다 공과에 따라 다시 벼슬을 내리고 옥에 갇힌 죄수들을 풀어주어 만백성의 화합을 기원했다.

그 다음에 유비가 바로 시작한 일은 관우의 복수였다. 그는 당장 출병해 오를 치겠다고 나섰다. 그러자 조운이 땅바닥에 엎드려 그 명을 거두어달라고 간청했다.

"저 역시 관운장의 죽음이 너무나 안타깝습니다. 하지만 황제께서는 한나라의 역적이 조조와 조비인 것을 잊지 마셔야 합니다. 우리가 위를 그대로 둔 채 오부터 공격한다면 명분에 어긋나는 일입니다."

그러나 유비는 쉽게 물러서지 않았다.

"나는 지난날 관우, 장비와 의형제를 맺고 생사를 함께하기로 맹세했다. 사랑하는 아우를 죽인 원수를 치겠다는 것이 어찌 삼갈 일이란 말이냐?"

"동생의 원수를 갚는 것은 사적인 일이고, 역적을 제거하는 것은 공적인 일입니다. 황제 폐하께서 먼저 하실 일은 역적을 단죄하는 것이라 믿습니다."

유비와 조운은 한동안 실랑이를 벌이며 서로 자신의 뜻을 관철시키려고 했다. 두 사람은 황제와 신하 사이 이전에 굳은 신뢰가 있었으므로 허심탄회하게 이야기를 나눌 수 있었다. 하지만 둘의 이야기가 길어지자 보다 못한 제갈량이 나섰다.

"역적을 단죄하는 일과 아우의 원수를 갚는 일, 모두 중요합니다. 다만 폐하께서 사적인 원수를 갚는 일에 직접 출병하시는 것은 재고해주십시오. 모름지기 황제는 공과 사를 가려 공적인 일에 몰두하셔야 합니다. 관운장의 복수는 믿을 만한 장수에게 맡기시면 될 일, 손수 나서지는 마십시오."

"승상의 말씀을 듣고 보니 일리가 있군요."

제갈량이 나서자 유비도 한 걸음 양보할 수밖에 없었다. 유비는 황제가 되었고 제갈량은 승상에 임명되었지만, 두 사람은 여전히 서로를 존경하며 예의를 갖추었다. 그런데 며칠 후

낭중(□中)에 가 있던 장비가 궁궐에 들어와 유비를 다그쳤다.

"형님! 아니, 황제 폐하······."

장비는 가쁜 숨을 몰아쉬며 유비에게 따져 물었다.

"지난날 복숭아밭의 맹세를 잊으셨습니까? 관우 형님의 원수를 갚는 일이 왜 이리 더딘 것입니까?"

"아우야, 진정해라. 내가 황위에 있기는 하나 대신들의 뜻을 거스를 수는 없구나."

유비가 흥분한 장비를 달래며 사정을 설명했다. 그럼에도 장비는 달라지지 않았다.

"그들이 어찌 우리 삼형제의 의리를 헤아리겠습니까? 폐하께서 선봉에 서시지 않겠다면 저라도 당장 달려 나가 원수의 목을 치겠습니다."

몇 번이나 장비가 도원결의를 이야기하자, 유비도 더는 황제의 덕목만 내세우기 어려웠다. 결국 유비는 장비의 뜻을 받아들였다.

"네 말이 옳다, 장비야. 네가 먼저 낭중에서 오로 출병하면, 나도 곧 본진을 이끌고 합류하도록 하마."

"고맙습니다, 황제 폐하! 이제야 하늘에 계신 관우 형님도 웃으실 것입니다."

그렇게 장비가 낭중으로 돌아간 뒤, 유비는 제갈량에게 촉을 맡기고 70만 대군을 일으켜 오로 진격했다. 제갈량과 대신들도 더 이상 유비의 앞길을 막지 못했다.

한편 장비는 낭중에 다다르자마자 부하들에게 출전 명령을 내렸다.

"한시도 지체할 수 없다. 사흘 뒤 출병할 것이니, 모든 장수와 병사들은 그때까지 준비를 마치도록 하라!"

하지만 그것은 너무 촉박한 일정이었다. 범강(范疆)과 장달(張達)이 용기를 내 진언했다.

"사흘 안에 준비를 마치기는 어렵습니다. 조금만 더 시간을 주십시오."

그것은 부하 장수로서 마땅히 할 수 있는 말이었다. 그런데 관우의 복수를 할 생각에 흥분한 장비는 귀를 열지 못했다.

"뭐라고? 네 놈들이 나의 명령에 반기를 드는구나!"

"그렇지 않습니다, 장군. 저희는 다만……."

범강과 장달은 심상치 않은 분위기를 느끼며 당황했다. 그러거나 말거나 기분이 나빠진 장비는 다른 부하들을 향해 큰소리로 명령을 내렸다.

"당장 이 자들을 거꾸로 매달아 오십 대씩 곤장을 쳐라!"

범강과 장달이 밖으로 끌려 나가면서 계속 무슨 말인가를 하려고 했으나 장비는 듣지 않았다. 그렇게 곤장을 맞게 된 두 사람은 곤죽이 되어 장비에 대한 불만이 가득했다. 그 날 밤 범강과 장달은 은밀히 만나 자신들의 거취를 의논했다.

"우리가 뭘 그리 크게 잘못한 것이오?"

"그러게 말입니다. 만약 사흘 안에 출병 준비를 못하면 장비가 또 어떤 형벌을 내릴지 모릅니다."

두 사람은 치를 떨며 앞일을 걱정했다.

"이렇게 된 이상 당하고만 있을 수는 없소. 장비의 손에 억울하게 죽느니, 우리가 먼저 놈을 해치웁시다."

"내 생각도 같습니다. 장비의 머리를 오나라로 가져가면 큰 상을 받을 것입니다."

범강과 장달은 그 날 밤 당장 거사를 감행했다. 몰래 장비의 침소에 숨어들어, 여느 때와 다름없이 술에 취해 잠든 그의 목을 벤 것이다. 아무리 용맹한 장수라도 만취해 깊은 잠에 빠져서는 상대를 당해낼 수 없었다. 장비는 장팔사모 한번 휘둘러보지 못한 채 허무하게 숨을 거두고 말았다. 그때 그의 나이 55살이었다.

그 무렵 유비는 모든 준비를 마치고 성도를 나서기 직전이었다. 그런데 출병 전날 밤, 왠지 잠이 오지 않아 마당을 서성이다가 문득 하늘에서 큰 별 하나가 땅으로 곤두박질치는 것을 보게 되었다. 유비는 아무래도 불길한 예감이 들어 얼굴이 굳었다. 바로 그때 밤길을 달려 낭중에서 한 장수가 달려와 그 앞에 무릎을 꿇었다.

"폐하, 큰일 났습니다! 장비 장군께서 부하 장수들에게 살해당하셨습니다!"

"뭐라고, 장비가……."

순간 유비는 눈앞이 캄캄해지며 온몸의 힘이 전부 빠져나가는 듯했다. 마침 곁에 있던 신하들이 부축하지 않았다면 그대로 쓰러졌을지 모를 상황이었다. 유비는 밤새워 통곡하며 막내아우의 죽음을 원통해했다.

"내가 오를 공격할 이유가 하나 더 늘었구나. 범강과 장달을 죽여 장비의 한을 풀어줘야겠다."

이튿날, 유비는 예정대로 출병 명령을 내렸다. 그때 관우의 아들 관흥과 장비의 아들 장포(張苞)가 달려와 서로 선봉에 서겠다고 나섰다. 모두 아버지의 원수를 갚는 데 앞장서고 싶었던 것이다. 둘은 저마다 무예 솜씨를 뽐내며 자신이 선봉에 서야 할 당위성을 설명했다. 관흥과 장포의 경쟁이 지나치게 치열해지자 유비는 두 사람 대신 오반(吳班)을 선봉에 세웠다. 그리고 관흥과 장포에게는 황제의 근위대로 제 역할을 다하도록 한 뒤 오를 향해 진격했다.

유비가 이끄는 70만 대군의 기세는 대단했다. 그들은 강과 육지 양쪽 경로를 통해 오를 향해 물밀듯이 몰려갔다. 그 소식을 들은 손권은 새파랗게 질려 위의 조비에게 막대한 양의 금은보화를 보내며 도움을 청했다. 하지만 조비는 뇌물이나 다름없는 선물만 챙긴 채 손권을 돕지 않았다.

"오와 촉의 충돌은 내가 바라는 바다. 어느 한쪽이 망하면 그때 군사를 일으켜 나머지 한 나라를 함락시키고 천하를 통일할 것이다."

조비는 부하 장수들에게 이렇게 말하며 의미심장한 미소를 띠었다.

위에서 원병을 보내지 않자 손권은 노심초사했다. 그는 부랴부랴 한당을 주장으로, 주태를 부장으로 삼아 전열을 정비했다. 또한 반장을 선봉에 세우고 능통에게 후방의 방어를 맡겼다. 감녕에게는 10만의 군사를 주어 만약의 사태에 대비한 지원병 역할을 지시했다.

그때 촉의 군사는 황충이 선봉을 자임했다. 그는 흰 수염이 덥수룩한 70대의 노장이었지만, 여전히 상대의 간담을 서늘하게 하는 맹장이었다. 오의 진영에서는 어느 장수 하나 황충과 맞서겠다며 자신있게 나서는 사람이 없었다.

"늙은 황충이 그리 두렵단 말이냐? 우리 오나라에 인물이 이렇게 없더니 안타깝기 짝이 없구나……."

손권이 한숨을 내쉬며 혼잣말을 중얼거렸다. 그때 번장이 말고삐를 움켜쥐고 앞으로 달려 나가며 소리쳤다.

"늙은이 황충아, 내의 너의 목을 베어 하늘로 보내주마!"

그 말을 듣고 황충의 얼굴이 붉게 달아올랐다. 그는 곧 큰 칼을 꺼내들고 반장을 향해 맹렬하게 달려갔다.

"네 이놈, 단칼에 죽여주마!"

그런데 막상 황충이 다가오자 번장이 뒷걸음질을 쳤다. 실은 그것이 계략이었는데, 황충은 아무런 의심 없이 죽을힘을 다해 뒤를 쫓았다.

"비겁한 놈, 멈춰라!"

그렇게 얼마쯤 반장을 추격했을까? 갑자기 양쪽 산에서 오의 병사들이 함성을 지르며 쏟아져 나왔다. 그들은 능통이 이끄는 병사들이었다. 그 순간 줄행랑을 치던 반장도 몸을 홱 돌려 황충을 공격하기 시작했다.

"어리석은 놈, 나이를 먹더니 총기까지 흐려졌구나!"

"음, 네 놈의 계략에 속아 넘어가다니…….."

반장의 반격에 그제야 황충은 자신의 잘못을 깨달았다. 그는 후회의 탄식을 내뱉으며 서둘러 뒷걸음질을 치지 않을 수 없었다. 그런데 바로 그때, 어깻죽지에 뜨거운 통증이 느껴지면서 말고삐를 쥔 손에 힘이 풀리더니 황충이 땅바닥에 나뒹굴고 말았다. 그의 어깨에 적이 쏜 화살이 깊숙이 박힌 것이다. 황충의 부상을 지켜본 오의 병사들이 칼과 창을 들고 일제히 달려들었다.

"적장이 쓰러졌다. 죽여라!"

그야말로 황충의 목숨이 바람 앞의 촛불 같은 신세였다. 그런데 그때 맞은편에서 고함 소리가 들려왔다.

"이놈들, 물러서라! 황 장군의 몸에 손끝이라도 댔다가는 죽음을 면치 못할 것이다."

오의 병사들이 주위를 둘러보니 관흥과 장포가 달려오고 있었다. 관흥이 적병들의 목을 무수히 베는 사이에 장포는 쓰러진 황충을 부축해 자신의 말에 태웠다. 그리고 두 장수는 적의 포위망을 궤멸시키며 멀리 달아났다.

사실 관흥과 장포를 적진으로 보낸 사람은 유비였다. 그는 황충이 무리하게 반장의 뒤를 쫓자 생사가 걱정되어 두 젊은 장수를 보냈던 것이다. 화살에 맞아 부상을 입은 황충이 진지로 오는 것을 본 유비가 한달음에 달려나왔다.

"황 장군, 정신을 차리시오!"

"……."

유비가 다급히 소리쳤지만 황충은 묵묵부답이었다. 장포가 그를 안아 자리에 눕히자 사지가 축 늘어졌다. 늙어서 기력이 쇠약해진데다 피를 많이 흘려 목숨을 부지하지 못했던 것이다. 유비는 황충을 잃은 슬픔에 목이 메었다. 오호장군 중 관우와 장비에 이어 황충까지 잃게 되었으므로 그 상실감이 너무나 컸다.

손권은 황충이 전사했다는 소식을 듣고 매우 기뻐했다. 이미 유비의 두 아우가 죽은데다 황충까지 사라졌으니 해볼 만한 전쟁이라는 생각이 들었던 것이다. 하지만 유비는 그대로 허물어지지 않았다. 그는 전군을 여덟 개 부대로 재정비해 수륙양용 작전을 펼쳤다. 황권에게 수군의 지휘를 맡기고 기병과 보병은 자신이 직접 이끌었다. 그러자 전세는 급격히 촉쪽으로 기울었다. 특히 젊은 장수 관흥과 장포가 혁혁한 전공을 세웠는데, 한당과 주태마저 그들의 기세에 쩔쩔매며 뒷걸음질쳤다.

급기야 관흥은 최후의 일격을 가하기 위해 적진 깊숙이 달려들었다. 반장이 그를 발견하고 말을 몰아 달아나자 관흥이 맹렬히 그 뒤를 쫓았다. 부하들도 없이 두 장수가 쫓고 쫓기는 추격전을 펼친 것이다.

"내 아버지를 죽음의 길로 내몬 반장은 그 자리에 멈춰라! 내 칼이 너의 목을 칠 것이다!"

"애송이 같은 놈이 끈질기구나……."

반장은 죽을힘을 다해 달아났으나 혈기왕성한 관흥의 추격을 따돌리지 못했다. 마침내 그 날 밤 깊은 산속에서 반장을 따라잡은 관흥이 칼을 높이 치켜들고 소리쳤다.

"네가 감히 내 아버지의 청룡언월도를 들고 다니다니 용서하지 않겠다!"

곧 관흥의 칼이 허공을 갈랐고, 반장의 머리가 땅바닥에 나동그라졌다. 아버지 관우의 원수 중 하나를 해치운 관흥은 담담한 표정으로 칼에 묻은 피를 닦았다. 그리고 반장의 머리를 말안장에 매달고 청룡언월도를 챙겨 본진으로 돌아왔다. 그를 맞이한 유비가 관흥의 전공을 치하했다.

"역시 그 아비에 그 아들이로구나. 너는 장포와 함께 앞으로 촉을 이끌어나가야 할 인재들이다."

"그 말씀 명심하겠습니다, 폐하."

관흥은 유비의 칭찬에 감격해하며 충성을 다짐했다.

유비의 못다 이룬 꿈

손권은 반장의 전사 소식을 듣고 두려움을 느꼈다. 유비 군의 전력이 예상보다 훨씬 강한데다, 자신을 호위하던 장수들이 잇달아 목숨을 잃었기 때문이다. 이제 그의 곁에는 총애하던 반장을 비롯해 마충, 미방, 부사인(傅士仁), 주평(周平) 같은 장수가 남아 있지 않았다. 한당과 주태의 군사는 연전연패를 거듭해 이미 전의를 상실한 상태였다.

앞일을 걱정하며 근심하는 손권에게 시중을 드는 한 신하가 귓속말을 건넸다.

"장비를 죽인 범강과 장달의 목을 베어 촉으로 보내십시오. 그러면 유비가 당분간 공격 명령을 내리지 않을 것입니다."

"거참 좋은 생각이구나. 어차피 그들은 배신자이니 오랫동안 곁에 두기에는 꺼림칙한 자들이다."

신하의 계략을 들은 손권은 당장 범강과 장달을 죽여 그 머

리를 유비에게 보냈다. 그것을 받아든 유비는 또다시 설움이
북받쳤다.

"아, 이제야 장비 아우가 편히 눈을 감겠구나······."

유비는 두 원수의 머리를 제단에 올리고 며칠 동안 장비를
추모했다. 그렇게 촉의 공격이 잠시 잠잠해진 틈을 타 손권은
또다시 화해의 손길을 내밀었다. 형주를 반환하고 손부인을
돌려보내겠다는 전갈을 보내왔던 것이다.

하지만 유비는 군사를 돌려 성도로 돌아갈 생각이 전혀 없
었다. 이번 기회에 오를 멸망시켜 두 아우와 함께 꿈꾸었던
영광을 실현할 작정이었던 것이다. 손권은 자신의 계략이 통
하지 않자 몹시 당황했다.

"이제 어떻게 해야 된단 말이냐······."

그때 모사 감택(闞澤)이 말했다.

"주상께서는 하늘을 받칠 수 있는 기둥이 있는데 왜 사용하
지 않으십니까?"

"대체 누구를 말하는 것이냐?"

애를 태우던 손권의 눈이 반짝였다.

"육손을 두고 드리는 말씀입니다."

"육손이라고?"

"네, 그는 형주를 빼앗을 때 봉화대를 먼저 공격하자는 책
략을 내놓아 관우를 궁지로 몰아넣는 전공을 세운 인물입니

다."

그런데 그 순간 다른 신하와 장수들이 반대하고 나섰다.

"육손에게 중책을 맡기시면 안 됩니다. 그가 비록 형주를 점령할 때 여몽 장군을 돕기는 했으나, 아직 나이 어린 풋내기에 지나지 않습니다."

"그렇습니다, 주상. 어느 장수가 육손 같은 자의 명령을 받으려고 하겠습니까?"

신하와 장수들의 반대가 거세지자, 손권은 아무 말도 하지 못한 채 머뭇거렸다. 그러자 감택이 큰 소리로 다시 한 번 육손을 천거했다.

"그를 등용하지 않으시면 오의 앞날은 어둠뿐입니다. 저는 지금 죽음을 각오하고 육손을 추천하는 것입니다!"

그제야 손권은 겨우 결단을 내렸다. 여전히 많은 신하와 장수들이 반대했지만, 육손을 대도독에 임명한 것이다.

며칠 후, 육손은 진지에 도착해 한당과 주태를 불러 앉혔다. 전황을 보고받고 대도독으로서 인사를 나누고 싶었기 때문이다. 그런데 아니나 다를까 한당과 주태의 언행이 삐딱했다.

"젊은 분이 벌써 대독이 되셨구려. 축하하오."

"어쩌다 보니 그렇게 됐습니다. 앞으로 두 분이 저를 많이 도와주십시오."

누가 보아도 한당과 주태는 새로 부임한 대도독을 상관으로 인정하지 않는 눈치였다. 육손이 엄숙한 얼굴로 그들에게 선언하듯 말했다.

"내가 비록 나이는 어리지만 주상의 명을 받아 이 자리에 앉았습니다. 그러니 내 명을 거역하는 자가 있다면 단호히 왕법에 따라 다스릴 것입니다."

그러자 주태가 애써 못마땅한 표정을 감추며 화제를 돌렸다.

"지금 주상의 조카인 손환(孫桓) 장군이 이릉성(彛陵城)에서 촉의 병사들에게 포위되어 있습니다. 대도독께서는 어떻게 그를 구출시킬 생각입니까?"

"손환 장군은 반드시 성을 지켜낼 것이니 굳이 우리가 구하러 갈 필요는 없습니다. 내가 촉의 군사를 물리치면 자연히 이릉성의 포위망도 풀리지 않겠습니까?"

그 말을 들은 한당과 주태는 속으로 코웃음을 쳤으나 내색하지는 않았다.

다음날, 육손은 장수들을 모두 불러 모아 섣부른 공격을 금지하며 진지를 굳게 지킬 것을 명했다. 그러자 한당이 다시 비아냥거리듯 말했다.

"진지만 지키고 있으면 전쟁에서 승리할 수 있습니까? 나는 죽음이 두렵지 않으니 출전 명령을 내려주십시오."

이미 여러 차례 전투에서 패한 한당은 사실 출전할 마음이 전혀 없었다. 그럼에도 육손에게 반기를 드느라 괜히 허세를 부렸던 것이다. 그런 불손한 태도는 다른 장수들도 마찬가지였다. 육손이 다시 한 번 장수들을 향해 엄중히 명령했다.

"모든 장수들은 나의 말을 명심하라. 만약에 제멋대로 행동하는 이가 있다면 군율에 따라 이 칼로 목을 벨 것이다!"

그제야 장수들은 복종하는 시늉을 하며 입을 다물었다.

육손이 오의 대도독이 되었다는 소식은 곧 촉의 진지에도 전해졌다. 유비는 그가 관우의 원수 중 하나인 것을 알고 격분했다.

"그 애송이가 관우의 목숨을 빼앗는 데 큰 공을 세웠다니 가만둘 수 없다. 어서 출병해 놈을 사로잡도록 하라!"

유비의 명에 따라, 촉의 군사는 대대적인 공세를 펼쳤다. 산과 들을 가득 메운 촉의 병사들이 육손이 지휘하는 오의 진지로 구름처럼 몰려간 것이다. 하지만 적이 극단적인 수비 전술을 펼치는 바람에 유비는 좀처럼 승전고를 울리지 못했다. 아무리 두들겨도 육손의 명령을 받은 오의 병사들은 잔뜩 웅크린 채 꼼짝하지 않았다.

한 달 남짓 별 소득도 없는 지루한 공격이 이어지자 촉의 군사는 제 풀에 지쳐갔다. 게다가 날은 무더웠고, 주변에 강이 없어 물 사정도 매우 나빠졌다. 유비는 궁리 끝에 산기슭의 깊은 골짜기로 군사를 이동시킬 것을 명했다. 아무래도 그쪽에는 그늘이 지고 시냇물도 흐르고 있었기 때문이다. 그런 데 마량이 유비를 찾아가 그 명령을 거두어달라고 말했다.

"폐하, 우리가 진지를 옮기는 도중에 적이 공격해올지 모릅니다. 섣불리 병사들을 이동시키면 안 됩니다."

"걱정 말아라. 내가 이미 오반에게 군사를 내주어 곳곳에 매복시켜놓았으니, 만약 적이 우리를 급습한다면 함정에 빠지는 꼴이 될 것이다."

유비는 마량을 안심시키며 빨리 진지를 골짜기로 옮기라고 장수들을 다그쳤다. 그러자 마량은 근심이 사라지지 않은 얼굴로 다시 말문을 열었다.

"폐하의 뜻이 정 그러시다면 어쩔 수 없겠으나, 승상에게 골짜기의 지형을 그려 보내 의견을 묻는 것이 좋을 듯합니다. 돌다리도 두들겨보고 건너라는 말이 있잖습니까?"

"허허, 너의 염려가 크니 승상의 생각을 묻지 않을 수 없구나. 그렇게 하라."

결국 마량은 골짜기 주변의 지형과 군사의 배치 상황을 상세히 그려 제갈량에게 가게 되었다. 마침 제갈량은 위가 쳐들어올 것에 대비해 한중에 나와 있었다. 그런데 그림을 살펴본 그가 화들짝 놀라며 소리쳤다.

"대체 누가 이런 결정을 내렸단 말이오?"

"폐하께서 직접 그쪽으로 진지를 옮기라고 명하셨습니다."

마량의 대답에 제갈량의 낯빛이 몹시 어두워졌다.

"정말 큰일이구려! 적이 화공을 펼치면 낭패를 볼 수 있으니, 마량 장군은 빨리 돌아가서 폐하께 다시 진지를 옮기라고 말씀드리시오. 그리고 만약 위기가 닥치면 폐하를 모시고 일단 백제성(白帝城)으로 피신하시오."

제갈량은 숲이 짙고 험한 땅에 진지를 구축하는 것은 매우 위험한 병법이라고 설명했다. 적이 한꺼번에 불을 질러 공격하면 곤경에 처할 수밖에 없다는 말이었다.

그러나 마량이 진지로 돌아올 무렵, 이미 육손의 화공이 펼쳐지고 있었다. 갑자기 동남풍이 불어 사방에서 불길이 치솟은 것이다. 그와 동시에 잔뜩 웅크리고만 있던 오의 병사들이 일제히 달려 나와 총공격을 감행했다. 전혀 예상치 못했던 사태에 당황한 촉의 군사는 어쩔 줄 몰라 하며 허둥거리다 잇달아 목이 베어져 땅바닥에 나뒹굴었다. 자칫 유비의 목숨까지 위태로울지 모를 일촉즉발의 상황이었다. 그때 장포가 유비를 구출하여 마안산(馬鞍山)으로 말을 몰았다. 그것을 발견한 정봉이 군사를 이끌고 끈질기게 쫓아왔다.

"아, 나의 잘못으로 너무 많은 병사들이 죽고 말았구나……."

유비는 산 아래를 내려다보며 깊이 탄식했다. 하지만 언제까지나 그곳에 머물 수는 없는 노릇이었다. 정봉의 군사가 눈

앞에 나타날 무렵, 다행히 관흥이 달려와 유비를 백제성으로 이끌었다. 그가 마량을 만나 제갈량의 당부를 전해 들었던 것이다. 유비는 관흥과 장포의 호위를 받으며 백제성을 향해 말을 달렸다. 하지만 그마저 여의치 않아, 곧 많은 병사들을 데리고 나타난 주연(朱然)과 맞닥뜨렸다.

"천하의 유비가 어디로 도망가는 것이냐? 나랑 한번 붙어보자!"

주연의 조롱에 관흥이 칼을 빼들고 달려 나갔다.

"네깟 놈이 감히 어느 안전이라고 함부로 지껄이느냐?"

그런데 그 순간, 주연의 부하가 쏜 화살이 관흥의 오른쪽 가슴에 꽂혔다. 그것을 본 장포가 다시 앞으로 달려 나갔으나, 그마저 화살을 맞아 중상을 입었다. 엎친 데 덮친 격으로, 멀리서 육손이 직접 지휘하는 병사들의 함성까지 들려왔다. 유비는 황망한 표정으로 말안장에 앉아 혼잣말을 내뱉었다.

"아, 여기서 내가 죽는구나……."

순식간에 유비의 머릿속으로 관우와 장비의 모습이 스쳐지나갔다. 유비는 칼을 빼들고 적이 다가오기를 기다렸으나, 이미 모든 것을 체념한 듯한 표정이었다. 그런데 그때 기적적으로 조운이 군사를 이끌고 나타났다.

"폐하, 제가 왔습니다! 아무 걱정 말고 저를 따르십시오!"

조운이 날래게 칼을 휘두르자 주연을 비롯한 적의 병사들은 맥을 못 췄다. 유비는 육손이 모습을 드러내기 전에 등장한 조운 덕분에 가까스로 목숨을 구해 백제성으로 달아날 수 있었다. 성 안에 들어선 유비가 한숨을 돌리고 주변을 살펴보니 병사의 수가 겨우 100여 명에 불과했다.

한때 수비 전술만 펼친다고 부하들에게 비난받았던 육손은 한번 공격을 시작하자 전혀 다른 모습을 보였다. 그는 직접 군사를 이끌어 촉의 패잔병들을 맹렬히 뒤쫓았다. 그런데 서쪽으로 말을 달리다가 어복포(魚復浦)에 다다랐을 때, 육손이 불길한 기운을 느껴 말을 멈춰 세웠다.

"가까운 곳에 적이 매복한 듯하구나."

그는 군사를 10리쯤 후퇴시킨 뒤 주변을 샅샅이 살피게 했다. 하지만 척후병들은 적의 그림자도 보이지 않는다는 보고를 올렸다.

"그럴 리가 없는데……."

척후병의 보고에도 안심하지 못한 육손은 마을 사람들을 불러 모아 그곳에 불길한 기운이 가득한 이유를 물었다. 그러자 한 사내가 심상치 않은 말을 전했다.

"불길한 기운은 잘 모르겠습니다만, 지난해 공명 선생께서 이곳을 지나며 돌로 진지를 쌓은 뒤부터 구름 같은 연기가 계속 솟아오르고 있습니다."

"음, 제갈량이 이곳을 지나갔다고?"

육손은 고개를 갸웃거리며 제갈량이 돌로 만들었다는 진지를 직접 확인하러 갔다. 잠시 후 언덕바지에 올라 진지를 살펴보니 여덟 곳으로 문이 나 있는 형태였다. 그것 말고는 아무리 둘러보아도 특이한 점이 없었다.

"쳇, 내가 괜한 걱정을 했구나. 공명이 상대를 속이기 위해 얕은꾀를 부렸던 것이야."

그제야 육손은 의심을 거두고 병사들이 있는 곳으로 돌아가려 했다. 그런데 그때 갑자기 회오리바람이 불더니 흙과 돌멩이가 무섭게 날아들었다. 땅에 박혀 있던 바위가 튕겨져 날아가기도 하고, 강물에 거센 파도가 일어 대군이 발을 구르며 진격하는 소리처럼 들리기도 했다.

"아아, 내가 공명을 우습게 봤구나. 그의 계략에 걸려들고 말았어."

육손이 다급히 몸을 피하려고 했으나 달아날 곳이 보이지 않았다. 그가 허둥대며 얼굴이 파랗게 질렸을 때 한 노인이 나타나 그의 말고삐를 잡고 어디론가 이끌었다. 가까스로 위기 상황에서 벗어난 육손이 노인에게 인사했다.

"고맙습니다, 어르신. 저를 구해주신 보답을 해야 할 텐데, 누구신지요?"

"저는 세상 사람들이 공명 선생이라고 부르는 제갈량의 장인입니다. 지난해에 사위가 이곳에 돌로 진지를 만들어 팔진도(八陣圖)라고 명명했지요. 여덟 개의 문이 술수를 부리면 십만 군사의 위력과 맞먹는다고 합니다."

노인의 말을 들은 육손은 제갈량의 재주에 탄복했다. 그가 다시 노인에게 궁금한 것을 물었다.

"한데 어르신께서는 왜 저를 구해주셨습니까?"

"뭐 특별한 이유는 없습니다. 단지 젊은 장수가 곤경에 처한 것이 안타까워 도움을 드린 것뿐이지요. 그럼 저는 이만 돌아가 보겠습니다."

노인은 육손이 말릴 새도 없이 어디론가 모습을 감추었다. 그 자리에 멈춰 서서 한동안 노인이 사라진 곳을 바라보던 육손은 심각한 표정을 한 채 부하들에게 돌아왔다. 그는 곧 군사를 데리고 진지로 돌아와 모든 장수들을 불러 모았다.

"우리가 승기를 잡았다고 무작정 적의 뒤를 쫓다가는 공명의 책략에 크게 당할 수 있다. 이쯤에서 오로 돌아가는 편이 좋으니 철군 준비를 하라."

그러자 부하 장수들이 반대하고 나섰다.

"지금 유비는 백제성에 갇혀 있습니다. 마지막 일격을 가하면 치명상을 입힐 수 있는데 왜 돌아가려 하십니까? 그깟 돌 진지에 놀라 퇴각한다면 적에게 놀림감이 되고 말 것입니다."

"뭐든 급히 서두르다 보면 낭패를 보기 십상이다. 또한 내가 걱정하는 것은 공명의 책략만이 아니다."

육손의 말에 부하 장수들이 물었다.

"그럼 또 무엇을 염려하시는 것입니까?"

"우리가 출병한 지 벌써 꽤 많은 시간이 흘렀다. 촉과 다투는 틈을 타 언제 위가 쳐들어올지 모르니 만반의 준비를 해야 할 것이다."

그와 같은 육손의 걱정은 괜한 것이 아니었다. 실제로 사흘이 지나기 전에 조비의 군사가 쳐들어온다는 보고가 올라왔다. 조비는 조인과 조휴, 조진(曹眞)에게 10만의 군사를 내주어 세 갈래 길로 진격했다. 하지만 육손은 마음의 준비를 하고 있었기에 그들에게 맞서는 명령을 일사천리로 내릴 수 있었다. 주환(朱桓)이 조인을, 여범이 조휴를, 제갈근이 조진을 맡아 격퇴하기 시작한 것이다. 얼마 전에 유비 군을 무찔러 사기가 오를 대로 오른 오의 군사는 조비의 병사들마저 어렵지 않게 물리쳤다.

한편 유비는 백제성에서 자책의 나날을 보내고 있었다. 그는 자신이 그릇된 전략을 써서 수많은 장수와 병사들이 죽었다는 생각에 밤잠을 이루지 못했다. 그러다 보니 병이 들어 결국 자리에 몸져눕고 말았다.

"아, 나 때문에 아까운 병사들을 잃고 말았구나. 나중에 저승에 가면 그들을 무슨 낯으로 본단 말이냐……."

"폐하, 모름지기 전투란 이길 때도 있고 질 때도 있는 법입니다. 너무 상심하지 마시고 어서 기운을 차리십시오."

하루에도 수십 번씩 탄식하는 유비를 대신들이 위로했으나 소용없는 일이었다. 유비의 몸은 날이 갈수록 쇠약해졌고 정신마저 혼탁해질 때가 많았다.

그러던 어느 날, 유비가 사람을 보내 제갈량을 불러 오게 했다. 성도의 안위를 살피느라 백제성에 오지 못했던 제갈량은 심상치 않은 기분을 느끼며 곧 유비를 만나러 길을 나섰다. 그는 황태자 유선을 성도에 남겨두고 유비의 둘째, 셋째 아들과 함께 백제성으로 달려왔다.

"폐하, 왜 이렇게 쇠약해지셨습니까?"

제갈량이 눈물을 글썽이며 인사를 올렸다.

"공명께서 오셨구려. 그동안 못난 주공을 섬기느라 고생 많았습니다."

"무슨 말씀이십니까, 폐하. 빨리 기력을 되찾아 천하의 일을 도모하셔야지요."

자꾸만 약한 모습을 보이는 유비에게 제갈량이 용기를 주려고 했지만, 둘 사이에는 무겁고 어두운 기운이 맴돌았다. 유비가 제갈량을 가까이 다가앉게 하더니 어렵게 마음속의 말을 꺼냈다.

"승상, 아무래도 내 명줄이 얼마 남지 않은 듯합니다. 지금까지 승상께서 나를 도와준 덕분에 촉을 세우는 대업을 이루었으나 천하 통일의 꿈은 이루지 못할 것 같군요. 이제 마지막 당부를 전하려고 승상을 이곳으로 불렀습니다. 부디 태자의 앞날을 지켜주십시오……."

제갈량은 가슴이 찢어질 듯 아팠으나 선뜻 유비의 말을 막지 못했다. 제갈량이 고개를 숙인 채 흐느끼자, 자리에 누운 유비가 한 손으로 그의 어깨를 어루만지며 말을 이었다.

"내가 태자의 앞날을 지켜달라고 하였으나, 그것이 꼭 황위에 올려달라는 의미는 아닙니다. 그 아이가 천하를 다스릴 그릇이라면 그리 해주시고, 만약 부족함이 있다면 승상께서 촉의 주인이 되어 천하 통일을 이루어주십시오."

유비가 뜻밖의 말을 꺼내자 제갈량도 더는 가만히 듣고 있지 못했다. 그가 목 메인 소리로 말문을 열었다.

"폐하, 제게 촉의 주인이 되라는 말씀만은 거두어 주십시오. 신은 다만 목숨을 바쳐 태자마마를 보필할 것입니다."

그러자 유비는 더없이 인자한 미소를 띠며 제갈량의 손을 꼭 잡았다. 그리고는 모든 장수들과 대신들을 불러 일일이 눈을 맞추며 마지막 인사를 나누었다.

"공들은 태자와 승상을 도와 촉의 앞날을 더욱 밝게 하라……."

그것이 유비의 마지막 당부였다. 관우, 장비와 도원결의를 하고 천하 통일을 꿈꾸었던 유비는 대업을 이루지 못한 채 눈을 감고 말았다. 서기 223년, 그의 나이 63살이었다.

그 후 제갈량은 유비에게 했던 약속을 철석같이 지켰다. 자신이 모셨던 주공의 장례를 성대히 치른 뒤, 태자 유선이 황위에 오르도록 모든 일을 통솔했다. 나이 17살에 불과했던 유선에게 제갈량은 언제나 든든한 버팀목이 되어주었다. 후주(後主)는 연호를 건흥(建興)으로 삼고 새 시대를 열었다. 제갈량은 무향후(武鄕侯)의 작위를 받았으며 익주자사를 겸임했다.

조비에게 맞선 촉과 오의 동맹

유비가 죽었다는 소식을 들은 위의 조비는 쾌재를 불렀다. 하늘의 운이 자신에게 닿는다고 생각했기 때문이다. 사마의가 조비의 심중을 헤아렸다.

"촉을 칠 수 있는 절호의 기회입니다. 속히 군사를 일으키십시오."

"내 생각도 그대와 같다. 한데 좋은 계략이 있는가?"

조비는 기대어린 눈빛으로 사마의를 바라봤다.

"다섯 갈래로 군사를 일으켜 촉을 공격하는 것이 좋을 듯합니다."

"다섯 갈래라고?"

사마의의 말에 조비가 호기심을 보였다.

"그렇습니다, 폐하. 첫 번째 갈래는 요동(遼東)의 군사 십만을 출동시켜 서평관(西平關)을 공략하는 것입니다. 두 번째 갈래는 남만(南蠻)의 왕 맹획(孟獲)을 잘 구슬려 군사 십만을 지원하게 하여 서천 남쪽을 공격하는 것이지요. 세 번째 갈래는 오의 손권에게 땅을 떼어 준다고 약속한 뒤 군사 십만으로 부성을 치게 하는 것이며, 네 번째 갈래는 맹달이 상용에서 십만의 군사를 출동시켜 한중을 공략하게 하는 것입니다. 마지막 다섯 번째 갈래는 조진 장군으로 하여금 십만의 군사를 이끌고 양평관을 통해 서천으로 진격하게 하는 것입니다. 그처럼 50만 대군이 다섯 갈래로 쳐들어가면 제아무리 재주가 뛰어난 공명이라 해도 막을 수 없을 것입니다."

조비는 사마의의 계략이 썩 마음에 들어 서둘러 네 곳으로 사신을 보냈다. 그리고 조진을 대도독으로 임명해 양평관을 통한 서천 공격을 명령했다.

그 무렵 촉의 새 황제 유선은 장비의 딸을 황후로 맞아들였다. 도원결의를 했던 세 사람은 세상을 떠났지만, 그들의 자녀가 부부의 연을 맺게 된 것이다. 그런데 경사스러운 분위기도 잠시, 위에서 대군을 일으켜 다섯 갈래의 길로 공격해온다는 보고가 올라왔다.

"이 일을 어떻게 하면 좋겠습니까?"

잔뜩 긴장해서 대책을 묻는 유선에게 제갈량이 침착하게 말했다.

"폐하, 염려하지 마십시오. 제게 그들을 막아낼 책략이 있습니다."

"그렇다면 다행이군요. 승상의 책략이 무엇입니까?"

제갈량의 호언장담에 유선이 마음을 놓으며 귀를 기울였다.

"저는 오래 전부터 요동의 무리들이 서평관을 노릴 줄 알고 마초한테 그곳을 잘 방어하라 일러두었습니다. 마초의 집안이 대대로 서평관 일대에서 살아 백성들의 신뢰가 두텁기 때문에 그 일을 맡긴 것이지요. 맹획이 이끄는 남만의 군사는 위연이 막아내게 하면 됩니다. 제가 위연에게 상대의 오른쪽과 왼쪽을 유기적으로 공략하면 우리의 병사 수가 훨씬 많은 줄 알아 겁을 집어먹을 것이라고 말해두었습니다. 맹획의 무예가 대단하기는 하나 강단이 부족한 터라 위연의 병법에 속아 쉽게 진군하지 못할 것입니다. 그 다음 맹달의 한중 공격에도 미리 대비를 해두었습니다. 그 자는 오래 전에 이엄(李嚴)과 생사를 함께하기로 맹세했는데, 제가 그 점을 이용해 함부로 군사를 일으킬 수 없게 만들어놓았지요. 이엄에게 편지를 쓰도록 해 우리를 공격하면 자신이 큰 화를 입을 것이라고 말해두었습니다. 맹달이 비록 배신자이기는 하나 오랜 벗을 사지로 내모는 행동은 하지 못할 것입니다. 그리고 조진의 출격에 대비해서는 조운 장군에게 비책을 일러두었습니다. 양평관의 지세가 매우 험하니 성문을 굳게 닫고 방어 전술을 펼치면 적이 제 풀에 지쳐 돌아갈 것이라고 말입니다."

유선은 제갈량의 말을 곰곰이 새겨들으며 감탄했다. 아버지 유비를 돕던 최고의 책략가가 얼마나 탁월한 인물인지 실감했던 것이다. 제갈량의 말이 이어졌다.

"이미 말씀드린 대로, 조비가 시도하는 네 갈래 길의 공격은 걱정하지 않으셔도 됩니다. 그럼에도 저는 만약을 대비해 관흥과 장포 두 장수에게 각각 3만의 군사를 주어 언제든 출격할 수 있게 준비하라고 말해두었습니다. 네 갈래 중 어느 한쪽이라도 위험에 처하게 되면 관흥과 장포가 달려가서 적을 무찌를 것입니다."

한 치의 빈틈도 허용하지 않는 제갈량의 치밀함은 이번 책략에도 여지없이 발휘되었다. 그는 잠시 생각에 잠겼다가 이내 말을 이었다.

"남은 것은 하나, 오의 손권이 우리를 공격하는 경우입니다. 하지만 그들은 섣불리 출병하지 않고 상황을 살피다가 우리가 궁지에 몰리면 군사를 일으킬 것입니다. 그러므로 우리가 먼저 오로 사람을 보내 촉과 위 어느 쪽의 편을 들어야 유리한지 깨닫게 해주면 절대 조비의 꼬드김에 넘어가지 않을 것이 틀림없습니다."

제갈량의 이야기를 다 들은 유선은 조금 전과 달리 낯빛이 환해졌다. 이제 남은 걱정은 단 하나, 누구를 오로 보내서 손권을 설득할 것인가 하는 문제였다.

"승상께서 생각해두신 인물이 있습니까?"

"호부상서(戶部尙書) 등지(鄧芝)라면 그 일을 잘 해낼 것입니다."

유선은 제갈량의 추천을 믿어 곧 등지를 오로 보냈다.

당시 오에서는 육손이 전공을 인정받아 보국장군(輔國將軍)과 강릉후(江陵侯) 겸 형주목사로 임명되어 있었다. 그가 모든 병권을 쥐고 있어, 바야흐로 육손의 시대가 열렸다고 해도 지나친 말이 아니었다. 조비는 얼마 전 오로 사신을 보내 군사 십만을 일으켜 부성을 치면 땅을 떼어 준다는 제안을 한 상태였다. 그때도 손권은 육손의 판단에 의지했다.

"내가 조비를 믿어도 되겠소?"

손권은 육손을 대하는 태도부터 달라져 있었다. 국왕의 물음에 육손이 공손히 자신의 생각을 이야기했다.

"일단 출병 준비는 하되, 네 갈래로 쳐들어가는 위의 형편을 살피는 것이 옳을 듯합니다."

육손의 말은 제갈량이 예상한 그대로였다. 손권은 육손의 계략에 따라 네 갈래 길로 척후병을 보내 사정을 살폈다. 그러자 뜻밖에도 조비의 공격이 모두 난관에 부딪힌 것을 보게 되었다. 요동의 군사는 마초에게 맥을 못 췄고, 남만의 군사는 위연에게 혼쭐이 난 것이다. 맹달은 출병 자체를 망설였으며, 조진은 양평관에서 조운의 방어 전술에 헛힘만 쓰다가 퇴각하고 말았다.

바로 그때 촉에서 등지가 도착했다. 마침 손권의 곁에 있던 장소가 그를 의심하며 말했다.

"촉에서 사신을 보낸 것은 우리의 출병을 막기 위함입니다. 그 자를 공포스럽게 해 쫓아버리시지요."

그 말에 손권은 고개를 끄덕였다. 그리고 등지를 맞아들이기 전에 장소에게 뭔가를 준비하도록 시켰다.

잠시 후, 손권 앞으로 오게 된 등지는 깜짝 놀랐다. 양쪽에 건장한 무사들이 칼과 창을 들고 늘어서 있는데다, 한가운데 기름이 펄펄 끓는 가마솥이 놓여 있었기 때문이다. 등지는 내심 겁이 났지만 애써 평정심을 잃지 않았다. 그는 손권 앞에 가볍게 머리만 숙여 인사를 올렸다. 그리고 짐짓 미소를 띠며 자신을 소개했다.

"저는 촉 황제의 명을 받아온 등지라 합니다."

그 순간 손권이 인상을 찌푸리며 고함을 내질렀다.

"이놈, 무례하구나! 사신 주제에 일국의 황제를 보고 절도 올리지 않느냐?"

하지만 등지는 눈 하나 깜빡하지 않고 손권의 말을 받았다.

"대국의 사신은 소국의 군주 앞에 엎드려 절하지 않는 법입니다."

"뭐라고! 소국의 군주?"

급기야 낯빛이 붉으락푸르락해진 손권은 신하들을 향해 큰 소리로 명령했다.

"이 자를 당장 가마솥에 던져 넣어라! 세 치 혀를 잘못 놀린 대가가 얼마나 큰지 깨닫게 해줄 것이다."

그러자 등지가 가소롭다는 표정을 지으며 대꾸했다.

"내 일찍이 오나라에 인재가 많다고 들었는데, 한낱 촉의 서생 하나가 두려워 이 소란을 피운단 말입니까? 이 많은 무사들에 기름 끓는 가마솥까지 준비해놓고 사신을 겁박하는 것이 과연 온당한 처사입니까?"

그제야 손권은 문득 부끄러움을 느끼며 등지를 붙잡은 무사들을 뒤로 물러서게 했다. 그리고 흥분을 가라앉히며 등지에게 물었다.

"죽음도 두려워하지 않는 너의 기개가 대단하구나. 그래, 촉왕(蜀王)의 명을 받아 네가 하려는 이야기나 꺼내보아라."

손권은 유선을 황제가 아닌 왕으로 불렀다. 등지 역시 그런 태도는 다르지 않았다.

"누가 뭐래도 오왕(吳王)께서는 난세의 영웅이십니다. 물론 촉의 황제 폐하와 승상께서도 어느 인걸 못지않은 불세출의 영웅이시지요. 그런 촉과 오가 손을 잡는다면 천하의 균형을 이룰 것이며, 나아가 천하 통일을 이룰 수도 있습니다. 하지만 만약 오왕께서 촉과 화친하지 않고 위의 요구를 따른다면 그와 같은 영광을 맞이하기 어려우실 것입니다. 위의 조비는 오를 우습게 여겨 국왕을 신하처럼 대할 것이며, 태자는 환관으로 만들 것이 틀림없습니다. 조비는 호시탐탐 오를 집어삼키려 하니 그 욕심을 어찌 막을 수 있겠습니까?"

가만히 등지의 말을 듣고 보니, 손권이 생각하기에도 일리가 있었다. 그는 지금까지 보였던 태도를 바꿔 등지를 한 나라의 사신으로서 정중히 대접하기 시작했다.

"자네의 이야기가 괜한 걱정은 아닐 것이네. 나도 촉과 화친하기를 바라니, 자네가 중간에서 그 일이 잘 진행되도록 애써주게."

그렇게 손권은 조비의 요구를 받아들이지 않고 촉과 동맹을 맺기로 결심했다. 그는 장온을 오의 사신으로 임명해 등지와 함께 촉으로 보냈다.

촉과 오가 손을 잡았다는 소식에 조비는 화가 치밀었다.

"이놈들이 우리를 고립시키려 드는구나. 당장 군사를 일으켜 오와 촉을 칠 것이다!"

조비는 흥분해 두 주먹을 불끈 쥐었다. 그때 사마의가 철저히 준비를 해야만 전투에서 승리할 수 있다고 말했다.

"오는 장강이 가로막고 있어 크고 작은 배가 많이 필요합니다."

"나도 잘 알고 있네. 수륙양용 작전을 펼칠 것이니 그대가 배를 준비시키게."

사마의는 조비의 명에 따라 2천 명 정도를 태울 수 있는 용선 열 척과 작은 배 3천여 척을 만들었다. 조진을 선봉으로 삼은 위의 군사는 수군과 기병 등을 모두 더해 30만에 이르렀다. 조비가 자리를 비운 사이 조정의 통솔은 사마의에게 맡겨졌다.

조비가 출병했다는 보고를 받은 손권은 곧 육손에게 전열을 정비하라고 명을 내렸다. 그때 서성이 앞으로 나서며 자기가 위의 군사와 맞서보겠다고 말했다.

"자네를 안동장군(安東將軍)으로 임명할 테니 열심히 싸워보게."

"충성을 다하겠습니다, 주공."

서성은 가족에게 작별 인사도 하지 않은 채 곧장 말을 달려 전장으로 향했다. 그는 진지를 세운 뒤 첫 번째 작전 명령을 내렸다.

"진지 앞에 최대한 많은 창을 세워두고 깃발도 빼곡히 꽂아두어라!"

그것은 조비를 속이려는 서성의 계략이었다. 그때 손권의 조카인 손소(孫韶)가 선공을 펼치겠다면 자원했다.

"조비가 장강을 건너오면 막아내기 어렵습니다. 제게 기병

3천을 내어주시면 기습 공격을 감행해 조비의 목을 베어 돌아오겠습니다."

"손 장군, 전투는 젊은 혈기만으로 하는 것이 아닐세. 조비군의 전력이 상당하니 장강을 건너오느라 힘이 빠졌을 때를 기다려 공격하는 편이 낫네."

하지만 손소는 그 말을 듣지 않았다. 그는 서성의 만류를 뿌리치며 기병 3천을 이끌고 조비를 공격하러 떠났다. 서성은 자신의 명을 따르지 않는 손소가 괘씸했지만, 행여나 젊은 장수가 잘못 될까 염려스러워 정봉에게 군사 3천을 데려가 돕도록 했다. 그렇게 손소의 뒤를 이어 정봉까지 장강을 건너게 된 것이다.

그러나 손소의 기습 공격은 별다른 성과를 거두지 못했다. 조비의 군사는 손소와 정봉의 전열을 무너뜨리며 예정대로 장강을 건너게 되었다. 그 상황을 보고받은 서성은 위의 병사들이 강기슭에 올라올 때까지 공격을 하지 말라고 명령을 내렸다. 뜻밖에 주위가 너무 조용하자 조비는 오히려 두려움을 느꼈다.

"이 자들이 대체 어떤 작전을 펼치는 것인가?"

바로 그 순간 조비의 눈앞에 무수히 많은 깃발들이 나부끼는 적의 진지가 보였다. 게다가 빼곡히 꽂힌 창날에 햇빛이 반사되어 눈부시게 반짝거리고 있었다.

"아니, 오의 군사가 저렇게 많단 말인가? 우리와는 비교도 안 되는 대군이로구나."

조비는 상대의 위용에 주눅이 들어 병사들이 전부 강기슭으로 올라온 뒤에도 차마 공격 명령을 내리지 못한 채 망설였다. 그때 서성의 병사들이 일제히 고함을 지르며 공격하기 시작했다. 그렇지 않아도 손소와 정봉을 물리치고 장강을 건너오느라 피로했던 위의 병사들은 이리저리 허둥대며 당황했다. 많은 병사들이 뒷걸음질을 쳐 다시 배로 뛰어들기 바빴다. 하지만 그들은 수전에 더 약했다. 서성이 이끄는 또 다른 병사들이 배를 타고 나타나 조비의 군사를 마구 도륙했다. 조비가 이끄는 위의 군사는 수륙양용 작전을 펼쳐보기도 전에 참패해 퇴각할 수밖에 없었다. 이미 다섯 갈래로 촉을 치려는 계획이 수포로 돌아갔던 조비는 엎친 데 덮친 격으로 큰 충격을 받고 말았다.

한편 그 무렵, 촉은 태평성대를 누리고 있었다. 위를 물리치고 오와 동맹을 맺었으니 당분간 외적의 침략을 걱정할 필요도 없었다. 그런데 그 무렵 익주에서 급한 전갈이 왔다.

"남만의 맹획이 군사 십만을 이끌고 국경을 넘어왔습니다!"

"아니, 위연에게 혼쭐이 나고도 우리 땅을 침범했단 말이냐?"

뜻밖의 소식에 놀란 제갈량은 다급히 황제 유선을 만나 자

186

신이 그 문제를 해결하겠다고 말했다.

"제가 출병해 남만을 정벌하고 오겠습니다."

"그건 안 됩니다. 승상께서 떠나신 뒤 위가 쳐들어오면 어떡합니까? 게다가 오도 아직은 안심할 상대가 아닙니다."

그럼에도 제갈량은 뜻을 굽히지 않았다.

"조비는 오나라에 패한 충격이 가시지 않아 섣불리 군사를 일으키지 못합니다. 손권 역시 우리와 맺은 동맹을 쉽게 깨뜨리지 못할 것이 틀림없습니다. 그리고 폐하 곁에는 위연과 마초, 관흥, 장포, 이엄 등이 든든히 자리를 지키고 있으니 염려하지 않으셔도 됩니다."

워낙 강경한 제갈량의 태도에 유선도 더는 어쩔 수가 없었다. 제갈량이 생각하기에, 남만의 기세를 일찌감치 꺾지 못하면 두고두고 골칫거리가 될 것 같았다. 그래서 자신이 직접 그곳으로 가서 문제를 해결하고 싶었던 것이다.

남만 정벌

유선 황제의 허락을 받은 제갈량은 출병 준비를 서둘렀다. 남만 정벌에 나선 촉의 군사는 50만에 이르는 대군이었고, 조운과 위연이 그들을 지휘했다. 촉의 군사가 영창군(永昌郡)에 다다랐을 때, 태수 왕항(王伉)이 직접 마중 나와 제갈량을 맞이했다. 왕항은 장수 여개(呂凱)와 함께 맹획의 반란에 맞서 성을 지켜내고 있었다.

"왕 태수와 여 장군이 잘 방어해 영창군은 적의 수중에 넘어가지 않았구려. 그동안 수고 많았소."

"저희는 맡은 소임을 다했을 뿐입니다, 승상."

제갈량이 공치사를 하자 왕항과 여개는 몸 둘 바를 몰라 했다. 여개가 미리 만들어두었던 남만의 지도까지 내놓자 제갈량은 더욱 흡족해했다.

"앞날의 반란을 예견하고 지도를 준비해둔 덕분에 남만 정

벌이 한결 수월해졌소. 지도를 만든 여 장군이 선두에 서서 병사들을 이끌어주시오."

제갈량의 부탁에 여개는 기꺼이 남만으로 가는 안내자 역할을 맡았다.

그 시각 맹획은 제갈량이 대군을 일으켜 출병했다는 보고를 받고 대책을 마련하느라 골몰했다. 그는 세 군데의 주요 길목에 각각 5만의 군사를 배치해 제갈량의 병사들이 다가오기를 기다렸다. 척후병을 보내 그들의 전략을 파악한 제갈량은 장의(張儀)와 장익에게 정면 돌파를 지시하고 왕평(王平)에게 왼쪽 방향을, 마충에게 오른쪽 방향을 맡겼다.

그런데 위연이 제갈량의 전술에 불만을 가졌다.

"승상께서는 주장인 우리를 놔두고 부하 장수들에게만 중책을 맡겼습니다. 자존심이 상하는군요."

"너무 불쾌해하지 마십시오. 우리가 남만의 지리를 잘 알지 못해 그렇게 하신 것이겠지요."

조운이 위연을 달랬지만, 내심 서운한 마음이 들기는 그도 마찬가지였다. 그래서 두 장군은 제갈량의 전술과 별개로 맹획을 공격하기로 결심했다. 젊은 장수들이 선봉에 서는데 뒷전에 물러앉아 강 건너 불구경하듯 방관할 수는 없었기 때문이다.

하지만 그마저 제갈량의 책략이었다. 조운과 위연에게는

미안한 일이지만, 그래야만 적이 방심하는 틈을 타 후방을 공략할 수 있다고 판단했던 것이다. 제갈량은 조운과 위연이 가만히 앉아 부하 장수들의 전공에 숟가락만 얹을 위인은 절대 아니라고 믿었다.

그와 같은 제갈량의 지략은 큰 성공을 거두었다. 마충이 적의 앞쪽을 공격하자 조운이 후방을 쳐서 협공하는 효과를 보았고, 위연도 왕평을 돕는 형국이 되어 손쉽게 승리를 거둔 것이다. 적의 가운데 진지로 치고 들어간 장의와 장익은 산길로 달아나는 장수들까지 사로잡아 제갈량 앞에 데려왔다. 그 가운데 동도나(董荼那)와 아회남(阿會喃)이 있었는데, 제갈량은 그들을 잘 대접하며 다시는 반란에 가담하지 말라고 타이른 뒤 풀어주었다.

하지만 맹획은 그대로 백기를 들지 않았다. 그는 다시 전열을 정비해 이튿날 날이 밝자마자 총공격을 감행했다.

"촉의 군사가 대군이기는 하나 우리가 충분히 이길 수 있는 상대다. 공명은 한낱 서생에 지나지 않으니 두려워할 필요가 전혀 없다. 자, 누가 나가서 적장의 목을 치겠느냐?"

맹획은 부하들을 독려하며 사기를 북돋웠다. 그러자 한 장수가 달려 나가 선봉에 있던 왕평에게 덤벼들었다. 왕평은 무슨 까닭인지 몇 합 겨뤄보지도 않고 뒷걸음질을 쳤다. 그 모습을 본 맹획이 직접 병사들을 이끌고 왕평의 뒤를 쫓았다.

하지만 그것은 촉의 전략으로, 맹획의 군사가 숲길에 이르자 양쪽에서 장의와 장익이 뛰쳐나와 기습 공격을 펼쳤다. 왕평도 재빨리 말머리를 돌려 반란군의 목을 베기 시작했다. 그 바람에 맹획의 군사는 참패를 당하고 말았다. 남만의 많은 병사들이 목숨을 잃었고, 맹획은 남은 부하들과 함께 포로가 되어 제갈량 앞에 끌려가는 신세가 되었다.

제갈량은 동도나와 아회남에게 그랬던 것처럼 남만의 병사들을 배불리 먹인 뒤 모두 풀어주었다. 채찍보다는 당근을 주어 촉의 착한 백성이 되도록 유도했던 것이다. 그러고 나서 맹획을 불러 물었다.

"선제(先帝)께서 너를 믿었거늘 어찌하여 반란을 일으킨 것이냐?"

그러자 맹획이 아무 두려움 없는 표정으로 당당히 대꾸했다.

"남만은 나의 조상님들이 대대로 살아온 땅이다. 일찍이 촉의 선제가 힘으로 이곳을 빼앗은 것인데, 나한테 반란을 일으켰다면 말이 안 되지 않나? 나는 우리의 땅을 스스로 다스리겠다고 했을 뿐이다."

"허허, 나름 일리가 있기는 하다만 이곳은 분명 촉의 영토이다. 게다가 너는 지금 나의 포로가 됐으니 항복을 하는 편이 낫지 않겠는가?"

"내가 좁은 숲길로 들어가 사로잡혔을 뿐, 전투에서 진 것이 아니다. 죽어도 항복하지 않겠다."

맹획의 말에 제갈량이 잠시 침묵하더니 진지하게 물었다.

"내가 너를 용서해준다면 어떻게 하겠느냐?"

"나는 이대로 물러서지 않고 다시 출병할 것이다. 그때 또 포로가 된다면 항복을 생각해보겠다."

그 말에 제갈량은 알 듯 모를 듯 묘한 미소를 띠었다. 그리고 맹획을 포박했던 밧줄을 풀어주어 남만으로 돌려보냈다. 촉의 장수들이 맹획을 당장 죽이라며 반대했으나 제갈량은 뜻을 굽히지 않았다.

"그 자를 죽인다고 해서 반란의 불씨가 완전히 꺼지는 것은 아니다. 맹획의 마음을 사로잡아 진심어린 항복을 받아내야만 남만 백성들의 충성심을 이끌어낼 수 있다."

그제야 장수들은 제갈량의 깊은 생각을 헤아렸다.

그로부터 얼마 후, 맹획은 장담한 대로 다시 10만의 군사를 일으켜 제갈량에게 맞섰다. 다만 이전과 달리 요새라고 할 만한 노수(瀘水)에 진을 치고 섣부른 공격을 하지 않았다. 하지만 제갈량은 무덥고 습한 노수의 특성을 잘 파악해 강물이 식는 밤 시간에 선공을 펼쳤다. 맹획은 다급히 반격을 시도했으나, 이번에는 내부의 적을 예상하지 못해 낭패를 보았다. 평소 남만의 반란을 마뜩치 않아 하던 한 장수가 맹획을 때려눕

힌 뒤 촉의 진지로 보낸 것이다. 맹획이 정신을 되찾자 제갈
량이 웃으며 물었다.

"일전에 너는 다시 포로가 되면 항복하겠다고 말했다. 어찌
하겠느냐?"

그러나 맹획은 여전히 당당했다.

"나는 당신에게 사로잡힌 것이 아니다. 부하의 배신에 당한
것이니 항복할 수 없다."

"그럼 내가 너를 또 놓아주면 어떻게 할 것이냐?"

제갈량의 물음에 맹획은 조금도 망설이지 않고 대답했다.

"나는 아직 당신들과 충분히 싸워보지 못했다. 만약 나를
풀어준다면, 다시 군사를 모아 전과는 다른 방식으로 승부를
겨뤄볼 것이다."

그러자 이번에도 제갈량은 맹획을 풀어주라고 명했다. 그
뿐 아니라 술과 고기로 후하게 대접한 다음 촉의 진지를 구경
시켜 위압감을 갖게 했다. 제갈량은 그로 인해 맹획의 마음이
조금씩 흔들릴 것이라고 기대했던 것이다.

하지만 맹획은 쉽게 달라지지 않았다. 그는 자신을 해치려
던 부하 장수를 색출해 목을 베고 나서 곧 출병 준비를 서둘
렀다. 맹획이 아우 맹우(孟優)를 불러 자신의 계략을 이야기
했다.

"우야, 네가 거짓 항복을 하여 촉의 진지로 가라. 닷새 후

야심한 시각에 내가 군사를 이끌고 총공격을 시도할 테니, 그때 네가 적의 진지에서 협공을 펼치면 손쉽게 승리할 수 있을 것이다."

"알겠습니다, 형님. 저만 믿으십시오."

맹획은 온갖 진귀한 물건을 수레에 가득 실어 맹우에게 내주었다. 그것으로 제갈량의 환심을 사서 맹우의 항복을 의심하지 않게 하려는 술수였다. 하지만 그런 얕은 수에 속아 넘어갈 제갈량이 아니었다. 그는 짐짓 맹우를 환대하는 척하며 몇 날 며칠 잔치를 베풀어주었다. 그 자리에서 연거푸 독주를 마신 맹우는 형과 한 약속을 잊은 채 깊은 잠에 곯아떨어지고 말았다. 맹획은 닷새 후 밤에 계획대로 공격을 감행했으나, 맹우는 그때까지 정신을 차리지 못한 채 코를 골며 잠자리에 누워 있었다. 남만 병사들의 공격을 미리 알아 대군을 매복시켜두었던 제갈량은 또다시 맹획을 사로잡게 되었다.

"나는 너의 아우가 거짓 항복한 사실을 알고 있었다. 이번에는 항복하겠는가?"

"당신은 아우에게 독주를 먹여 나를 곤경에 빠뜨린 것이오. 내가 정당한 전투에서 포로로 잡힌 것이 아니니 항복할 수 없소."

여느 때와 다름없이 이번에도 맹획은 궁색한 변명을 하며 항복하기를 거부했다. 다만 그의 말투가 이전과 달리 조금은 누그러졌다.

"이 자를 풀어주어라!"

제갈량은 다시 맹획을 돌려보냈다. 그것을 지켜본 촉의 장수들은 제갈량의 뚝심에 놀라움을 감추지 못했다.

맹획은 자신의 진지로 귀환하자마자 남만 각지에서 장정들을 불러 모았다. 그곳의 형편이 워낙 어려웠던 터라 단지 몇 푼의 대가를 받고도 건장한 사내들이 스스로 반란군에 합류했다. 군사의 수가 수십만 명에 이르자 맹획은 자신감이 넘쳤다. 그는 정공법을 펼쳐 촉의 진지로 물밀듯이 쳐들어갔다.

그러나 제갈량의 책략은 언제나 맹획보다 한 수 위였다. 그는 밤이 되자 등불만 환하게 켜둔 채 일부러 진지를 비워놓고 적을 유인했다. 맹획은 텅 빈 촉의 진지로 들어와 사방을 둘러보며 의기양양한 표정을 지었다.

"내가 수십만의 군사를 일으켰다는 소식을 듣고 모두 줄행랑을 쳤나보지? 괜히 등불을 밝혀놓아 도망갈 시간을 벌려는 꼼수나 부리다니, 천하의 공명도 별것 아니군."

"혹시 이것도 그 자의 계략이 아닐까요?"

지난번에 형과 함께 포로 신세를 면한 맹우가 근심어린 눈빛으로 물었다. 맹획은 그 말에 귀를 기울이지 않았다.

"아니다, 우야. 공명도 수십만의 대군 앞에서는 한낱 겁쟁이에 지나지 않지."

하지만 맹우가 괜한 걱정을 한 것이 아니었다. 갑자기 북쪽과 남쪽, 서쪽에서 불길이 치솟더니 병사들의 함성이 울려 퍼졌다. 그제야 사태가 심각한 것을 깨달은 맹획은 약간의 군사만 데리고 동쪽으로 달아나기 시작했다. 일찌감치 승전의 기쁨을 만끽하다가 풍전등화의 신세가 되고 만 것이다. 그런데 동쪽으로 퇴로를 열어둔 것조차 제갈량의 책략이었다. 맹획은 말을 몰아 산길을 오르다가 촉의 병사들이 깊이 파놓은 함정에 빠지고 말았다.

"어이쿠, 내가 또 공명에게 속았구나!"

맹획은 어두운 낯빛으로 제갈량 앞으로 끌려왔다.

"이것으로 너는 네 번이나 우리에게 붙잡혔다. 이번에는 항복하겠는가?"

제갈량이 슬며시 미소를 지으며 물었다. 그러나 맹획은 또다시 고개를 가로저었다.

"당신의 잔꾀에 속아 이 지경이 된 것이니 항복할 수 없소. 나는 정정당당히 전투를 하려다가 낭패를 본 것이오."

"그래? 그럼 내가 너를 풀어주면 다시 싸우겠다는 말이냐?"

"물론이오."

그러자 제갈량은 한 병사를 불러 맹획을 묶은 밧줄을 풀어주게 했다. 잔뜩 풀이 죽어 진지로 돌아온 맹획에게 아우 맹우가 말했다.

"몇 번이나 상대에게 당하다보니 더는 싸울 여력이 없습니다. 일단 독룡동(禿龍洞)의 타사(朶思)에게 가서 지내며 잠시 상황을 살피는 것이 좋겠습니다. 요즘 날이 무척 무더우니, 촉의 군사가 지쳐 물러갈 때 기습을 펼치면 승산이 있을 것입니다."

맹우의 기대대로 타사는 두 형제를 환대했다. 타사는 아천(啞泉), 멸천(滅泉), 흑천(黑泉), 유천(柔泉) 네 곳의 독극물이 솟는 샘을 이용해 촉의 군사를 물리칠 수 있다고 말했다. 처음에는 워낙 날이 무더워 갈증을 이기 못한 촉의 병사들이 그 물을 마셨다가 큰 피해를 봤으나, 제갈량은 곧 안락천(安樂泉)의 존재를 알아내 물 문제를 해결할 수 있었다. 안락천은 해독 효과까지 있어 이미 독극물에 감염된 병사들도 건강을 회복하게 되었다.

그처럼 제갈량은 뛰어난 지략으로 병사들의 생명을 지키며 독·동으로 향했다. 마침내 촉의 군사가 그곳에 이르러 진지를 구축하자 타사는 두려움에 떨었다.

"이 노릇을 어떡한다? 내가 괜한 분란에 휘말려든 것인지 모르겠군……."

그때 은야동(銀冶洞)의 양봉(楊鋒)이 3만의 군사를 데리고 맹획을 찾아왔다.

"우리의 군사는 모두 철갑옷을 입고 있어 수십만의 적과도 맞설 수 있소. 아무리 날고뛰는 촉의 군사라도 상대가 되지 못할 것이오."

그 말에 맹획과 타사는 크게 기뻐하며 성대하게 술자리를 베풀었다. 그런데 분위기가 무르익을 무렵, 갑자기 양봉이 태도를 바꿔 부하들에게 소리쳤다.

"당장 반란의 수괴들을 포박하라!"

그렇게 맹획과 맹우, 타사는 밧줄에 꽁꽁 묶이게 되었다. 맹획이 실망을 금치 못하며 양봉에게 물었다.

"너는 나와 같은 남만 사람인데 어찌하여 이런 짓을 벌이는 것이냐?"

"우리 집안은 일찍이 공명 승상의 은혜를 입어 명맥을 유지할 수 있었다. 한데 너희가 그분을 해하려 드니 내가 보고만 있을 수 있겠느냐?"

양우는 엄한 표정으로 맹획을 노려보며 꾸짖듯이 말했다. 그는 곧 세 사람을 독·동 가까이 진을 치고 있던 제갈량에게 넘겨주었다.

"다섯 번째로구나. 이번에는 항복하겠느냐?"

제갈량이 맹획에게 물었다. 그러나 상황은 이전과 달라지지 않았다.

"내가 붙잡힌 것은 양봉의 거짓말 때문이오. 항복은 할 수 없으니, 죽이든지 살리든지 마음대로 하시오."

제갈량은 맹획의 반응을 예견하고 있었던 듯 표정에 아무런 변화가 없었다. 그는 맹획을 풀어주며 언제든 기꺼이 다시 싸워주겠다고 말했다.

불사조 아닌 불사조가 되어버린 맹획은 말을 달려 은갱동(銀坑洞)으로 향했다. 그는 그곳에서 목록(木鹿)에게 의지할 심산이었다. 그 사실을 알게 된 제갈량이 먼저 군사를 이끌고 은갱동으로 진격했다. 하지만 그곳의 성곽은 삼면이 강으로 둘러싸여 있어 공격하기가 쉽지 않았다. 하나뿐인 육로로 쳐들어가려고 했으나, 높은 곳에 위치한 성곽에서 화살을 퍼붓는 통에 가까이 다가갈 엄두를 내지 못했다.

"일단 후퇴하라. 달리 대책을 마련해야겠다."

제갈량은 군사를 뒤로 물리고 닷새 동안 두문불출했다. 그리고는 엿새째 되는 날 밖으로 나와 성곽 옆에 흙더미를 쌓아올리라는 명을 내렸다. 수만 명의 병사들이 활을 쏘며 적의 공격을 막아내는 사이, 또 다른 수만 명의 병사들이 쉴 새 없이 가마니에 흙을 담아 옮기자 금세 성곽 높이만큼 언덕이 만들어졌다. 촉의 군사가 그 언덕을 통해 물밀듯이 성 안으로 뛰어들어 싸움을 벌였고, 그 와중에 타사가 목숨을 잃었다.

그런데 목록의 재주가 생각보다 훨씬 비상했다. 그가 주문을 외며 방울을 흔들자 놀랍게도 맹수와 독사들이 나타나 촉의 군사를 공격했다. 전혀 예상치 못한 마법 같은 공격에 성 안으로 들어왔던 촉의 병사들은 앞다투어 퇴각할 수밖에 없었다. 뜻밖의 공격에 당황한 조운과 위연이 걱정스런 낯빛으로 성 밖의 진지에 머물고 있던 제갈량을 만났다.

"큰일입니다, 승상. 목록이 요상한 술수를 부려 병사들의 혼을 쏙 빼놓았습니다."

"허허, 그렇다면 맞불을 놓아야지요. 붉은 칠을 한 수레 열 대를 준비해놓으면 내가 해법을 찾아보겠습니다."

이튿날, 제갈량은 검은 도포를 걸치고 윤건을 쓴 채 붉은 수레에 올라타 성곽 앞으로 다가갔다. 그의 손에는 신비롭게 보이는 깃털부채가 들려 있었다. 그것을 본 맹획과 목록이 당장 싸우러 달려 나왔다.

"저기 맨 앞 수레에 타고 있는 공명만 해치우면 우리가 승리하는 것이오."

맹획의 말에 목록이 다시 주문을 외며 방울을 흔들었다. 그러자 어제와 같이 맹수와 독사들이 나타나 제갈량을 향해 달려들었다. 하지만 제갈량은 조금도 놀라지 않고 깃털부채를 세게 흔들었다. 순간 바람이 일더니 맹수와 독사들이 방향을 바꿔 목록과 맹획을 공격하기 시작했다. 그 바람에 목록은 온몸이 찢겨 죽게 되었고, 은갱동은 제갈량의 손에 들어왔다.

"음, 공명은 대체 얼마나 많은 책략을 갖고 있는 것인가……."

가까스로 목숨을 건진 맹획은 품속에 단도를 감춘 채 제 발로 촉의 진지에 숨어들었다. 그리고 그를 발견한 한 병사가 창을 겨누자 순순히 포로가 되었다. 다시 맹획을 만난 제갈량이 물었다.

"이제 항복을 할 것이냐?"

"아니오. 내가 비록 여섯 번째 포로가 되기는 했으나, 제 발로 이곳에 걸어 들어와 순순히 붙잡힌 것이오."

그러면서 맹획은 품속에 감춰둔 단도 쪽으로 손을 가져갔다. 제갈량에게 달려들어 숨통을 끊어놓을 작정이었던 것이다. 그때 곁에 있던 장의가 재빨리 달려들어 단도를 빼앗았다.

"이놈이 무슨 수작을 부리는 것이냐!"

장의는 칼을 빼들어 맹획의 목을 치려고 했다. 그러자 이번에도 제갈량이 그것을 막으며 맹획을 풀어주었다.

무려 여섯 번이나 포로가 되었다가 여섯 번째 풀려난 맹획은 오과국(烏戈國)으로 가서 도움을 청했다. 그 땅의 지배자인 올돌골(兀突骨)은 용맹한데다 등갑군(藤甲軍)이라고 불리는 천하무적의 군사를 갖고 있었다. 그들의 갑옷은 몇 번씩 기름칠을 한 등나무로 만들어 물에 가라앉거나 젖지 않는데다, 어떤 화살의 공격에도 끄떡없어 그와 같은 이름을 붙은

것이다. 올돌골은 맹획의 부탁을 받아들여 함께 출병하기에
이르렀다.

"등갑군은 어떤 병사들과 싸워도 이길 수 있소. 내가 촉의
군사를 몰아낼 테니 보상할 재물이나 넉넉히 준비해두시오."

맹획을 바라보며 올돌골이 큰소리를 쳤다.

올돌골은 위연이 이끄는 군사와 맞닥뜨린 뒤에도 자신감이
넘쳤다. 아니나 다를까, 그들은 순식간에 위연의 병사들을 도
륙했다. 아무리 활을 쏘고 칼을 휘둘러도 좀처럼 그들의 갑옷
을 뚫지 못하니 가히 천하무적이라고 할 만한 기세였다.

그러자 제갈량이 전투에서 패하고 돌아온 위연과 함께 조
운을 불러 뭔가 계략을 이야기했다. 그것을 들은 위연은 고
개를 끄덕이며 패배의 아픔을 되갚아주겠다는 전의를 불태웠
다.

이튿날, 위연은 다시 등갑군의 진지를 향해 달려 나갔다.

"이놈들아! 어제의 복수를 하러 왔으니 덤벼라!"

위연의 도발에 올돌골의 등갑군은 한꺼번에 달려 나와 맹
공을 펼쳤다. 그런데 위연은 처음에 내보였던 호기와 달리 금
세 뒷걸음질을 치기 시작했다. 등갑군이 계속 그 뒤를 쫓으려
고 하자 맹획이 제지했다.

"공명은 책략이 풍부한 자요. 저들의 함정일지 모르니 조심
하시오."

올돌골은 그 말을 받아들여 더 이상 위연을 추격하지 않았다.

다음날 위연은 다시 등갑군을 자극했다. 그리고 조금 싸우는 시늉을 하더니 또다시 후퇴하기 시작했다. 올돌골은 어제보다 먼 곳까지 위연의 위를 쫓았지만 더는 무리하지 않았다.

다음날에도 그 다음날에도 위연은 날이 밝자마자 등갑군을 향해 선공을 펼쳤다. 그리고는 금세 말머리를 돌려 달아났다. 올돌골은 매일 10리씩 더 멀리 위연의 군사를 쫓아갔는데, 우려했던 일은 벌어지지 않았다. 어디에도 촉의 군사가 매복하고 있지는 않았던 것이다.

그렇게 하기를 16일째, 드디어 올돌골이 생각을 달리 했다.

"공명의 책략이 뛰어나다더니 별 것 아니구먼. 다음에는 촉의 군사를 끝까지 뒤쫓아 완전히 섬멸해버릴 것이다!"

"……."

맹획은 내심 불안했지만 자신만만해하는 올돌골을 더 이상 말릴 수 없었다.

그리하여 다음날 위연이 공격했을 때는 등갑군이 계속 그 뒤를 쫓았다. 위연이 산기슭을 돌아 골짜기로 접어들자 커다란 나무 한 그루 보이지 않는 휑한 땅이 나타났다. 그곳에 검은 칠을 한 수레들이 놓여 있었다. 올돌골은 그것이 촉의 군사가 군량을 싣고 가다가 버린 것이라고 짐작했다. 그런데 갑자기 위연의 군사가 어디론가 사라져 보이지 않았다.

"이놈들이 어디로 도망갔을까?"

올돌골이 곰곰이 생각에 잠긴 순간, 갑자기 산 위에서 바위들이 굴러 떨어졌다. 그와 동시에 양쪽에서 횃불이 날아들더니 검은 수레들에서 폭음이 울리며 불길이 치솟았다. 그 수레마다 폭탄이 가득 들어 있었던 것이다.

등갑군은 물과 달리 불에 아주 취약했다. 그들의 갑옷에 불이 옮겨 붙어 순식간에 3만 명이 떼죽음을 당한 것이다. 그렇게 올돌골은 참패했고, 맹획은 일곱 번째로 포로가 되고 말았다.

"어떤가, 이제는 내게 항복하겠나?"

제갈량의 말에 맹획은 더 이상 핑계거리가 떠오르지 않았다. 결국 그는 눈물을 뚝뚝 흘리며 제갈량 앞에 머리를 조아렸다.

"승상의 아량에 감복했습니다. 진심으로 항복하며, 앞으로는 절대 반란을 일으키지 않겠습니다."

그러자 제갈량이 맹획에게 다가가 어깨를 다독여주었다. 그리고 그에게 계속 남만을 다스리라고 말한 뒤 궁궐을 향해 말머리를 돌렸다. 마침내 남만의 반란이 평정된 것이다.

제갈공명의 출사표

제갈량이 남만을 평정하고 돌아온 지 어느덧 한 해가 흘렀다. 그 시기 위에서는 또다시 큰 사건이 벌어졌다. 조비가 황위에 오르고 나서 7년 만에 겨우 40살의 나이로 갑자기 세상을 떠난 것이다. 태자인 조예(曹叡)가 새로운 황제가 되어 조진을 대장군, 조휴를 대사마(大司馬), 화흠을 태위, 왕랑(王郞)을 사도(司徒)로 삼았다. 또한 적임자를 찾던 옹주자사 자리에는 사마의가 자원했다.

전혀 예상치 못했던 조비의 사망 소식을 전해 듣고 제갈량은 깊은 고민에 빠졌다. 삼국의 정세가 급변할까 봐 걱정스러웠던 것이다.

'풋내기 조예가 황제가 되었으니 영악한 사마의가 어떤 꼼수를 부릴지 몰라. 그의 재주가 비상하고 병법에도 밝아 이번 기회에 야심을 드러낼 가능성도 있지. 하루빨리 사마의를 제

거하지 않으면 우리 촉에 큰 위협이 되겠구나.'

이렇게 생각한 제갈량은 여러 대신과 장수들을 불러 모아 그 심각성에 대해 이야기를 나누었다. 그리고 사마의를 없앨 묘책을 묻자, 마속이 앞으로 나서서 말했다.

"사마의는 위의 선제 조비에게 충성을 다한 모사입니다. 하지만 조예와 사마의는 아직 서로에 대한 믿음이 깊지 않지요. 우리가 둘 사이를 이간질시킬 수만 있다면, 틀림없이 조예가 사마의를 내칠 것입니다."

마속의 말에 제갈량이 관심을 보였다.

"공에게 좋은 계책이라도 있소?"

"사마의가 역모를 준비하는 것처럼 소문을 퍼뜨리면 어떨까요? 사마의가 다스리는 땅에 그의 이름으로 조예가 황제 감이 아니라는 격문을 써 붙여놓으면 반드시 큰 분란이 일어날 것입니다."

제갈량이 듣기에 마속의 계책이 그럴듯했다. 다른 대신과 장수들도 기발한 생각이라며 동의해 그 일이 곧 진행되었다. 제갈량은 수십 명의 날랜 병사를 뽑아 옹주 땅 곳곳에 사마의의 이름으로 된 격문을 붙이게 했다. 그러자 얼마 지나지 않아 위나라 전체가 발칵 뒤집히는 소란이 일었다. 가장 흥분한 사람은 말하나 마나 새 황제 조예였다.

"이런 몹쓸 자를 봤나, 충신 대우를 해줬더니 나를 배신해?

당장 사마의를 끌어와 목을 쳐라!"

젊디젊은 조예는 앞뒤 사정을 충분히 헤아리지 않고 큰 소리로 명을 내렸다. 조진이 용기를 내 누군가의 모략일지 모른다고 말했으나 새 황제는 귀를 기울이지 않았다. 오히려 화흠과 왕랑이 서둘러 사마의를 벌하라며 부추기자 조예의 판단력은 더욱 흐려졌다.

잠시 후, 궁궐로 붙잡혀온 사마의가 억울함을 토로했다.

"폐하, 이것은 누군가 저를 죽이기 위해 파놓은 함정입니다. 부디 저의 충심을 헤아려주십시오!"

하지만 조예는 사마의를 용서하지 않았다. 격문의 내용을 의심 없이 믿어 그의 관직을 빼앗고 옥에 가두었다. 다만 선제의 총애를 받았던 것을 고려해 목숨은 빼앗지 않고 곧 머나먼 시골로 귀양을 보내버렸다.

며칠 후 첩자로부터 그 소식을 전해들은 제갈량은 흡족한 미소를 지었다. 그는 내친 김에 위를 치기 위해 출병을 결심했다.

"조비가 죽고 사마의가 사라진 이때를 놓치면 언제 위를 손에 넣겠는가? 모든 장수들은 당장이라도 진격할 수 있도록 만반의 준비를 하라."

"그리 하겠습니다, 승상!"

제갈량은 장수들을 불러 전열을 정비하도록 명한 뒤 황제 유선에게 출사표(出師表)를 올렸다. 그 요지는 다음과 같았다.

신 제갈량, 황제 폐하께 아룁니다.

촉을 세우신 선제께서는 천하를 통일하려는 큰 뜻을 품었으나 이루지 못하셨습니다. 그 뜻은 남겨진 우리의 몫이 된바, 폐하께서는 이번 기회를 놓치지 말고 부디 위를 치라는 명을 내려주시옵소서. 우리는 반드시 역적인 조 씨 일가를 물리쳐 한나라 황실의 위엄을 다시 세우고 낙양을 도읍으로 삼아 옛 영광을 되찾아야 합니다. 폐하, 위를 정복해 대업을 이루는 일에 제가 앞장서겠습니다. 그 임무를 맡겨주십시오. 죽음을 각오하고 출병하려는 제가 이렇게 출사표를 올리게 되어 기쁘기 한량없습니다.

황제 유선은 출사표를 읽고 눈물을 글썽였다. 아버지 유비를 떠올리며 천하 통일의 의지를 다진 황제는 제갈량의 뜻대로 출병을 허락했다. 제갈량은 스스로 대도독 역할을 자임한 뒤, 군사의 편성을 재정비하며 모든 장수들에게 저마다의 임무를 맡겼다. 그런데 주요 장수들 중 유독 한 사람에게는 별다른 말을 하지 않았다. 그는 다름 아닌 조운이었다.

"승상께서는 어찌하여 제게 임무를 맡기시지 않습니까? 제가 옛날과 달리 나이가 들었다 하여 별 도움이 되지 않을 것이라고 생각하시는 것입니까?"

"아닙니다, 장군. 제가 조운 장군의 지략과 용맹을 가볍게 여길 리 있겠습니까? 다만 세월이 흘러 나이가 드신 것은 사실이니, 행여 전투 중 위험에 빠지실까 두려워 임무를 맡기지 않은 것뿐입니다. 장군께서 혹시라도 잘못되면 그 슬픔을 어떻게 감당하며, 병사들의 사기는 또 어찌하겠습니까? 부디 노여워 말고 저의 생각을 헤아려주십시오."

그 무렵 제갈량은 오랜 세월 동고동락해온 한 장수를 잃어 깊은 슬픔에 잠긴 적이 있었다. 마초가 병을 얻어 세상을 떠난 것인데, 그 아픔이 아직 선명해 조운을 전장으로 데려가고 싶지 않았던 것이다. 하지만 제갈량의 설득에도 조운은 단호했다.

"저는 선제 때부터 단 한 번도 전투를 회피한 적이 없습니다. 설령 죽음이 눈앞에 있다고 해도 대의명분을 위해 전장으로 달려갔지요. 장수가 적과 싸우다가 죽는 것만큼 영광스러운 일이 또 어디 있겠습니까? 승상께 부탁드리건대, 이번에도 저에게 중책을 맡겨주십시오. 만약 저를 궁궐에 남겨두고 떠나신다면 차라리 스스로 목숨을 끊어 장수의 명예를 지키겠습니다. 뒷방 늙은이가 되어버린 장수라면 살아서 무엇 하겠습니까?"

조운의 말은 진심이었다. 제갈량도 그 말을 허투루 듣지 않았다. 결국 제갈량은 등지와 함께 조운을 선봉에 세워 위를 향해 진격했다. 30만 대군이 제갈량의 지휘에 따라 일사분란하게 움직였다.

제갈량의 출병 소식을 들은 조예는 하후연의 양아들 하후무(夏侯楙)를 대도독으로 임명해 촉의 군사와 맞서 싸우도록 했다. 그러자 서량에서 한덕(韓德)이 군사 8만을 이끌고 달려왔다. 하후무는 그를 선봉장으로 삼아 촉군을 향해 진격했다. 그에게는 네 아들이 있었는데, 하나같이 혈기가 넘쳐 전투를 두려워하지 않았다.

"조자룡은 어디 있느냐? 나랑 한번 무예를 겨뤄보자!"

조운의 명성을 익히 알고 있는 한덕이 큰 소리로 도발했다. 그러자 조운도 망설이지 않고 앞으로 달려나왔다.

"누가 나의 이름을 함부로 부르느냐? 내가 비록 늙었으나 너 정도는 문제없다!"

그때 한덕의 맏아들이 먼저 조운을 향해 덤벼들었다. 하지만 조운의 상대가 되지 못해 단칼에 목숨을 잃고 말았다. 그것을 목격한 둘째아들과 셋째아들, 넷째아들도 잇달아 달려들었지만 모두 조운의 칼에 불귀의 객이 되고 말았다.

네 아들의 죽음에 격분한 한덕이 마침내 도끼를 휘두르며 조운을 향해 덤벼들었다. 그러나 그 역시 단 3합만에 조운의 창에 찔려 죽음을 면치 못했다. 선봉장의 활약에 사기가 드높아진 촉의 병사들은 일제히 전직으로 돌격해 위의 군사를 도륙하기 시작했다. 얼마 지나지 않아 하후무는 부하들에게 퇴각하라는 명령을 내릴 수밖에 없었다. 그런데 그는 허둥지둥 도망가다가 길을 잘못 들어 제갈량의 근위병들에게 사로잡히게 되었다.

제갈량은 그 기세를 몰아 천수군(天水郡)을 공격하기로 마음먹었다. 그는 우선 하후무의 필체를 흉내내 지원병을 보내라는 거짓 서찰을 천수성(天水城)으로 보냈다. 그것을 받아든 천수군 태수 마준(馬遵)은 당장 군사를 이끌고 성 밖으로 달려 나가려 했다. 그때 그의 부하 장수 강유(姜維)가 손사래를 치며 말했다.

"이것은 틀림없이 공명의 계략입니다. 태수께서 군사를 데리고 밖으로 나가시면 그 틈에 성을 빼앗으려고 들 것이 분명합니다. 아마도 성 근처에 이미 군사를 매복시켜두었을 것입니다."

마준이 듣기에 강유의 말이 그럴듯했다.

"자네의 걱정이 괜한 것은 아닌 듯하군. 그럼 어떻게 해야 되겠나?"

"제가 군사 삼천을 데리고 성 안에 숨어 있겠습니다. 태수께서는 지원 요청에 응하는 척 군사를 이끌고 성 밖으로 나가 십 리쯤 갔다가 다시 돌아오십시오. 그러면 성 안으로 들어와 있던 공명의 군사가 앞뒤로 갇히는 신세가 될 것입니다. 우리가 양쪽에서 공격을 펼치면 전투에서 손쉽게 승리할 수 있습니다."

그와 같은 강유의 계략은 놀라운 것이었다. 마준이 군사를 이끌고 성을 나왔다는 보고를 받은 제갈량은 아무런 의심 없이 조운으로 하여금 공격을 감행하게 했다. 그리고 결과는 강유의 예상대로 협공을 당한 조운의 참패였다. 그 소식을 들은 제갈량이 두 눈을 동그랗게 뜨며 물었다.

"아니, 나의 수를 훤히 꿰뚫어본 자가 누구더냐?"

그러자 천수군의 사정을 잘 아는 한 장수가 말했다.

"그 자는 강유일 것입니다. 천수군 기현(冀縣) 사람으로 자는 백약(佰約)이지요. 그는 지략이 매우 뛰어난 장수인데, 효심 또한 깊기로 유명합니다."

그 설명을 들은 조운도 전투 중에 보았던 강유의 무예 솜씨에 대해 극찬했다. 비록 적장이고 협공을 당하는 처지였으나, 그의 몸놀림이 워낙 출중해 관심을 갖지 않을 수 없었던 것이다.

제갈량은 강유를 물리치지 않으면 이번 전투에서 승리하기 어렵다고 판단했다. 아울러 그를 설득해 자기 품에 안고 싶다는 소망도 가졌다. 그처럼 지략과 용맹함을 갖춘 장수는 흔치 않았기 때문이다. 제갈량은 곧 새로운 계략을 궁리했다.

"군사 중 일부를 선발해 강유의 어머니가 살고 있는 기현을 공격하라. 모름지기 효자라면 전란에 고통받는 어머니를 외면하지 못할 것이다."

모자 사이의 인정을 이용한 제갈량의 계략은 적중했다. 강유는 어머니의 안위를 걱정하다가 천수성을 떠나 기현성(冀縣城)으로 달려갔다. 강유가 기현성의 문을 굳게 닫고 촉의 군사와 대치중이라는 보고를 받은 제갈량은 그 계략의 다음 단계를 실행에 옮겼다. 그가 생포했던 하후무를 풀어주며 말했다.

"내가 자네의 목숨을 살려주겠네. 그 대신 기성으로 가서 강유에게 항복을 권유해주게."

"죽음의 수렁에서 나를 건져주었으니 공명 선생의 말을 따르겠소."

하후무는 안도의 한숨을 내쉬며 재빨리 촉의 진지를 빠져나왔다. 그는 제갈량 앞에서 했던 말과 달리 기성으로 가서 다시 전열을 정비할 작정이었다. 그런데 기성에 다다르기 전에 강유가 이미 항복했다는 소식이 들려왔다.

"이런, 큰일이군. 천수성의 마준에게 가서 도움을 청할 수밖에 없겠어."

그 길로 말머리를 돌린 하후무는 천수성으로 가서 강유가 항복했다는 이야기를 전했다.

한편 기현성을 방어하던 강유는 군량이 적어 어려움을 겪고 있었다. 그러던 어느 날, 강유가 성루에 올라 밖을 보니 촉의 병사들이 수십 대의 수레에 곡식을 실어 어디론가 가고 있었다. 강유는 즉시 군사 3천을 데리고 나가 수레 행렬을 습격했는데, 촉의 병사들은 별 저항 없이 모두 줄행랑을 쳤다.

물론 그 역시 제갈량의 계략이었다. 강유가 자리를 비운 틈을 타 위연이 이끄는 병사들이 기현성을 함락시킨 것이다. 갑작스런 사태에 깜짝 놀란 강유는 도움을 청하기 위해 천수성으로 말을 달렸다. 하지만 하후무를 통해 잘못된 정보를 들은 마준은 그를 반기지 않았다.

"저 자에게 활을 쏴라!"

마준의 공격 명령을 강유는 이해할 수 없었다.

"대체 왜 이러십니까, 태수님?"

"네가 공명에게 항복한 것을 모를 줄 아느냐? 너를 죽일 것이다!"

간신히 화살 세례를 피한 강유는 더 이상 도움을 청할 곳이 없었다. 어머니를 두고 멀리 떠날 수도 없었던 그는 일단 숲 속으로 몸을 피해야겠다고 생각했다. 그때 제갈량이 작은 수레를 타고 강유 앞에 나타났다.

"백약, 내게 항복하여 촉의 앞날에 힘을 보태지 않겠나?"

제갈량은 정중한 말투로 강유를 설득했다. 사실 강유도 일찍이 제갈량의 지략과 됨됨이에 대해 들은 바가 있어 흠모하는 마음이 있었다. 결국 몇 번의 설득 끝에 강유는 제갈량 앞에 무릎을 꿇었다.

"일어서게, 백약. 나는 자네를 포로로 대할 생각이 전혀 없네. 자네처럼 영민한 장수를 만나게 되어 매우 기쁘니, 우리 함께 힘을 합쳐 대업을 이뤄보세."

"감사합니다. 앞으로 승상께 많은 것을 배우겠습니다."

강유의 겸손한 모습에 제갈량은 흡족한 미소를 지었다. 두 사람이 지략을 모으자 하후무와 마준은 상대가 되지 못했다. 곧 천수성이 함락되었고, 하후무와 마준은 강족(羌族)의 땅으로 달아났다.

승전을 거듭한 제갈량은 내친 김에 기산(祁山)을 향해 진격했다. 크게 위기감을 느낀 조예는 조진을 대도독으로, 곽회(郭淮)를 부도독으로, 왕랑을 군사로 삼아 20만의 군사를 내주어 제갈량을 막도록 했다.

그러나 이미 사기가 오를 대로 오른 촉의 군사는 기세가 대단했다. 조진과 곽회는 몇 차례 전투에서 패하더니, 급기야 제갈량의 자중지란 작전에 걸려들어 치명타를 입었다. 야심한 밤에 촉의 진지로 침입한 위의 군사가 아군끼리 서로를 죽이는 덫에 걸려든 것이다. 일찌감치 군사 왕랑도 제갈량과 담판을 벌이다가 흥분해 쓰러진 뒤 목숨을 잃은 상태였으므로, 위의 군사는 더 이상 촉군을 공격할 여력이 남아 있지 않았다. 공격은커녕 앞다투어 줄행랑을 치기 바빴던 것이다.

곽회가 심각한 표정으로 퇴각하는 조진에게 말했다.

"대도독, 서강국(西羌國)으로 가서 도움을 청하시지요."

"음, 서강국이라······."

그곳의 국왕 철리길(徹里吉)은 조조 때부터 해마다 위에 조공을 바쳐 제법 가깝게 지내는 사이였다. 아니나 다를까, 사정을 전해들은 철리길은 승상 아단(雅丹)과 대장군 월길(越吉)에게 군사 15만 명을 내주며 조진을 돕도록 했다. 당시 서강국에는 철로 만든 전차를 가진 철거병(鐵車兵)이 있었는데, 그들이 선봉에 서서 서평관을 공격한 것이다.

하지만 제갈량은 서강국 군사의 공격을 알고도 당황하지 않았다. 그가 강유를 불러 물었다.

"자네는 철거병에 대해 어찌 생각하나?"

"철로 만든 전차는 위협을 느낄 만한 무기입니다. 그러나 철리길은 단순히 힘만 앞세울 뿐 병법에 무지한 자이므로 승상의 책략을 당해내지 못할 것입니다."

강유의 대답에 제갈량은 부드럽게 미소를 띠었다. 자신의 판단과 강유의 생각이 다르지 않았기 때문이다. 제갈량이 다시 말문을 열었다.

"자네가 나의 책략대로 움직여 보겠나?"

"네, 무엇이든 분부만 내리십시오."

강유는 이미 제갈량을 누구보다 믿고 의지했다. 제갈량의 명이라면 목숨까지 걸 자세가 되어 있었던 것이다. 제갈량의 말이 이어졌다.

"자네는 내일부터 날마다 출병하여 서강국의 군사를 자극하게. 그러다가 철거병이 모습을 드러내면 즉시 후퇴해야 하네."

"무슨 말씀인지 잘 알겠습니다, 승상."

제갈량과 강유는 굳이 길게 말하지 않아도 서로 마음이 통하는 것을 느꼈다. 이튿날부터 강유는 자신이 맡은 임무를 충실히 수행했다. 그렇게 하루, 이틀 시간이 흘러 세밑이 가까워졌다.

"이제 때가 되었네, 이번에는 철거병을 우리의 진지까지 유인하게."

마침내 제갈량은 강유를 불러 서강국 군사에게 일격을 가할 순간이 됐음을 알렸다. 오랫동안 촉의 군사가 치고 빠지기를 반복해 화가 나 있던 아단과 월길은 곧 강유의 꾐에 빠져 촉의 진지 가까이 쫓아왔다.

"혹시 적이 매복하고 있지는 않을까요?"

대장군 월길이 미심쩍은 얼굴로 아단에게 물었다.

"그런 걱정은 할 필요 없네. 우리를 기만하며 만날 달아나기 바쁜 자들이니 이번 기회에 혼쭐을 내주세."

아단은 추위에 떨며 한시라도 빨리 전쟁을 끝내고 싶어 했다. 오랜 시간 강유가 후퇴를 거듭한 까닭에 촉의 전력을 우습게 여겼던 것이다.

하지만 그 모든 것이 제갈량의 책략이었다. 그는 미리 관흥과 장포에게 진지와 가까운 산등성이 아래에 군사를 매복시켜두도록 했다. 여름과 달리 마땅히 몸을 숨길 수풀이 없었지만, 오히려 그 점이 적을 안심시켜 방심하도록 만들었던 것이다. 서강국의 철거병이 촉의 진지로 들어선 순간, 아단과 월길은 심상치 않는 분위기를 느끼며 주위를 두리번거렸다. 오색의 깃발들만 무수히 펄럭일 뿐, 이상하게 주위에 촉의 군사가 하나도 보이지 않았던 것이다.

"아무래도 찜찜한걸……."

월길이 혼잣말을 내뱉으며 인상을 찌푸리던 바로 그때, 매복해 있던 촉의 군사가 사방에서 진지로 달려들었다. 아무리 뛰어난 무기를 가졌다 한들 그것을 써먹을 기회가 없으면 무용지물인 법. 서강국의 철거병은 촉군의 공격에 속수무책으로 당하며 뿔뿔이 흩어졌다. 대장군 월길은 관흥의 창에 찔려 목숨을 잃었고, 아단은 달아나다 장포의 병사들에게 사로잡히고 말았다.

다시 사마의를 상대하는 제갈량

서강국의 철거병마저 촉의 군사를 당해내지 못하자 조예는 근심이 깊었다. 그때 그의 머릿속에는 단 한 사람, 사마의가 떠올랐다. 조예가 사마의를 조정으로 불러 지난날의 잘못을 시인했다.

"충신인 그대를 오해해 귀양까지 보냈던 나의 어리석음을 용서하시오."

"저는 이미 지난날의 일을 모두 잊었습니다. 항상 그래왔듯, 폐하를 위해 충성을 다하겠습니다."

조예는 흔쾌히 충성을 맹세하는 사마의를 평서도독(平西都督)으로 임명했다. 군사에 관한 전권을 부여받은 사마의는 곧 20만 대군을 이끌고 전장으로 달려갔다. 그는 우선 조진을 불러 제갈량이 공격할 것으로 예상되는 미성(郿城)의 방어를 맡겼다. 그리고 자신은 장합을 선봉으로 세워 한중의 길목인

가정(街亭)으로 향했다. 그곳은 양평관의 요충지로, 촉의 군사가 군량을 이동시키는 주요 통로였다. 따라서 가정을 빼앗으면 전세를 단번에 뒤집을 수 있었다.

그 무렵 제갈량은 사마의가 다시 중용되었다는 보고를 받고 깜짝 놀랐다. 더구나 위의 군사가 가정으로 향한다는 소식은 충격적이었다.

"역시 사마의는 보통 인물이 아니구나. 가정은 비록 작은 고을이지만 전략적으로 아주 중요한 곳이다. 누가 그곳으로 가서 사마의를 물리치겠느냐?"

그 물음에 바로 자원한 장수는 마속이었다. 그는 조예와 사마의 사이를 이간질시키는 계략을 내놓았던 인물이지만, 제갈량은 가정을 지키는 일이 워낙 중요했기에 새삼 주의를 환기시켰다. 그 말은 정중하면서도 단호했다.

"그곳에는 성도 요새도 없소. 가정이 함락되면 치명적인 결과를 가져올 텐데, 공이 그 임무를 감당할 수 있겠소?"

"물론입니다, 승상. 저도 병법이라면 일가견이 있다고 자부합니다."

"그래도 상대가 사마의니 어느 때보다 신중해야 할 거요. 정말 자신있소?"

제갈량이 거듭 묻자, 마속은 무릎을 꿇으며 큰 소리로 대답했다.

"승상, 걱정 마십시오. 만약 제가 사마의를 물리치지 못한다면 목을 쳐도 좋습니다!"

그제야 제갈량은 마속의 자원을 받아들여 왕평을 부장으로 삼고 정예병 2만5천을 내주었다. 평소 왕평이 신중한 성격이었기에 마속을 보좌하도록 했던 것이다. 아울러 제갈량은 가정에 도착해 진지를 구축하면 곧장 그 모습을 그림으로 그려 보고하라고 왕평에게 명했다. 그러고도 부족하다는 생각이 들어 고상(高翔)을 열류성(列柳城)으로, 위연을 가정의 후방으로 보내 마속이 위태로울 경우 돕도록 했다.

얼마 후, 마속과 왕평은 가정에 이르러 지형을 살펴보았다. 이곳저곳 휘둘러본 마속이 왕평에게 말했다.

"승상께서는 너무 신중해서 탈이구려. 이런 산골짜기라면 위의 군사가 섣불리 진격하지 못할 것이오."

"조심해서 나쁠 것이야 없지요. 산 아래 쪽에 적이 침입할 만한 길목마다 나무를 높이 쌓아서 진지를 만들어야 합니다."

마속은 자신의 판단에 동의하지 않는 왕평이 못마땅했다. 물론 병사들이 머무르려면 진지가 필요했지만, 그 위치에 대해서도 서로 생각이 달랐다. 왕평이 산 아래쪽에 진지를 만들어야 적을 막아내기 쉽다고 말했지만, 마속은 산 위쪽이 더 좋다며 고집을 부렸다.

"산 위쪽에 진을 쳤다가 적들이 에워싸면 큰일입니다. 그곳에서는 식수를 구하기도 어렵습니다."

왕평의 염려에 마속이 짜증 섞인 목소리로 대꾸했다.

"왕 장군은 내가 주장이라는 사실을 잊었소? 나의 명을 따르기 싫다면, 오천의 군사를 줄 테니 마음대로 해보시오."

결국 왕평은 본진에서 물러나 5천의 군사를 데리고 산 아래쪽에 진지를 만들었다. 그리고 자신과 마속의 진지 모습을 모두 그려 제갈량에게 보냈다.

그로부터 얼마 뒤, 사마의가 대군을 이끌고 가정에 다다랐다. 그는 조심스럽게 주변 지형을 살펴보다가 산 위쪽에 진을 치고 있는 촉의 군사를 발견했다.

"옳거니! 어쩌면 이번 전투는 쉽게 승리할 수 있겠구나. 하늘이 우리를 도와 어리석은 적장이 저런 곳에 진지를 만들었으니 말이다."

사마의는 크게 웃음을 터뜨리며 곧장 산 뒤쪽으로 병사들을 이동시켰다. 그리고는 산 위로 올라가 마속의 진지를 포위했다. 그제야 비로소 마속은 잘못을 깨달았지만 돌이킬 수 없는 일이었다.

며칠이 지나지 않아 식수가 바닥을 드러내 촉의 군사는 너나없이 갈증에 허덕였다. 게다가 그런 상황을 놓치지 않고 사마의가 화공을 펼치자, 마속이 이끄는 병사들은 앞다투어 줄행랑을 치기 바빴다. 마속도 말을 몰아 산 아래쪽으로 달아나는 신세가 되었다. 왕평이 그 모습을 보고 달려와 구해주지 않았다면 마속은 꼼짝없이 죽임을 당했을 것이다.

한편 제갈량은 왕평이 보낸 그림을 살펴보며 점점 표정이 굳었다.

"아, 이 노릇을 어떡하면 좋단 말인가? 마속의 잘못으로 병사들이 개죽음을 당하게 되었구나……."

제갈량은 급히 지원군을 보내려고 했으나 소용없는 일이었다. 곧 가정을 빼앗긴 것은 물론이고 열류성까지 적의 수중에 들어갔다는 보고가 올라왔기 때문이다. 제갈량은 모든 장수들에게 즉시 퇴각하라는 명령을 내렸다. 장익에게는 검각(劍閣)으로 가서 퇴로를 열게 하고, 관흥과 장포는 무공산(武功山)으로 가서 적의 추격을 따돌리게 했다. 강유와 마대에게는 후퇴하는 본진의 후방을 방어하라고 명했으며, 기현으로 사람을 보내 강유의 노모를 안전한 곳으로 피신시켰다. 아울러 자신은 군량을 옮길 5천의 군사를 이끌고 서성으로 향했다.

그런데 서성에 다다르자마자 제갈량에게 급보가 날아들었다.

"사마의가 대군을 이끌어 이쪽으로 몰려오고 있습니다!"

천하의 제갈량도 그 소식을 듣고는 당황했다. 그나마 5천의 군사 중 상당수가 군량을 싣고 다른 곳으로 떠난데다, 쓸 만한 장수도 누가 하나 곁에 없었기 때문이다. 그에 비해 사마의의 군사는 15만에 이르러 전력 차가 너무나 컸다. 수천에 불과한 촉의 병사들은 겁을 집어먹고 완전히 전의를 상실한 상태였다. 그것을 본 제갈량이 애써 침착함을 잃지 않으며 말문을 열었다.

"모두 두려워하지 마라. 당장 모든 깃발을 감추고 몸을 숨겨라. 그리고 수십 명의 병사만 백성들의 옷차림을 하고 나와 성문을 활짝 연 뒤 평화롭게 비질을 해라. 위의 군사가 나타나도 절대 동요하면 안 된다."

제갈량의 말에 병사들은 어리둥절한 표정으로 고개를 갸웃거렸다. 그러나 제갈량을 철석같이 믿었기에 곧 그 명을 따랐다.

잠시 뒤, 평범한 백성들의 옷차림으로 환복한 수십 명의 병사들이 비질을 시작하자 제갈량은 성루에 올라 거문고를 켰다. 그때 마침 사마의가 서성에 도착해 그 모습을 보았다.

"우리의 출격을 알고도 한가롭게도 거문고를 켜고 있다니, 뭔가 꿍꿍이가 있는 것이 틀림없다. 아마도 대군을 매복시켜 두고 우리를 유인하는 것일 게야."

그러자 함께 출병한 아들 사마소(司馬昭)가 말했다.

"아버님의 걱정이 지나친 것 아닙니까? 우리의 전력이 만만치 않으니 당장 서성을 공격하시지요."

"아니다. 공명의 책략이 신출귀몰하니 함부로 나섰다가는 큰 낭패를 볼 것이다. 일단 군사를 후퇴시켰다가 훗날을 기약하기로 하자.”

사마의는 아들의 말에 손사래를 치며 퇴각 명령을 내렸다. 제갈량에 대한 지나친 경계가 서성을 함락시킬 좋은 기회를 놓치게 한 것이다. 한참 뒤에야 사마의는 촉의 군사가 수천에 불과했다는 사실을 알고 땅을 치며 때늦은 후회를 했다.

“아, 나는 정녕 공명의 상대가 되지 못하는 것인가?”

그런데 그처럼 지략을 발휘해 무사히 한중으로 돌아온 제갈량의 낯빛이 밝지 않았다. 애당초 잘못된 판단을 해 수많은 병사들을 죽음으로 내몬 마속이 원망스러웠기 때문이다. 제갈량은 먼저 왕평에게 가정을 빼앗기게 된 경위에 대해 상세히 물은 뒤 마속을 불렀다. 마속은 스스로 몸을 포박하게 하여 제갈량 앞에 나타났다.

“송구합니다, 승상!”

마속은 땅바닥에 넙죽 엎드리며 자신의 과오를 뉘우쳤다.

“공은 왜 나와 왕 장군의 충고를 듣지 않았소? 우리가 사마의의 군사에 쫓겨 퇴각한 데는 공의 책임이 크다고 하지 않을 수 없는 바, 마땅히 군법으로 다스려야 할 것이오.”

“승상, 제가 사마의를 물리치지 못하면 목을 내놓겠다고 했으니 그 말에 책임을 지겠습니다. 다만 제 식솔들에게는 허물을 묻지 말아 주십시오.”

평소 제갈량은 마속을 형제처럼 아꼈다. 그러나 공과 사는 구별해야 하는 법, 제갈량은 군율을 바로세우기 위해 마속의 목을 치라고 명령했다. 그 무렵에는 아비의 잘못을 자식에게까지 묻는 경우가 흔했으나, 제갈량은 마속의 마지막 부탁을 받아들여 식구들에게는 아무런 피해가 가지 않도록 했다.

곧 형이 집행되었고, 제갈량은 속으로 울음을 삼켰다. 그 마음을 헤아린 다른 장수들도 침통한 표정을 지으며 저 세상으로 떠난 마속의 영혼을 추모했다.

그 후 제갈량은 한중에 머물면서 군사를 강건하게 만드는 데 온 힘을 쏟았다. 그는 위를 정벌하기 전에는 성도로 돌아가지 않을 작정이었다. 그런데 마속을 잃은 지 얼마 되지 않아 제갈량에게 또 다른 슬픔이 닥쳤다. 조운이 병을 얻어 죽고 만 것이다. 명장 조운의 사망 소식에 제갈량은 크게 탄식하며 눈물을 떨구었다.

"아, 이렇게 천하의 영웅들이 하나둘 내 곁을 떠나는구나……."

제갈량은 며칠 동안 음식을 먹지 못할 정도로 깊은 절망감에 빠졌다. 그만큼 조운을 인정하고 소중히 여겼던 것이다. 하지만 한 나라의 국정을 책임지는 승상으로서 언제까지 슬픔에만 잠겨 있을 수는 없었다. 그는 가까스로 몸을 일으켜 다시 나랏일을 돌보기 시작했다.

그 무렵 오의 손권이 함께 위를 공격하자는 제안을 해왔다. 당시 오의 육손과 위의 조휴가 맞붙어 싸우는 일이 있었는데, 육손이 승리하여 오의 사기가 매우 드높았다. 손권은 그 기세를 몰아 위의 조예에게 치명타를 날리고 싶었던 것이다. 마침 군력(軍力)의 정비를 마쳐 막강한 힘을 회복한 제갈량은 좋은 기회가 찾아왔다고 판단했다.

"나는 위나라로 출병하여 사마의에게 당한 아픔을 되갚아 줄 것이다. 모두 진격하라!"

그렇게 제갈량은 위연을 선봉장으로 삼고 30만 대군을 이끌어 위로 향했다. 그런데 그 길목에 있는 진창(陳倉)에서 학소(郝昭)가 성을 쌓아 촉군의 진격을 가로막았다. 그곳을 빼앗지 못하면 촉의 군량 보급이 원활하지 않아 제갈량이 촉각을 곤두세웠다.

"위연 장군, 총공격을 시도해 하루빨리 진창성(陳倉城)을 함락시키시오."

"알겠습니다, 승상. 아무 걱정 마십시오."

위연은 제갈량의 명을 받고 자신만만하게 대답했다.

그러나 현실은 뜻대로 되지 않았다. 학소가 강력하게 저항하는 바람에 여러 차례의 공격이 무위로 돌아간 것이다. 제갈량은 충차(衝車)를 이용해 성을 부수려고도 했지만 이렇다 할 효과를 보지 못했다. 한 번은 성 아래로 굴을 뚫어 병사들을 잠입시키려고 했으나 그마저 적에게 발각되어 실패했다. 게다가 며칠 후 진창성으로 왕쌍(王雙)이 지원병까지 데려와 제갈량의 시름이 더욱 깊어졌다. 촉의 여러 장수들이 앞장서 진창성을 공격했지만, 그때마다 왕쌍이 달려 나와 용맹을 과시했다. 왕평과 요화, 장의 등이 그와 맞붙어 패했던 것이다.

"승상, 진창성을 함락시키는 것이 쉽지 않습니다. 기산 쪽으로 물꼬를 트는 편이 나을 듯합니다."

"음, 기산이라……."

제갈량은 부하 장수들의 제안을 곰곰이 생각해보았다. 그리고 그것을 받아들여 마대, 관흥, 장포와 함께 말머리를 돌렸다. 진창은 위연에게 맡겼고, 왕평으로 하여금 가정에서 오는 길목을 지키게 했다.

그로부터 얼마 후, 제갈량은 기산 아래에 진지를 구축하는 데 성공했다. 그곳을 지키던 조진이 다급히 조정으로 위태로운 상황을 알렸다. 조예가 사마의에게 물었다.

"이 사태를 어떻게 해결하면 좋겠소?"

"촉의 군사는 워낙 대군이라 그 많은 군량도 곧 바닥을 드러낼 것입니다. 넉넉히 두 달 정도면 그리 될 것이니 그때까지 방어 전술을 펼치라고 명하십시오. 머지않아 촉군이 스스로 물러날 때 기습 공격을 펼치면 큰 성과를 거둘 수 있습니다."

사마의의 계략을 들은 조예는 그대로 조진에게 명을 내렸다. 그런데 방어 전술이 마음에 들지 않은 조진은 촉의 군사에게 선공을 펼쳐 승리하고 싶었다. 그와 같은 생각을 헤아린 참모 손례(孫禮)가 그를 부추겨 제갈량을 함정에 빠뜨리려는 술수를 부렸다.

하지만 제갈량이 누구인가. 그는 곧 손례의 잔꾀를 눈치채고 역이용해 조진의 진지를 혼란에 빠뜨렸다. 손례의 유인 작전은 제 발을 묶는 올가미가 되었고, 미끼를 던져둔 뒤 펼치려던 협공 전략은 되치기를 당했던 것이다. 결국 조진은 촉의 군사에게 크게 패해 꽁무니를 내빼는 신세가 되고 말았다. 그때 진창에서 위연이 왕쌍의 목을 베었다는 보고가 올라왔다. 제갈량은 매우 기뻐했지만, 침착함을 잃지 않고 요모조모 따져본 끝에 장수들에게 그만 한중으로 돌아가자는 명을 내렸다.

"승상, 어찌 하여 회군을 명하십니까?"

장수들이 의아한 표정을 지으며 물었다. 그러자 제갈량이 신중한 목소리로 대답했다.

"내가 처음에 계획했던 것과 달리 진창으로 가지 못해 시간이 많이 걸리지 않았소? 기산에서 적을 물리치기는 했으나 군량이 충분치 않아 오랫동안 전쟁을 벌이기는 어렵다는 판단이오. 그러니 섣불리 의욕만 앞세우기보다는 좀 더 치밀한 준비가 필요할 듯하구려. 분명 기회는 머지않아 다시 찾아올 것이오."

그제야 장수들은 제갈량의 생각을 헤아려 한중으로 돌아갈 채비를 했다. 그렇게 촉의 출병은 별 소득 없이 막을 내렸다.

속고 속이고, 쫓고 쫓기는 싸움

세월이 흘러 229년이 되었다. 천하에는 또다시 큰 변화가 있었는데, 오의 손권이 스스로 황제의 자리에 올라 건업(建鄴)을 도읍으로 삼은 것이다. 촉의 황제 유선은 곧바로 사신을 보내 축하 인사를 전하며 두 나라가 동맹을 굳건히 해 위를 치자고 제안했다. 손권 역시 유선의 말에 적극적으로 동감했다.

그 후 얼마 지나지 않아 촉과 오의 군사는 다시 위를 공격하기 시작했다. 강유가 선봉에 선 촉군이 무도(武都)와 음평(陰平)을 점령했으며, 오군은 무창(武昌)을 빼앗았다. 그러자 위에서는 한바탕 소란이 벌어졌는데, 그 틈을 놓치지 않은 제갈량이 난공불락 같던 진창성을 함락시켰다. 학소가 병에 걸려 이전과 같이 저항하지 못했던 것이다. 그는 결국 죽음을 맞았고, 제갈량은 그 기세를 몰아 기산까지 나아갔다.

하지만 계속 당하고만 있을 위나라가 아니었다. 그들은 사마의와 장합을 앞세워 반격을 개시했다. 사마의의 지략과 장합의 용맹은 촉의 군사를 두려움에 떨게 했다. 양쪽 진영은 진지를 견고히 하며 치열한 전투를 벌여 밀고 밀리기를 반복했다. 속고 속이고, 쫓고 쫓기는 싸움의 연속이었던 것이다. 시신이 산을 이루고 핏물이 강을 이루는 대접전이 사흘이 멀다 하고 벌어졌다.

그러던 어느 날, 제갈량의 가슴을 무너지게 하는 슬픈 소식이 또다시 전해졌다. 장비의 아들 장포가 전투 중 낙마해 목숨을 잃은 것이다. 제갈량은 온 몸의 힘이 풀린 듯 제자리에 털썩 주저앉았다.

"아아, 또 하나의 별이 졌구나……."

그 날 이후 제갈량은 음식을 거의 먹지 못한 채 자리에 몸져누웠다. 많은 이들의 염려와 간호 덕분에 날이 갈수록 조금씩 기력을 되찾았으나 얼굴빛은 여전히 밝지 않았다. 다만 그런 상황에서도 제갈량은 자신의 본분을 잊지 않아 위의 공격에 대비한 전략을 세우는 일에는 충실히 임했다. 사마의와 장합을 앞세워 전력을 회복한 위나라가 조만간 총공격을 시도할 것이라고 예상했기 때문이다.

앞날을 내다본 제갈량의 예견은 곧 현실이 되었다. 조진이 대도독 자리에 올라 40만 대군을 이끌고 공격해온 것이다.

그런데 제갈량이 뜻밖의 전략을 내놓았다. 왕평과 장의에게 각각 1천 명의 군사를 내주며 적을 막아내도록 한 것이다. 제갈량의 명을 받은 두 장수는 황당한 표정을 지으며 물었다.

"승상, 정녕 이천의 군사로 사십만의 적을 상대하라는 말씀입니까?"

"허허, 내가 아무런 이유도 없이 그와 같은 명을 내리겠소?"

제갈량은 왕평과 장의의 물음에 가볍게 미소지으며 말을 이었다.

"내가 하늘의 기운을 살펴보니 머지않아 큰 홍수가 날 듯하오. 그것을 이용해 수공을 펼치면 적은 수의 군사로도 대군을 물리칠 수 있지 않겠소? 그대들은 요충지마다 군사를 일이백씩 배치시켜 물길을 막아두시오. 그런 다음 적이 지나갈 때 한꺼번에 물꼬를 트면 손쉽게 승기를 잡게 될 것이오."

자세한 설명을 들은 두 장수는 제갈량의 전술에 감탄하며 명을 따랐다.

그런데 제갈량의 책략은 수공을 펼치는 것으로 그치지 않았다. 그는 관흥과 강유를 불러 강 주변에 매복하고 있다가 물난리를 피해 달아나는 적을 섬멸하라고 일러두었다. 또한 마대와 요화에게는 기산 서쪽에 군사를 숨겨두었다가 위의 패잔병이 나타나면 최후의 일격을 가할 것을 명령했다.

그와 같은 제갈량의 책략은 한 치의 어긋남도 없이 정확하게 들어맞았다. 대군을 이끌고 기세 좋게 진격하던 조진은 갑자기 둑이 터지면서 누런 강물이 밀어닥치자 허둥지둥 어쩔 줄 몰라 했다. 물에 빠져 허우적거리는 병사들 위로 다시 폭우가 쏟아졌고, 빗줄기만큼 많은 화살이 날아들었다. 숱한 병사들이 수장을 당했고, 또 많은 병사들이 왕평과 장의의 군사가 쏜 화살에 목숨을 빼앗겼다. 조진은 다급히 후퇴 명령을 내렸지만, 이번에는 관흥과 강유의 군사가 달려와 물에 빠진 생쥐 꼴이 되어버린 위군의 목을 벴다. 그리고 조진이 패잔병을 데리고 기산 쪽으로 달아났을 때는 마대와 요화가 나타나 또다시 치명타를 입혔다. 그러다 보니 어느덧 40만 대군의 수가 반 넘게 줄어들었고, 결국 조진은 자신들의 영토로 퇴각 명령을 내릴 수밖에 없었다.

그렇게 위로 돌아온 조진은 패전의 책임을 추궁당하며 괴로운 나날을 보냈다. 마음이 큰 상처를 입으면 몸도 병을 얻는 법. 조진은 상심이 워낙 컸던 나머지 병석에 눕게 되었고, 그대로 세상을 떠나고 말았다. 그러자 사마의가 그의 뒤를 이어 직접 대도독의 중책을 맡았다. 사마의는 몇 번이나 제갈량에게 당한 복수를 꼭 하고 싶었다.

"공명에게 섣불리 계략을 썼다가는 오히려 역공을 받을 수 있다. 차라리 넓은 들판에서 정공법을 펼치는 편이 나을 것이다.”

사마의는 대도독의 자리에 오르자마자 금세 출병 명령을 내렸다. 그는 장호(張虎)를 선봉에 세워 한달음에 위수(渭水)까지 진격했다. 그리고 그곳에 진을 친 다음 촉의 군사가 다가오기를 기다렸다. 그로부터 며칠 후, 마침내 양쪽의 군사가 위수 강변의 넓은 들판을 사이에 두고 대치하게 되었다. 사마의의 진영은 혼원일기진(混元一氣陳)으로 구축되었고, 제갈량은 팔괘진(八卦陳)을 썼다. 사마의가 앞을 보니 제갈량이 있었는데, 사륜거를 타고 배우선(白羽扇)을 펼쳐든 그의 모습에 심기가 불편해졌다.

“공명이 우리를 기만하는구나. 전쟁터에 나온 자의 자세가 어찌 하여 저토록 여유만만하단 말이냐. 저것은 우리를 희롱하려는 속셈이니, 누가 나가서 당장 목을 베어 오너라!”

그러자 선봉장 장호가 칼을 높이 치켜들고 말을 달려 앞으로 나갔다. 촉의 진영에서는 그것을 보고 강유가 창을 움켜쥐고 뛰쳐나왔다.

둘의 무예 솜씨가 워낙 출중했으므로 결투는 좀처럼 승부가 나지 않았다. 장호의 칼이 춤을 추면 강유의 창이 적재적소에 번뜩였고, 강유의 창이 허공을 가르면 장호의 칼이 번개같이 합을 이루었다. 그야말로 용호상박의 대결이라고 할 만했다.

장호와 강유의 결투는 무려 200합이 넘게 이어지고 나서야 조금씩 우열이 가려졌다. 장호가 가쁜 숨을 내쉬며 뒷걸음질을 치기 시작한 반면에 강유의 창끝은 여전히 날카롭게 상대를 괴롭혔던 것이다. 그 광경을 지켜보던 사마의가 부하들에게 큰 소리로 명령했다.

"모두 진격하라! 총공격이다!"

사실 사마의는 이번 전투에 내심 자신감을 갖고 있었다. 왜냐하면 제갈량이 사용한 팔괘진에 대해 잘 알고 있었기 때문이다. 팔괘진은 휴(休), 생(生), 상(傷), 두(杜), 경(景), 사(死), 경(驚), 개(開)로 불리는 8개의 문으로 구성되었다. 그중 휴, 생, 개로 쳐들어가면 승리의 가능성이 높다는 점을 사마의가 꿰뚫고 있었던 것이다. 그와 달리 상, 두, 경, 사, 경으로 공격하면 상대의 진영에 갇혀 전멸당할 위험이 컸다.

하지만 제갈량은 여전히 사마의보다 수가 높았다. 그는 사마의가 팔괘진에 대해 훤히 알고 있다는 점을 역이용해 변칙적인 전략을 짰다. 기존의 팔괘진을 변형시켜 전혀 새로운 형태의 진지를 구축해놓았던 것이다. 그 사실을 알 리 없는 사마의는 무턱대고 공격했다가 참패를 당하고 말았다. 겨우 목숨을 건진 사마의는 퇴각 명령을 내리면서 뜨거운 눈물을 흘렸다. 다시 한 번 제갈량의 책략에 당한 아픔이 너무나 컸기 때문이다. 그렇게 승전고를 울린 제갈량은 사마의의 뒤를 쫓지 않고 한중으로 돌아왔다.

그 후 3년의 세월이 쏜살같이 흘렀다. 그때까지도 제갈량은 위를 무찔러 대륙의 중원을 차지하려는 꿈을 버리지 않았다. 어느 날 제갈량이 궁궐로 황제 유선을 찾아와 말했다.

"폐하, 우리는 지난 삼년 동안 꾸준히 군력을 키워왔습니다. 제가 생각하기에 이제 때가 되었으니, 군사를 일으켜 위를 공격하도록 허락해주십시오. 천하 통일의 기운이 우리에게 있습니다."

그러나 유선은 제갈량과 생각이 달랐다. 그는 지난 3년간 촉과 위, 오 세 나라가 균형을 이루며 평화롭게 지내는 상황을 깨뜨리고 싶지 않았다. 그것을 눈치챈 제갈량이 말을 이었다.

"저는 폐하께서도 선제의 소망을 잊지 않으셨으리라 믿습니다. 우리에게는 천하를 통일하여 한나라 황실을 다시 일으켜 세워야 할 책임이 있습니다. 부디 그 대의를 실현하라고 제게 명을 내려주십시오."

비록 표현은 완곡했지만, 제갈량은 유선에게 반드시 위를 치고 싶다는 바람을 전했다. 결국 황제도 승상의 진언을 더는 거부할 수 없었다. 마침내 유선의 명을 받아낸 제갈량은 한중으로 돌아와 출병 준비를 서둘렀다. 그런데 그때 또다시 청천벽력 같은 소식이 들려왔다.

"오늘 관흥 장군께서 숨을 거두셨다고 합니다."

"뭐라고! 그것이 정말이냐?"

부하의 보고를 받은 제갈량은 그야말로 하늘이 무너지는 듯했다. 얼마 전에 병을 얻은 관흥이 좀체 회복되지 못하고 있다는 말은 들었지만, 아직 젊은 장수가 그처럼 허망하게 세상을 떠날 줄은 몰랐던 것이다.

얼마 전 장포가 죽었을 때 그랬듯이, 제갈량은 몇 날 며칠 식음을 전폐하다시피 했다. 그러나 언제까지 슬픔에 잠겨 나랏일을 내팽개칠 수는 없는 노릇이었다. 더구나 이번에는 위를 공격하여 큰 뜻을 이루기 위해 어렵사리 황제의 허락까지 받아둔 상태였다. 제갈량은 관흥의 죽음이 안타까워 억장이 무너지는 듯했지만 애써 기운을 되찾아 출병을 감행했다.

제갈량이 이끄는 촉의 군사는 35만에 달하는 대군이었다. 그러나 사마의도 만만치 않아 즉각 40만 대군을 출병시켜 위수로 향했다. 그는 하후연의 아들인 하후패(夏侯覇)와 하후위(夏侯威)에게 강 건너편으로 가서 진지를 구축하게 한 뒤, 자신은 본진에 남아 성을 쌓았다. 또한 곽회와 손례를 북원(北原)으로 보내 진을 치게 하여 촉의 공격에 대비했다.

그처럼 사마의가 만반의 대비를 하고 있다는 보고가 제갈량에게 전해졌다. 그때 촉의 군사는 기산 곳곳에 분산되어 진지를 만들었는데, 하루빨리 위수를 빼앗아야 승기를 잡을 수 있다고 판단했다. 하지만 사마의가 그것을 모를 리 없었다. 이미 탄탄하게 진지를 구축해둔 사마의의 위군은 몇 차례나 이어진 촉의 공격을 효과적으로 막아냈다. 위의 저항이 생각보다 더 강력하다고 생각한 제갈량은 오나라에 지원을 요청하기로 마음먹었다.

"음, 공명의 제안을 어떻게 받아들여야겠느냐?"

손권이 제갈량의 서찰을 읽고 대신들에게 의견을 물었다.

"위의 세력이 옛날 같지 않으니 지금은 촉과 가까이 지내는 것이 바람직합니다. 공명의 출병 요청을 받아들이시지요, 폐하."

대신들의 의견을 들은 손권은 망설임 없이 출전 명령을 내렸다. 그 수가 무려 30만이나 되어 촉의 군사와 비교해도 전혀 부족함이 없는 수준이었다. 그런데 그 무렵, 위의 장수 정문(鄭文)이 제갈량이 있는 기산의 진지로 백기를 들고 달려왔다.

"항복이오, 항복! 활을 쏘지 마시오!"

정문은 곧 포박되어 제갈량 앞으로 끌려왔다. 그런데 여느 장수들이 항복해왔을 때와 달리 제갈량의 눈빛이 날카롭게 번뜩였다. 사실 정문은 촉군의 사정을 살피기 위해 거짓 항복을 한 것인데, 제갈량이 단박에 그 계략을 알아차린 것이다. 촉이 승기를 잡고 있다면 모를까, 몇 번이나 계속된 공격을 막아낸 위의 장수가 쉽게 항복을 할 리 없다고 판단했기 때문이다. 제갈량의 의심에 바짝 긴장한 정문은 식은땀을 흘리며 말을 더듬었다. 그 모습을 살피던 제갈량이 큰 소리로 호통을 쳤다.

"쓸데없는 소리 그만두어라! 네가 거짓 항복한 것을 모를 줄 아느냐?"

"아니, 그것은……."

정문은 서둘러 변명을 늘어놓으려고 했지만 마땅한 말이 떠오르지 않았다. 그가 당황해하는 것을 유심히 바라보던 제갈량이 목소리를 낮춰 한 가지 제안을 했다.

"만약에 네가 나의 책략을 따른다면 목숨만은 살려주겠다. 그리 하겠느냐?"

"그럼요, 무엇이든 말씀만 하십시오."

뜻밖의 제안을 들은 정문은 일말의 망설임도 없이 고개를 끄덕였다. 제갈량의 말이 이어졌다.

"너는 지금 당장 사마의에게 보내는 편지를 써라. 촉군의 진지 경계가 허술하니 사흘 후 밤에 사마의가 직접 군사를 이끌어 총공격을 하라고 말이다."

"네, 알겠습니다. 제발 목숨만 살려주십시오."

제갈량의 지략에 넘어간 정문은 곧 편지를 써서 위의 본진으로 보냈다. 사마의는 정문의 필체가 틀림없는 것을 확인하고 조금의 의심도 없이 그 내용을 믿었다. 그리고는 정문이 이야기한 날 밤이 되자 병사들에게 출격 명령을 내렸다.

"드디어 제갈량에게 복수할 날이 왔구나. 이번 기회에 확실히 승기를 잡아 촉의 군사를 물리치자!"

사마의는 짙은 어둠을 틈타 촉의 진지로 병사들을 잠입시켰다. 정문이 편지에 적은 대로 경계가 허술해 이렇다 할 위기도 없이 모든 군사가 촉의 진지로 들어선 것이다. 그런데 순간 사마의의 머릿속으로 불길한 예감이 스쳐 지나갔다. 아니나 다를까, 진지 어디에도 촉의 군사가 보이지 않았다.

"이런, 내가 속았구나……."

바로 그때, 사방에서 함성이 들리더니 촉의 병사들이 한꺼번에 달려들며 칼과 창을 휘둘렀다. 기습 공격을 당한 사마의의 군사는 크게 패하여 달아날 수밖에 없었다.

"적의 뒤를 쫓아라! 한 놈도 살려 보내지 마라!"

제갈량은 끝까지 위군을 추격해 치명타를 입힐 작정이었다. 결국 사마의는 수많은 부하들을 잃고 나서야 겨우 진지로 돌아올 수 있었다. 그 후 그는 극단적인 방어 전술을 펼치면서 좀처럼 진지 밖으로 나올 기미를 보이지 않았다.

"음, 적이 잔뜩 웅크리고 있으니 무작정 공격을 퍼부어서는 별 효과가 없을 것이다. 뭔가 다른 수를 찾아야겠구나."

제갈량은 이렇게 혼잣말을 중얼거리며 위수 주변의 지형을 살폈다. 그는 한참 만에 골짜기 하나를 발견한 뒤 그 지역을 잘 아는 병사를 불러 물었다.

"이 골짜기를 무엇이라 부르느냐?"

"상방곡(上方谷)이라고 합니다."

병사의 대답을 들은 제갈량은 목수 1천 명을 모아 특별한 명령을 내렸다. 사람들의 눈에 잘 띄지 않는 그 골짜기에서 목우유마(木牛流馬)를 만들도록 한 것이다. 얼마 후 완성된 수십 대의 목우유마는 마치 살아 있는 소와 말 같아서 짐을 싣고 산을 오르내리기에 무척 편리했다. 제갈량은 장수 고상에게 1천 명의 군사를 내주며 성도로 가서 목우유마에 군량을 실어오게 했다.

그런데 어떻게 그 사실이 전해졌는지, 사마의가 목우유마의 존재를 알게 되었다.

"목우유마란 것이 대체 무엇이냐?"

"나무를 이용해 소나 말의 형태로 만든 수레의 일종인데, 성능이 매우 훌륭하다고 합니다."

부하 장수의 설명을 듣고 호기심이 발동한 사마의는 오랜만에 병사들을 진지 밖으로 보내 목우유마를 빼앗아오도록 했다. 그들은 고상이 이끄는 행렬 맨 뒤쪽을 기습해 목우유마 다섯 대를 강탈하는 성과를 거두었다. 그런데 그것은 제갈량의 계산에 있는 일이었다. 그러니까 목우유마를 위군에게 강탈당한 것이 아니라, 어떤 이유가 있어 일부러 빼앗겼던 것이다.

처음 목우유마를 보게 된 사마의는 놀라움을 감추지 못했다.

"공명의 재주는 정말 상상을 뛰어넘는구나. 우리도 이와 같은 것을 만들어 군량을 운반하는 데 쓰도록 하라."

그 날 이후 사마의의 많은 병사들이 목우유마를 만드는 데 동원되었다. 이미 만들어진 것을 흉내내는 일은 그다지 어렵지 않아 달포가 조금 지나자 1천여 대의 목우유마가 완성되었다. 사마의는 그것을 보고 흡족한 미소를 띠었다.

그와 비슷한 시각, 제갈량이 왕평을 불러 명을 내렸다.

"왕 장군은 군사 일천을 위군으로 변장시킨 다음, 군량을 싣고 가는 적의 목우유마 대열에 은밀히 끼어드시오. 그리고 위군이 잠든 틈에 그것을 모두 훔쳐 북원으로 달아난 뒤, 그들이 쫓아오면 목우유마의 혀를 비틀어놓고 달아나시오."

"혀를 비틀어놓으라고요?"

왕평이 의아하다는 표정으로 물었다.

"그렇소. 목우유마는 진짜 소와 말처럼 혓바닥이 있는데, 실은 그것이 제동장치요."

제갈량의 설명에 왕평은 감탄하며 자리에서 물러났다. 뒤이어 장의가 제갈량 앞에 불려 왔다.

"그대에게 군사 오백을 내줄 것이니, 모두 괴물의 모습으로 분장시켜 산기슭에 매복시켜 두시오. 그리고 우리 촉군이 목우유마를 끌고 갈 때 위군이 나타나면 횃불을 들고 괴성을 지르면서 뛰어나가 겁을 주시오. 그런 다음 함께 목우유마를 끌고 오면 되는 거요."

장의는 제갈량의 명을 금방 이해하고 밖으로 달려 나갔다.

이번에도 제갈량의 책략은 미리 각본을 짜놓은 듯 착착 들어맞았다. 왕평은 종이가 먹물을 머금듯 순조롭게 적의 행렬에 스며들어 군량을 실은 목우유마를 훔쳐냈다. 그 사실을 알게 된 곽희가 군사를 이끌고 추격해왔을 때는 제갈량이 명한 대로 목우유마의 혀를 모두 비틀어놓고 달아났다.

곽희는 군량을 되찾아 기뻤지만 목우유마가 꼼짝하지 않자 어쩔 줄 몰라 했다. 그때 위연과 강유가 나타나 곽희의 군사를 도륙했다. 왕평도 말머리를 돌려 위연과 강유에게 힘을 보탰다. 그리고 곽희가 더 이상 견디지 못해 물러난 뒤에는 목우유마의 혓바닥을 모두 원래대로 되돌린 뒤 진지로 걸음을 옮겼다.

한참 말을 달려 도망가던 곽희는 목우유마가 다시 움직이는 것을 보고 부아가 치밀었다. 그는 다급히 전열을 정비해 촉군의 뒤를 따라갔다. 죽든 살든 일전을 벌여볼 작정이었던 것이다. 하지만 그마저 뜻대로 되지 않았다. 어느 산기슭에 이르렀을 때 횃불을 치켜든 괴물들이 함성을 지르며 나타나 병사들을 혼비백산하게 만든 것이다.

"아, 이게 대체 어떻게 된 일이지? 내가 귀신에게 홀리기라도 한 것인가?"

그렇게 촉군은 곽희의 추격을 따돌리고 다시 걸음을 재촉했다. 그러나 곽희도 포기하지 않고 본진으로 전령을 보내 자신이 당한 일을 알렸다. 그 소식에 얼굴이 붉으락푸르락해진 사마의는 곧장 출병 명령을 내렸다.

"어서 가서 도둑맞은 우리의 군량을 되찾자!"

사마의는 병사들의 사기를 북돋우며 급히 말을 달렸다. 하지만 그의 출병 역시 제갈량은 미리 예상한 터라 길목마다 장익과 요화의 군사를 매복시켜 두었다. 갑작스런 촉군의 등장에 깜짝 놀란 위의 병사들은 제대로 싸워보지도 못한 채 뿔뿔이 달아나기 바빴다. 사마의마저 요화에게 쫓기다가 화려하게 금장식이 된 대도독의 투구를 숲에 내던진 채 간신히 목숨을 건져 달아났다.

한마디로 제갈량의 목우유마 책략은 대성공이었다. 촉군은 위의 군량을 가득 실은 1천 대의 목우유마와 함께 사마의의 화려한 투구까지 챙겨 돌아오게 되었다.

그 날 이후 사마의는 다시 진지에 처박혀 방어 전술에 전념했다. 때마침 조예로부터 오가 침략할지 모르니 섣불리 촉군과 맞붙지 말고 상황을 지켜보라는 서찰이 왔다. 사마의는 조정의 명을 받들어 더욱 진지 속으로 움츠러들었다. 그것을 눈치챈 제갈량이 마대를 불러 또 다른 책략을 이야기했다.

"마 장군은 상방곡에 볏짚으로 빈 움막을 여러 채 지어놓고, 구덩이들을 깊이 파서 나뭇가지 따위를 쌓아두시오. 또한 그 둘레에는 여기저기 화약을 깔아 마른 풀잎을 덮어두도록 하시오."

그 다음에도 제갈량은 여러 장수를 불러 계속 명령을 내렸다. 위연에게는 군사 오백을 내주며 사마의를 공격해 유인하라는 말을 전했고, 고상에게는 목우유마 30~40대를 끌고 다니다가 일부러 위군에게 빼앗기라는 임무를 맡겼다.

그때 위의 진지에서는 사마의 부하 장수들이 극단적인 방어 전술에 이의를 제기하고 있었다.

"목우유마에 실어놓았던 군량을 빼앗겨 식량이 얼마 남지 않았습니다. 이대로 진지에 움츠리고 있다가는 병사들이 굶주림에 지쳐 모두 달아나고 말 것입니다."

부하 장수들의 불만은 계속되었다.

"지금 공명은 우리 땅에 살던 백성들에게 더 많은 곡식을 주고 있다고 합니다. 지난날 우리는 추수가 끝난 뒤 절반 넘는 곡식을 군량으로 거뒀는데, 촉군에서는 삼분의 일만 가져가 백성들이 매우 좋아한다는 것입니다. 이렇게 민심까지 등을 돌리면 전쟁에서 승리하기 어렵습니다."

그러자 사마의는 골치가 아픈 듯 뒤통수를 어루만지며 물었다.

"그럼 어떻게 하자는 말이냐?"

"이왕 이렇게 된 것, 촉군과 화끈하게 한번 싸워보는 편이 나을 것입니다. 어차피 군량이 다 없어지면 퇴각할 수밖에 없는 것 아닙니까?"

사마의가 판단하기에도 부하 장수들의 말에 일리가 있었다. 때마침 위연이 자꾸만 진지를 공격하며 치고 빠지는 터라, 사마의는 더 이상 참지 못하고 출병 명령을 내렸다.

"모두 죽을 각오로 싸워라! 위의 군사가 얼마나 막강한지 그 위력을 보여주어라!"

다시 공격에 나선 위군은 남아 있는 힘을 다해 진격했다. 처음에 그들은 소규모 전투에서 잇달아 승리를 거뒀고, 고상을 공격해 수십 대의 목우유마를 빼앗기도 했다. 그러던 어느 날, 사마의가 포로로 잡혀온 촉의 병사를 신문했다.

"공명은 지금 어디에 있느냐?"

"상방곡에 계십니다."

"그래? 왜 그곳에 있는 것이냐?"

"매일같이 상방곡에 군량을 쌓아두는 일을 감독하고 계십니다."

그 말에 사마의의 눈빛이 반짝였다. 그는 포로를 내보내고 나서 곧장 부하 장수들을 불러 모았다.

"지금 공명이 기산이 아니라 상방곡에 있다고 한다. 그러니 내일 기산을 공격하도록 하라. 나는 후발대로 가겠다."

그러자 함께 있던 아들 사마사(司馬師)가 물었다.

"적장이 있는 상방곡이 아니라 후방인 기산을 공격하는 까닭이 있습니까?"

아들의 물음에 사마의가 의미심장한 미소를 띠며 대답했다.

"이번에 공명은 기산에 본진을 두었으니, 그곳이 본거지나 다름없다. 따라서 기산을 치면 상방곡에 있는 공명이 황급히 군사를 이끌고 달려갈 것이다. 그 틈에 나는 상방곡을 급습하여 산더미처럼 쌓아두었을 군량을 불태울 생각이니라."

"그렇군요. 아버님의 지략이 놀랍습니다."

사마사는 아버지 사마의의 이야기에 놀라움을 감추지 못했다. 다른 장수들도 기발한 계략이라며 동감을 표했다.

하지만 그것은 사마의의 실수였다. 그 시각 제갈량은 병사들을 데리고 상방곡 주변의 산꼭대기에 올라 위군의 움직임을 살폈다. 그리고 기산으로 적이 몰려가는 것을 보자마자 상방곡에 있는 군사를 빼내 지원군으로 보내라는 명을 내렸다. 사마의는 자신의 예상대로 촉군이 이동하자 재빨리 군사를 이끌고 상방곡으로 달려갔다.

"지금 상방곡은 텅텅 비었을 것이다. 적의 군량을 모두 불태워 전세를 역전시키도록 하자!"

사마의가 지휘하는 위군 중에는 아들 사마사를 비롯해 사마소도 있었다. 세 부자는 자신들의 계략이 들어맞았다고 확신하며 거침없이 말을 달렸다. 그들이 상방곡에 도착해 보니, 과연 군량을 쌓아놓은 듯한 볏짚 더미가 보였다.

"놈들이 제법 많은 군량을 쌓아두었구나. 어서 불을 놓고 우리도 기산으로 가자!"

사마의의 명을 받은 위의 병사들은 서둘러 상방곡으로 들어섰다.

바로 그 순간, 산꼭대기에 있던 제갈량의 병사들이 일제히 불화살을 쏘아댔다. 그러자 이내 굉음을 내며 잇달아 화약이 터지더니 여기저기 불길이 치솟았다. 당황한 위군은 이리저리 뛰어다니다가 마대가 파놓은 구덩이에 빠져 허우적거렸는데, 그곳에는 나뭇가지가 쌓여 있어 불길이 더욱 거세게 타올랐다. 결국 제갈량의 화공에 숱한 위의 병사들이 목숨을 잃고 만 것이다.

"아아, 나의 운명이 여기서 막을 내리는구나……."

엄청난 굉음과 불길 속에서 갈 곳을 잃은 사마의가 두 아들의 손을 잡고 한탄했다. 누가 보더라도 그들의 명이 다한 상황이었다.

그런데 그때 기적 같은 일이 벌어졌다. 갑자기 먹구름이 잔뜩 밀려오고 천둥이 치더니 거센 빗줄기가 쏟아지는 것이 아닌가. 그 바람에 화르르 타오르던 불길이 잦아들고, 미처 터지지 않았던 화약들이 폭발을 멈추었다.

"이럴 수가! 이제야 하늘이 나를 돕는구나."

뜻밖에 쏟아진 소나기 덕분에 가까스로 목숨을 건진 사마의는 두 아들과 함께 상방곡을 빠져나왔다. 그가 통솔했던 병사들은 대부분 불길에 휩싸여 얼마 살아남지 못했다. 그 시각 제갈량을 속이기 위해 기산으로 보냈던 위군도 별다른 성과를 거두지 못한 채 퇴각하고 말았다. 또다시 사마의의 계략이 실패로 돌아간 것이다.

하지만 책략 대결에서 승리한 제갈량도 아쉽기는 마찬가지였다. 사마의를 죽이거나 생포할 수 있는 좋은 기회가 갑작스런 소나기 탓에 수포로 돌아갔기 때문이다. 제갈량은 사마의와 아들들이 살아서 돌아갔다는 보고를 받고 하늘을 우러르며 탄식했다.

"역시 사람의 안목으로는 하늘의 뜻을 헤아릴 수 없구나. 아무리 애를 써도 하늘이 도와주지 않으면 뜻을 이루기 어려운 법이야……."

그러면서 제갈량은 그동안 자신의 곁을 떠난 많은 장수들

의 모습을 머릿속에 떠올렸다. 따지고 보면, 그들 모두 하늘
의 뜻에 따라 이승을 떠난 셈이었다.

오장원에서 별이 지다

제갈량은 위와 맞붙은 전쟁에서 승리한 뒤 기산에서 내려왔다. 그리고 그가 새롭게 진지를 구축한 곳은 오장원(五丈原)이었다. 그곳에서도 제갈량은 사마의를 제거하기 위해 여러 차례 출병했으나 그 기세는 예전만 못했다. 왠지 표정도 어두울 때가 많아 부하 장수들의 걱정이 이만저만 아니었다.

그러던 어느 날, 성도에서 황제 유선이 보낸 사신 비위(費褘)가 제갈량을 찾아왔다.

"승상, 그간 무탈하셨습니까?"

"그럭저럭 잘 지냈네. 다만 선제의 유지를 아직 받들지 못해 마음이 무거울 따름이지."

제갈량은 비위의 인사를 받으며 자신의 속마음을 넌지시 드러냈다. 그런데 비위의 다음 말이 제갈량을 놀라게 했다.

"얼마 전 오와 위가 크게 싸움을 벌였는데, 오가 패하여 군사를 되돌렸다 합니다."

"뭐라고! 오가 정말 퇴각했단 말이냐?"

그때까지도 오는 촉과 좋은 관계를 유지하며 위를 괴롭히고 있었다. 그런 오가 전쟁에서 패해 퇴각했다는 것은 촉의 입장에서도 긴장할 만한 사건이었다. 그만큼 위의 군력이 막강하다는 뜻이므로, 언제 군사를 일으켜 촉을 공격할지 모를 일이었다.

"아, 상방곡에서 사마의를 죽였어야 했거늘……."

제갈량은 지난날을 떠올리며 아쉬움을 감추지 못했다. 그도 이제는 기력이 쇠약해져 조금만 충격적인 소식을 들어도 금세 이상 증상이 나타나곤 했다. 그 날도 다르지 않아, 제갈량은 비위의 말을 듣자마자 뒷목을 움켜쥐며 탄식을 내뱉었다. 그리고는 이내 어지럼증을 느끼며 그 자리에 쓰러지고 말았다.

"승상, 정신 차리십시오! 갑자기 왜 이러십니까?"

마침 곁에 있던 장수들이 화들짝 놀라며 제갈량을 부축했다. 그러나 제갈량은 쉽게 기력을 되찾지 못하고 그대로 자리에 몸져누웠다.

"아, 나도 자연의 섭리를 거스를 수 없는 한낱 미물에 불과하구나. 아무래도 건강을 다시 회복하기는 어려울 듯하다."

어느새 병약해진 제갈량은 자신의 운명을 예감하며 시름에 잠겼다. 무더운 여름이 지나고 가을이 올 무렵, 그는 더욱더 비관적인 생각에 사로잡혔다. 때마침 밤하늘의 별 하나가 빛을 잃어가자, 그는 그 처지를 자신과 동일시하기에 이르렀다.

"저 별의 흥망이 나와 다르지 않구나……."

"지나친 억측이십니다, 승상. 어서 기운을 내십시오."

부하 장수들이 제갈량을 위로했지만 소용없는 노릇이었다. 그는 날이 갈수록 쇠약해지더니, 어느 날 강유를 불러 뜻밖의 말을 하기에 이르렀다.

"인명은 재천이라고 했던가? 이제 나의 생이 얼마 남지 않은 듯하네."

"그런 말씀 마십시오, 승상. 아직도 저는 승상께 배워야 할 것이 많습니다."

왠지 삶의 의욕을 잃은 것 같은 제갈량의 말에 강유가 손사래를 쳤다. 그러면서 그의 눈에서는 한 줄기 눈물이 흘러내렸다. 그것을 본 제갈량이 희미하게 미소지으며 말을 이었다.

"울지 말게. 누구나 한번 태어나면 언젠가 죽는 것이 하늘의 이치 아닌가? 나 역시 보잘것없는 자연의 한 조각일 따름이네."

"그래도 승상께서는 세상의 섭리를 꿰뚫어보는 혜안을 갖고 계시지 않습니까? 아무리 생로병사가 인간의 숙명이라고 해도, 승상께는 그것을 막을 비책이 있으리라 믿었습니다."

못내 아쉬워 슬픔을 삭이지 못하는 강유의 말에 제갈량은 쓴웃음을 지었다. 천하제일의 책사라 해도 시작과 끝이 있는 인간의 운명을 어찌 할 수는 없었기 때문이다. 제갈량은 애써 마음을 가라앉히고 나서 강유에게 말했다.

"나는 평생 배우고 깨달은 바를 스물네 권의 병서로 엮어놓았네. 그리고 한꺼번에 열 개의 화살을 날릴 수 있는 연노(連弩)의 설계도도 만들어두었지. 그것을 모두 자네에게 줄 테니 열심히 익히고 발전시켜 촉의 앞날을 밝혀주게."

"명심하겠습니다, 승상."

강유는 울먹이며 제갈량의 당부를 가슴에 새겼다. 잠시 뒤 그가 자리에서 물러나자, 이번에는 제갈량이 마대를 불러들여 은밀히 책략 하나를 이야기해주었다. 그리고는 참모로서 곁을 지키던 양의(楊儀)에게 낯선 비단주머니를 건네며 당부했다.

"머지않아 내가 죽으면 위연 장군이 배반할 테니, 그때 이 주머니를 열어보게. 자네의 기지에 촉의 운명이 달려 있다 해도 과언이 아니네."

그토록 충성스런 위연이 배반할 것이라는 예언이 양의는 쉬 믿어지지 않았다. 하지만 제갈량의 남다른 재주를 잘 아는 터라 그 비단주머니를 소중히 품속에 넣어두었다.

그로부터 며칠 후 제갈량의 병세가 급격히 나빠졌다. 우연의 일치인지는 몰라도, 그 무렵 그가 자신의 운명과 동일시하던 하늘의 별도 그 빛을 거의 잃어 금세 사라질 것 같았다. 부하 장수들은 심상치 않은 사태를 예감하며 하나둘 제갈량 곁으로 모여들었다. 마침 그때 오장원에는 황제를 대신해 이복(李福)이 병문안을 와 있었는데, 제갈량이 가쁜 숨을 몰아쉬며 그에게 말했다.

"대업을 이루지 못하고 이렇게 삶을 마감하게 되어 송구하다는 말씀을 폐하께 올려주구려. 나의 후임으로는 장완(蔣琬)이 적임자로 생각되니 그를 중요하기 바라오."

"알겠습니다. 한데 장완 다음에는 누가 적임자입니까?"

"그 다음에는 비위가 좋을 듯하오."

"그럼 비위 다음 인물로는 누가……."

그러나 이복의 질문이 끝나기 전에 제갈량의 숨소리가 매우 거칠어졌다. 그것은 이승의 삶이 얼마 남지 않았다는 것을 의미했다. 얼마 뒤 잠깐 기력을 되찾은 제갈량이 자신의 장례에 대해 의미심장한 마지막 말을 남겼다.

"내가 죽었다고 해서 장례를 치를 필요는 없다. 그러니 곡도 하지 마라. 그 대신 나와 닮은 형상으로 목상을 만들어둔 다음, 사마의가 공격해올 때 수레에 앉혀 밀고 나가도록 하라. 그러면 그 자를 물리칠 수 있을 것이다."

제갈량은 숨을 거두는 순간까지 촉의 앞날을 걱정했다. 그 말을 끝으로 그는 결국 눈을 감고 말았다. 그때 제갈량의 나이 54살이었다.

갑자기 하늘이 어두워지며 비가 내리기 시작했다. 오장원의 모든 장수들이 하늘을 올려다보며 통곡했다. 그 사실을 전해들은 황제와 대신들도 슬픔을 감추지 못했다.

이튿날 날이 밝자마자 강유는 양의와 함께 철군 명령을 내렸다. 그 역시 제갈량의 마지막 당부 중 하나였다. 모든 장수와 병사들이 제갈량을 몹시 그리워했지만, 그의 유언에 따라 겉으로는 슬픔을 드러내지 않았다.

그런데 그 시각, 밤잠을 설친 사마의가 급히 장수들을 불러 출병 준비를 하라고 말했다. 전혀 예상치 못한 명령에 하후패가 고개를 갸웃거리며 물었다.

"우리는 얼마 전까지 오와 전투를 벌였습니다. 한데 병사들에게 충분히 쉴 시간도 주지 않은 채 다시 출병 준비를 하는 이유가 무엇입니까?"

"나는 어젯밤에 붉고 큰 별 하나가 오장원으로 떨어지는 것을 보았다. 오장원이라면, 촉의 본진이 있는 곳이 아닌가? 내가 생각하기에는 공명이 죽은 것이 틀림없다."

사마의는 확신에 찬 얼굴로 제갈량의 죽음을 이야기했다. 하후패를 비롯한 장수들은 그제야 사마의가 출병 준비를 지시한 까닭을 이해할 수 있었다. 그리하여 위군은 또다시 전투

태세를 갖추게 되었다.

사마의가 통솔하는 위군은 곧 오장원을 향해 진격했다. 제갈량이 사라진 촉군이라면 두려울 것이 없었기에, 사마의의 표정에는 자신감이 넘쳐 보였다. 더구나 얼마 전에 오와 싸워 승리를 거둔 터라 병사들의 사기도 매우 높았다. 아니나 다를까, 잠시 후 다다른 오장원의 촉군 진지는 텅 비어 있었다. 사마의는 자신의 예감이 틀리지 않았다는 것을 확인하고 더욱 의기양양했다.

"이 자들이 공명이 죽자마자 꽁무니를 뺀 듯하구나. 아직 멀리 가지 못했을 테니 서둘러 쫓아가서 모두 목을 베어버리자!"

그동안 자신에게 번번이 패배의 아픔을 안긴 제갈량이 사라지자 사마의는 거칠 것이 없어 보였다. 그의 명령에 병사들이 함성을 지르며 촉군을 뒤쫓기 시작했다. 그렇게 50리쯤 추격했을까? 위군을 이끌고 협곡에 들어서게 된 사마의는 왠지 불길한 기운을 느꼈다. 때마침 함께 출병한 그의 두 아들이 다가와 주위를 두리번거리며 말했다.

"아버님, 이곳의 길이 너무 좁고 험합니다. 조심하십시오."

그러자 사마의는 오히려 허세를 부렸다.

"괜찮다. 공명이 죽은 마당에 무엇이 두렵겠느냐?"

하지만 사마의는 머지않아 맞닥뜨릴 놀라운 사실을 짐작조차 하지 못했다. 그들이 협곡으로 더욱 깊이 들어갔을 때, 갑자기 사방에서 함성 소리가 들리더니 촉군이 쏟아져 나왔다.

"앗, 촉군이다!"

뜻밖의 상황에 당황한 사마의는 재빨리 정신을 가다듬으며 병사들에게 공격 명령을 내렸다. 처음에는 기습 탓에 일방적으로 당하던 위군도 서서히 반격을 시작했다. 그런데 그 순간, 사마의는 눈으로 보고도 차마 믿을 수 없는 광경을 목격하고 화들짝 놀랐다. 이미 죽었다고 생각한 제갈량이 촉군 한가운데 멀쩡히 살아 있는 것이 아닌가! 그는 사륜거에 앉아 백우선을 높이 들고 병사들을 지휘하고 있었다.

"아, 이게 어떻게 된 일이지……."

너무 놀라 말을 잇지 못하는 사마의의 얼굴빛이 벌겋게 달아올랐다. 비좁은 협곡에서 기습 공격을 당한데다 죽었다고 믿어 의심치 않았던 제갈량까지 살아 있으니, 사마의가 선택할 길은 하나밖에 없었다. 그는 서둘러 부하들에게 퇴각 명령을 내렸다.

"모두 후퇴하라! 후퇴하라!"

방금 전까지 기세등등하던 위군은 순식간에 혼란에 빠져 허둥지둥 달아나기 바빴다. 그들을 쫓아온 강유와 마대, 왕평의 군사가 칼을 휘두르자 위군의 목이 거센 바람 앞의 나뭇잎처럼 줄줄이 땅바닥에 나뒹굴었다. 사마의와 장수들조차 이렇다 하게 대항할 엄두조차 내지 못한 채 겨우 목숨을 건져 본진으로 돌아왔다.

"하마터면 큰일 날 뻔했구나. 도대체 공명이 어떻게 살아 있단 말이냐?"

사마의는 안도의 한숨을 내쉬며 도저히 이해할 수 없다는 표정을 지었다. 그 시각 촉군은 강유와 양의의 지휘 아래 무사히 한중으로 철군을 완료했다.

그로부터 얼마 후, 촉에 잠입했던 첩자가 돌아와 사마의를 만났다.

"공명이 정말 살아 있는 것이냐?"

첩자를 보자마자, 사마의는 다짜고짜 가장 궁금했던 것을 물었다.

"공명은 틀림없이 죽었습니다."

"뭐라고! 그렇다면 내가 협곡에서 본 공명은 무엇이란 말이냐?"

사마의는 따지듯이 계속 질문을 해댔다.

"그것은 공명의 형상을 한 목상이었습니다. 그가 죽기 전에 자신의 목상을 만들어두었다가 위급한 상황에 쓰라고 명을 내려두었다 합니다."

"아! 목상이라……."

첩자의 말에 사마의는 두 눈을 동그랗게 뜨고 차마 말을 잇지 못했다. 그는 두어 번 마른침을 삼키고 나서야 탄식을 내뱉었다.

"죽은 공명이 살아 있는 중달(仲達)을 이겼구나. 내가 죽은 자에게 농락을 당한 것이야."

사마의는 하늘을 올려다보며 혀를 찼다. 그는 결국 제갈량을 당해내지 못한 것을 인정하며 오랫동안 괴로워했다.

그런데 그 무렵 한중으로 돌아온 촉군에도 큰 문제가 발생했다. 제갈량이 세상을 떠나면서 별다른 중책을 맡기지 않은 위연이 반란을 도모한 것이다. 그는 나이 든 자신을 배제하고 일개 참모였던 양의에게 군사의 지휘권을 준 것이 무엇보다 불만이었다. 위연은 부장인 마대까지 선동해 반란에 가담시켰다.

강유와 양의가 한중의 성에서 제갈량의 유해를 지키며 성도로 갈 준비를 하고 있을 때, 마침내 위연이 반란을 일으켰다. 그가 성 앞으로 군사를 끌고 와 크게 소리쳤다.

"성 안에 쥐새끼처럼 숨어 있는 양의는 당장 밖으로 나와 나의 칼을 받아라! 만약 그곳에 계속 웅크리고 있겠다면, 내가 들어가 너의 목을 벨 것이다!"

위연의 도발에 양의는 곧 제갈량이 건넨 비단주머니를 떠올렸다. 그가 은밀히 비단주머니를 펼쳐보니 위연의 반란에 대비한 놀라운 책략이 적혀 있었다. 양의는 다시 한 번 제갈량의 뛰어난 지략을 실감하며 감탄했다.

그 사이 강유가 성 밖으로 기병 3천을 데리고 나가 위연을 만났다.

"왜 이러시는 겁니까, 장군? 이것이 정녕 반역인 것을 모르신단 말입니까?"

하지만 강유의 설득에도 위연은 마음을 돌리지 않았다.

"너와는 관계없는 일이다. 내가 양의와 맞붙어보면 누가 더 주장이 될 만한 자질을 갖추고 있는지 알게 될 것이다. 어서 양의를 내 앞에 데려와라!"

그때 제갈량의 책략을 확인한 양의가 성 밖으로 달려 나와 소리쳤다.

"역적 위연은 잘 들어라! 승상께서 살아 계실 때는 충성을 다하는 시늉을 하더니 이제야 본색을 드러내는구나. 네 놈에게 '누가 감히 나를 죽일 것이냐?'라고 세 번 외칠 용기가 있다면, 내가 기꺼이 상대해주마. 너 같은 기회주의자에게는 그만한 배짱도 없지 않느냐?"

양의의 말을 들은 위연은 머리꼭대기까지 화가 치밀었다. 세상에서 둘째가라면 서러울 장수에게 그것은 너무나 치욕스러운 조롱이었다. 위연이 붉으락푸르락해진 얼굴로 버럭 소리를 내질렀다.

"애송이 같은 양의 놈아, 그 정도 말을 하는 것이 네게는

용기를 낼 일인가 보구나? 나는 세 번이 아니라 삼천 번이라
도 기꺼이 외칠 수 있다. 그 다음에 너의 목을 베어 천하의 용
장이 누구인지 널리 알리고, 내가 한중 땅의 주인이 될 것이
다!"

그러면서 위연은 숨 돌릴 새도 없이 큰 소리로 외쳤다.

"누가 감히 나를 죽일 것이냐? 누가 감히 나를 죽일 것이
냐? 누가 감히 나를 죽일 것이냐?"

위연의 목소리에는 어느 때보다 힘이 넘쳤다. 그는 소리치
는 내내 양의의 얼굴을 날카롭게 노려보았다. 그런데 위연의
말이 끝나는 순간, 누군가 그의 뒤통수에 대고 천둥처럼 우렁
차게 쏘아붙였다.

"역적 위연아, 내가 너를 죽여주마!"

갑작스런 상황에 깜짝 놀란 위연이 뒤를 돌아보니, 마대가
험상궂은 표정으로 칼을 높이 치켜들고 있었다. 그리고 순식
간에 그 칼이 위연의 목을 벴다.

"으, 마대 네가……."

위연의 머리는 피를 사방으로 내뿜으며 땅바닥에 나뒹굴었
다. 그렇게 한 장수의 반란이 허무하게 막을 내린 것이다.

사실 마대는 위연의 반란에 동조한 것이 아니었다. 그 역
시 일찍이 제갈량으로부터 반란에 대비한 책략 하나를 들었
던 터라, 일부러 위연 곁에 머물며 기회를 엿보았다. 그러니

까 양의가 건네받은 비단주머니에 적힌 책략과 마대가 들은 책략이 더해져 위연의 반란을 물리칠 수 있었던 것이다.

며칠 후, 마침내 강유와 양의는 제갈량의 시신을 수레에 싣고 성도로 향했다. 그 소식을 들은 황제 유선은 몸소 성 밖까지 달려 나와 정중히 예를 갖췄다. 그리고 유해가 도착하자 여러 대신들과 함께 통곡했다. 제갈량은 단순히 한 사람의 신하가 아니라 오랜 세월 촉의 정신적인 지주나 다름없었기 때문이다. 백성들의 슬픔 또한 황제나 조정 대신들과 다르지 않았다.

황제 유선은 제갈량을 위해 국장(國葬)을 치렀고, 최고의 격식을 갖춰 시신을 정군산(定軍山)에 모셨다. 아울러 그에게 충무후(忠武侯)라는 시호를 내린 다음 면양에 사당을 세워 해마다 성대하게 제를 올리도록 했다.

삼국 통일과 진의 건국

천하의 영웅호걸도 세월 앞에서는 무기력한 한낱 미물인 법. 동탁과 여포부터 조조와 유비, 제갈량까지 어느 누구도 유한한 삶에서 예외일 수 없었다. 그럼에도 그들은 무엇을 위해 서로 싸우고 죽이며 뺏고 빼앗겼던 것일까? 그런 날들이 길었으나 천하는 여전히 통일되지 못했다. 다만 제갈량이 세상을 떠난 뒤 위·촉·오 세 나라는 잠시 힘의 균형을 이루며 큰 전쟁 없이 나름 평화로운 날들을 보내고 있었다.

그런데 전쟁을 멈춘 모든 권력자가 백성들의 생활을 보살피는 데 전력을 기울이는 것은 아니었다. 위 황제 조예는 어이없게도 전쟁 대신 향락에 자신의 열정을 쏟아 부었다. 그는 허도와 낙양에 여러 채의 궁궐을 짓고 날마다 음주가무에 빠져 지냈다. 그것의 부당함을 이야기하는 신하는 죽음을 면치 못했고, 백성들의 원성은 힘으로 눌러버렸다. 하지만 향락의

끝은 비참했다. 조예는 방탕한 생활로 병이 들어 겨우 36살의 나이에 삶을 마치고 말았다. 그의 뒤를 이어 8살밖에 되지 않은 조방(曹芳)이 황위에 올랐지만, 실제 위의 권력은 사마의가 모두 쥐고 있었다.

사마의는 대장군 조상(曹爽) 등과 다퉈 어렵게 차지한 실권을 굳건히 지켰다. 그가 죽고 나서는 아들 사마사가 권력을 이어받았고, 둘째아들 사마소는 표기장군(標旗將軍)이 되었다.

그 무렵 오에서도 황위에 변화가 생겼다. 71살의 나이로 손권이 죽고 일곱째아들 손량(孫亮)이 오의 제2대 황제가 된 것이다. 그런데 위와 비슷하게 오에도 실권을 쥔 인물은 따로 있었다. 그는 제갈근의 아들 제갈각(諸葛恪)이었는데, 사마사의 침략에 맞서 싸우다가 패한 뒤 손준(孫峻) 등의 모함으로 죽고 말았다.

그 후 오의 권력은 대장군 손침(孫綝)이 갖게 되었다. 그는 황제 손량을 권좌에서 쫓아내고 손권의 여섯째아들 손휴(孫休)를 황제로 추대했다. 그런데 권력의 향방은 한 치 앞도 예단할 수 없는 것일까? 오의 실권을 쥐고 천하를 호령할 것 같았던 손침은 곧 손휴의 명을 받은 정봉에게 죽임을 당하는 신세가 되었다.

그와 비슷한 시기 위에서는 사마사의 신상에 변화가 생겼다. 그는 조방을 황위에서 쫓아내고 황족 조모(曹髦)를 권좌에 앉힌 뒤 오를 치러 갔다가 병이 나서 죽고 말았다. 사마사의 권력은 아우 사마소가 물려받았는데, 그는 욕망이 더 큰 인물이라 스스로 황제가 되려는 야심을 품었다. 다만 사마소는 조조의 사례를 참고해 아들 사마염(司馬炎)을 마음에 두고 일단 조환(曹奐)을 다음 황제로 삼았다. 조환은 사마소를 승상으로 임명했다.

한편 촉에서는 황제 유선의 재임이 계속 이어지고 있었다. 어느덧 그에게 충성을 다했던 장완과 비위는 세상을 떠났고, 유선의 신임을 등에 업은 황호(黃皓)가 거침없이 권력을 휘둘렀다. 모름지기 사리사욕에 눈먼 간신이 곁에 있으면 황제의 총기가 흐려지는 법. 유선은 황호의 사탕발림에 속아 넘어가 향락에 빠져 지내기 시작했다. 만약 제갈량이 살아 있었더라면 그와 같은 일은 결코 벌어질 리 없었지만, 당시 촉에는 황호의 패악을 제지할 인물이 마땅히 보이지 않았다.

그때 궁궐의 혼란에 환멸을 느낀 강유는 눈을 밖으로 돌려 위를 정벌하려고 했다. 하지만 그는 2년에 걸쳐 두 차례 출병하고도 승전고를 울리지 못했다. 특히 두 번째 출병 때는 만반의 준비를 갖추었으나 황호의 농간으로 황제가 군사를 불러들여 뜻을 이루지 못했다. 강유는 참다못해 성도로 가서 황호를 죽이려고 했지만, 황제가 말리는 바람에 그마저 성공하

지 못했다. 오히려 황호의 모함에 속아 넘어간 황제는 강유를
먼 지방으로 쫓아버리는 어리석은 결정을 내리고 말았다.

사마소는 강유가 한직으로 물러났다는 소식을 듣고 쾌재를
불렀다. 그는 망설임 없이 종회(鐘會)와 등애(鄧艾)에게 대군
을 내주어 촉을 공격하도록 했다. 강유가 없는 촉군은 그들
앞에 속수무책으로 무너졌다. 제갈량의 아들 제갈첨(諸葛瞻)
등이 나섰으나 상대가 되지 못했던 것이다. 황제는 위군이 몰
려온다는 소식에 안절부절못하다가 결국 사마소에게 항복하
기로 결심했다. 아들 유심(劉諶)이 스스로 목숨을 끊으며 반
대했으나 아버지 유선은 생각을 바꾸지 않았다.

그로부터 며칠 후, 유선은 몸소 성 밖으로 10리나 나와 위
군 앞에 머리를 조아렸다. 그로써 유비, 관우, 장비 삼형제가
도원결의로 맹세했던 꿈은 허망하게 산산조각 나고 말았다.
유비가 황위에 오른 지 42년이 지난 263년의 일이었다. 강유
는 남은 군사로 촉의 불씨를 다시 살려보려고 노력했으나 뜻
을 이루지 못한 채 자결했다.

촉을 무너뜨린 사마소의 기세는 하늘을 찌를 듯했다. 하지
만 권력보다 더 막강한 힘을 가진 것이 자연의 섭리였다. 사
마소는 뜻밖에 중풍으로 쓰러져 자리에 눕게 되었고, 애초에
생각해둔 대로 아들 사마염을 황위에 올렸다.

황제 조환은 지난날 헌제가 그랬던 것처럼 수선대(受禪臺)

에서 사마염에게 옥새를 바쳤다. 새 황제는 조환을 진류왕으로 봉한 뒤 금용성(金墉城)에서 허수아비처럼 지내도록 했다. 그리고는 나라 이름을 바꿔 진(晉)으로 불렀다. 그로써 위는 한나라 왕실로부터 국권을 강탈한 지 45년이 지난 265년에 멸망하게 되었다.

사마염의 진나라는 이제 오에 눈독을 들였다. 손휴는 사마염이 머지않아 쳐들어올 것이라는 두려움에 떨다가 갑자기 병이 들고 말았다. 그의 병세는 날로 악화되어 결국 세상을 떠나게 되었고, 손권의 손자 손호(孫皓)가 뒤를 이어 황위에 올랐다. 그런데 손호는 성질이 포악하여 바른말하는 충신들을 가차 없이 죽였으며, 궁녀를 수천 명씩 둘 만큼 주색을 좋아했다. 또한 수많은 인력을 동원해 새로 궁궐을 짓는 등 무리한 공사를 벌여 백성들의 원성이 자자했다.

당시 진의 위세는 지난날 촉과 오의 동맹군이 나선다고 해도 막아내기 어려울 만큼 막강했다. 그런데 하물며 황제가 주색잡기에 빠진 것도 모자라 백성들까지 반감을 갖게 된 오의 군사로는 상대할 수가 없었다. 사마염은 곧 두예(杜預)를 대도독으로 삼아 오를 공격했다. 위군이 수륙양용 작전을 펼치며 파죽지세로 진격하자 오의 장수와 병사들은 저마다 꽁무니를 내빼기에 바빴다. 그러자 황제 손휴는 결국 항복을 선언해 오의 역사에 종지부를 찍고 말았다. 때는 서기 280년으로, 그렇게 오랫동안 패권을 다투던 위·촉·오 삼국시대가 완전히 저물었다. 사마염의 진나라가 또다시 중국 대륙에 통일 국가를 연 것이다.